木瓜黄

作品

七芒星

湖南文艺出版社
HUNAN LITERATURE AND ART PUBLISHING HOUSE

博集天卷
CS-BOOKY

生活是永不妥协

CONTENTS

目录

七芒星

CHAPTER

1

杀马特

好好的一个人，怎么审美有问题。

陆延脚踩在弄堂口那块乱石堆起来的小坡上，然后蹲下去，远远地看了一眼店门上那些贴纸和小广告。

上头歪歪扭扭胡乱贴着"文眉""文身"等字眼，还有几句简明扼要的广告语：一颗头六折，两颗头五折，不提供特殊服务。

字号最大的那行是：欢迎各路牌友切磋牌技。

他并不在意这儿到底是棋牌室还是理发店，总之六折下来洗剪烫全套价格就跟李振那小子说的一样，不超过三位数。

找个理发店的工夫，李振已经给他发了不下十条消息。

李振：延哥你找到地儿了吗？

李振：我在群里发了定位，你要是找不着记得看啊。

李振：别再一味地相信你那离奇的方向感以及第六感。

李振：你到了吗？

李振：到了吗？

…………

陆延弹弹烟灰，回复过去一条：到了，够偏的。

不仅偏，这片的规划更是让人捉摸不透，脚下这堆来历不明的石头指不定是哪儿施工后遗留下来的废料。

再往远处看，是附近工厂那几根高耸入云的大烟囱。

化工废气不断往外冒，灰蒙蒙的，飘在半空。

陆延把剩半截的烟放在嘴里吸了一口，酒吧老板的话反复在耳边绕："对你们这次的演出，我有那么一点小小的要求和建议……"

小要求。

建议。

他觉得自己现在能蹲在这儿真挺了不起的。

又蹲了一会儿，他才把烟往地上扔，从石头堆上下去，用脚尖把烟头给踩灭了。

面前那家理发店小得出奇，只占了半个店面，还是用隔板勉强划拉出来的半间。打牌用的牌桌比剃头的工作区还宽。

"两个圈。"陆延低头迈进门的时候，里头那桌人还在瞎号。

"三带一。"

"炸！"

这里面突兀地夹着一个声音："师傅，烫头。"

这帮人看来是没少经历这种临时散局，不出三分钟人都走没影了。

剩下一位染着黄色头发、杂乱的卷毛上还别着俩塑料梳子的店长大哥。

"你来得倒是挺巧，再打下去就得输了。"店长把牌桌收起来，立在墙边，继续用带着浓重口音的方言说，"最近这手气是真差……"

店长说着忙里偷闲往门口瞅了一眼，出于职业习惯端详起对方的外形。

第一印象就是邪。

说不出哪儿邪，总之浑身上下透着股邪气。

从门口进来的那人穿着件深色T恤——上头印的图案看着像某个英文字母，很张扬地在眉尾处打了俩眉钉——不像什么正经人。耳朵上虽然没挂什么东西，但是能看见一排细密的耳洞，七八个，耳骨上也有。

腿长且直，头发也挺长。

身后还背了个黑色的吉他包，逆着光看得不太真切。

陆延把吉他包放下，说出一句跟他外形不太相符的话，砍价砍得相当利索："谢就不用了，等会儿算我便宜点就行。"

"成，想烫个什么样的？"店长也是个爽快人。

"等会儿，我找张图。"陆延低头翻聊天记录，往下划拉几下，"照着烫。"

"不是我吹，这十里八乡的，找不出第二个像我这样的好手艺，甭管什么发型，我都能给你剪得明明白白。"

店长吹自己越吹越带劲："给我张参考，保证剪得一模一……"

他说到这儿，陆延正好把图片调出来。

店长的声音戛然而止。

那是一个具有强烈视觉冲击的造型。

又红又紫，发量爆棚，刘海遮着眼睛，一半头发还极其狂野地高高立起，像冲天火焰般立在头顶。每一根头发丝都彰显着图片上模特离奇的气质——杀马特。

陆延这发型做了四个多小时，出门的时候天都黑透了。

费了两罐发胶，被吹风机轰得头疼。

这期间他脑子里还不断循环播放一首歌：杀马特杀马特，洗剪吹洗剪吹吹吹 [1]。

他闻着染发剂刺鼻的味道，打开手机前置镜头，借着门口那根三色柱发出来的光又粗略看了一眼，还是没忍住低声骂了一句脏话。

图片参考变成实物，顶在他头上的效果远比想象中震撼。

这啥。

啥玩意儿。

走在路上还不得变成整条街最拉风的神经病？

陆延跟相机里的自己互相瞪了一会儿，然后他按下开关键，把屏幕摁灭了。

三色柱一圈圈转着，边上还摆着个大喇叭音箱，声音从老旧零件里流出，带着刺刺啦啦的杂音，放的也是首老歌——"原谅我这一生不羁放纵爱自由 [2]"。

大喇叭唱到一半，刚暗下去的手机屏幕陡然间又亮起来。

李振：你烫完头了？

[1] 五色石南叶《杀马特遇见洗剪吹》。
[2] Beyond 乐队《海阔天空》。

李振：真烫了？

李振：不是当钳哥的面说打死不烫爱谁谁想找别的乐队就去找反正老子不干吗？

李振：你可真是能屈能伸。

李振：你现在回哪儿？酒吧今晚不营业，钳哥让我转告你一声，演出挪到明晚了，他让你好好保持你现在的造型。

李振：要不你现在挑个好角度自拍一张给哥们瞧瞧？

陆延气笑了，懒得打字，凑近手机发过去一条语音："我还得保持造型？"

说完，他松开手，想了想再度按在语音键上。

"拍个什么劲。"陆延说，"老子现在心情很差。"

这几年他组了个乐队，商业活动就是去酒吧驻唱。他那天在酒吧后台确实对着孙钳拒绝得很彻底。这发型，谁烫谁脑子有病。

但人有时候是需要向生活低头的。

陆延把手机揣兜里走出去两步，那音箱又唱"风雨里追赶——雾里分不清影踪——[1]"。

他听着歌，回忆出门前理发店老板的那个眼神，分明在说：好好的一个人，怎么审美有问题。

这个小区离他住的地方很近，走路十几分钟就能到。

离得近也意味着环境差不多，都拥有较低的文明指数、总是让人捉摸不透的规划建设以及不怎么好的治安。

路边开的店也都跟开着玩似的。几家餐饮店仿佛都写着：无证经营、食品卫生不合格、你要不怕地沟油你就来。网吧更是就差没挂个牌子说自己是黑网吧了。

"荣誉"当然也是有的，去年刚被评选为 2018 年传销重点整治区域——厦京市生存法则第一条，遇到下城区的人得绕着走，十个里准有

---

[1] Beyond 乐队《海阔天空》。

八个不是什么好人。

想什么来什么。

陆延刚穿过那条餐饮街，走到小区门口附近，就看到五米远的路灯下并排坐了两个人。

天色已暗，路灯把两个人的影子拉得很长。其中一个拍拍另外一个的肩。

"兄弟，我知道，一个人带孩子不容易。我也是跟我老婆离婚了，孩子归我。日子是辛苦了点，可我们做男人的，责任总得扛，每次回到家里，看到孩子睡着时的样子，我才觉得——就一个字，值了！这点苦又算得了……"

另一个情绪低落地说："哥，那是两个字。"

"甭管是一个字还是两个字，总之，我懂你。我知道你现在的心情，我曾经也跟你一样不好受。"

说话的这个人，身上穿了件灰色工装，不知道是衣服本身就是这个颜色，还是穿的时间长了折腾成这样，他样貌普通，脸上有道从眼角蜿蜒至耳后的刀疤。

陆延脚步一顿。

然后他走上前几步，不动声色地蹲在两个人身后，像个背后灵一样。

那两个人说话说得投入，倒也没发现有什么异样。

等刀疤男说完，情绪低落的那位拼命点头，仿佛找到了知己，操着一口外地口音说："系（是）啊，真是不好受，她说走就走，根本么（没）考虑过俺的感受，孩子是俺一个银（人）的吗！"

等对方诉完苦，刀疤男眯起眼，话锋一转，说道："但哥现在站起来了，哥掏心掏肺跟你讲，男人最重要的还是事业成功，我现在手头上有个生意，你只需要投资这个数……"

刀疤男五根手指头刚伸出来，身后不知道哪里来的一股力量，硬生生把他五根手指往后撅！

"谁啊！哪个狗东西，找死啊！"刀疤男喊着，扭头往后看。

除开那头夸张至极的造型，姹紫嫣红的非主流发型底下的那张脸他熟得不能再熟——男人眼眸狭长，双眼皮深深的一道，眼尾上挑，很凌厉的气势，带着不知道从哪儿来的邪性。那张脸不说话没表情的时候自带一种"老子要打人"的感觉。

"陆延？！"

"是我。"陆延笑着跟他打招呼，手上力道却分毫不减，"刀哥，几个月不见，身上伤养好了？看你挺精神啊，上次骗别人投钱买什么龙虎丹，这次又是什么？说来听听，我也跟着发发财。"

这句话一出，边上那个外地口音的男人哪里还能不知道自己差点就中了计。

陆延看着他说："你不是这儿的人，新来的？"

"俺……俺老家青城的，来这儿打工……"

"青城，好地方。"陆延说着又想抽烟，低头去摸口袋，抬眼看那人居然还戳在跟前不动，"愣着干什么，跑啊。"

那人这才反应过来，手脚并用地站起来往马路对面跑了。

"哎，兄弟你回来……陆延你放手！"刀疤男眼睛都急红了。

等人跑远了，陆延这才松开点力道。

刀疤男手指被撅得狠了，一时间动不了，陆延跟没事发生过似的顺势在他手掌上拍了一下，"啪"的一声来了个击掌，又把刚才摸出来的烟往刀疤男手里塞。

"刀哥，来根烟？"

刀疤男心里真是想骂街了。

上来就撅人手指头，撅完轻飘飘来个击掌，还抽烟，这是人能干出来的事吗，要脸不要了？

"挡人财路如同杀人父母，不好好唱你的歌，三番五次搅我局，我告诉你这事我跟你没完。"

刀疤男气得声音都开始抖，但他还是接过烟，把烟咬在嘴里，从路边台阶上站起来，揉着手指边说话边转身，结果发现挡他财路、脸上写着"老子要打人"的那个人已经离他三十米远了。

"你还跑？有种挑事就别跑！"他的声音抖得愈发厉害，把嘴里那根烟都抖掉了。

陆延背着吉他包，路灯灯光直直地打在他头上，那团高高立起起码有二十厘米高的红紫色"火焰"在强光的照射下，每根头发丝都被照得透亮。

"走了刀哥。今天还有事，下次再跟你叙旧。"他高举起手，几根手指来回晃了两下。

刀疤男骂骂咧咧一阵，把烟扔地上踩，奋起直追。

但他那两条腿迈出去两步都不一定能有前面那位跨一步的距离，两人硬件上差距太大。刀疤男追了半条街追不动了，想想事情闹大对他也不好，于是停下来叉着腰喘气道："叙个屁的旧，滚滚滚，赶紧滚！"

陆延这才放慢脚步，从十字路口右边拐了进去。

前面不远就是第七小区，简称七区。

这片取名都相当随意，小区名字直接按照先后顺序取的，不过现在说它是小区实在有些牵强——厦京市怎么说也发展成新一线城市了，这片瞅着跟贫民窟一般的下城区实在是有碍形象，于是前几年出台了新政策，鼓励私人企业收购开发。

七区拆得已经差不多了，周围全是断壁残垣，水泥、钢筋、土块垒出无数座"坟包"。

然而就在这么个狼藉又荒凉、几乎已经被夷为平地的地方，有一栋……不，半栋楼突兀地立在那里。

楼侧写着：六号三单元。

陆延上楼没多久，门被人敲得哐哐响。

"延哥，延哥你在家吗？

"哥！

"哥，你理理我！"

陆延正在换衣服，他的手搭在皮带上，牛仔裤拉链拉到一半，又拉了回去，问："张小辉，你什么事？"

门外还要继续敲的男孩见门开了，手没来得及收。

男孩年纪不大，不过十七八岁，脚上蹬的是一双坏了的人字拖，尽管脱了胶，他穿着依然如履平地。他挠挠头，把手里叠成豆腐块一样的东西递过去，说："是这样，今天楼里开了个会，这是张大妈从医院里托人带回来的，老人家一点心意。开会的时候你不在，明天拆除公司可能还得来一趟……我去，你这个发型！"

"贼酷。"他说着比个大拇指。

张小辉的话没说错，虽然这个发型确实有点"非人类"，冲天扫帚搁谁头上都能丑出新境界，但陆延就不是一般人。

张小辉还记得两年前刚搬进这栋楼里的时候，那会儿正好快到中秋，他准备了十几盒月饼送邻居，从一楼挨家挨户送到顶楼，敲开602的门，见到陆延第一眼都有点傻了：长发，眉钉，一排的耳环，身上有种极其另类又夹着反叛的尖锐感。

然后长发男人眯起眼睛看他，嘴里吐出一口烟，说："新来的？"

这口烟吹得他忘了自己是来干什么的。

现在那个男人的长发已经变成了颜色亮丽的冲天扫帚头。

张小辉又说："延哥，你是不是在玩快手？"

陆延额角跳了一下。

张小辉深知大家出来讨生活都不容易，于是鼓励道："最近'葬爱家族'挺流行的。你又有才艺又有颜值，肯定能脱颖而出，称霸快手指日可待。"

"小辉。"陆延看了他一会儿，冲他勾勾手，"你过来一下。"

张小辉隐约觉得危险，说："我……我那个……我突然想起来我还有点事。"

"你有没有脑子。"陆延屈起手指，在张小辉脑门上弹了一下，不轻不重，"我这气质能是玩快手的？"

张小辉捂着头说："不不不，不能，我错了，延哥。"

陆延作势又要弹，看张小辉闭上眼，这才张开手，轻飘飘地搭在他肩膀上说："行了，谢谢你跑一趟，明天我基本都在，他们要是敢来——"

　　张小辉猜陆延下半句要说什么，脑子里过了八句话，结果还是没猜着。

　　陆延说："……我就干他们。"

　　这栋楼邻里关系奇特，大家都是预付了下一年房租的租客，结果突然小区被某家大公司买下要改成工厂，房东却一声不吭拿着房租和赔偿金跑了。

　　本来只是房租的事，但那家大公司派过来谈事的人态度奇差，没说两句话就动手，把住一楼的张大妈推在地上，推进了医院。

　　梁子就这么结下了。

　　要想比谁更难搞，这群常年住在低廉出租房里的人还从来没输过。

　　本来定在晚上的演出推到了明天，陆延回来放个吉他包就出发去酒吧的计划被打乱。他躺在床上打算睡觉，为了不碰乱发型还得跟床板保持距离，就这样憋屈地睡了一晚。

　　次日清晨。跟其他地方不同，七区拆除之后附近已经没有餐馆，即使是早上，摆摊卖早餐的流动摊位也不来这儿发展业务。整个七区瞅着跟无人区似的。

　　陆延睡得早醒得也早，不到六点就起来泡泡面，往水壶里加上水，等水烧开的间隙背靠灶台，忽然想到某段旋律，手指有一搭没一搭在瓷砖上敲着，另一只手推开身侧的窗户。

　　虽然这片环境不好，尤其是他们这个小区。但从他现在站的这个位置刚好能看到太阳从地平线升起，光芒把半边天染成通透的红色。

　　陆延看了会儿，把目光收回来，还是那个下城区，废墟也还是那堆废墟……他的视野里闯进了一辆车。

　　七区门口已经被拆得七零八落的拱门前停着辆银灰色跑车，改装过的，车尾巴改得骚气十足，看那架势仿佛都能往天上开。

　　这是辆不太可能出现在这里的车，附近大马路上横行霸道的除了小电驴就是二手车，整辆车从车灯到车屁股都透露出"格格不入"这四个字。

张小辉昨天说什么来着？

"明天拆迁公司的人可能还会来一趟。"来得够早的，陆延心想。

楼里住户大都早出晚归，各行各业，干什么的都有。这个点楼里的人走得基本上差不多了。

陆延最后看了一眼，确定只有这一辆车停在这里，后面没再跟辆大铲车什么的，构不成威胁。他嘴里哼着调，移开视线，盯着从水壶里冒出来的氤氲热气，指关节敲在冰凉的瓷砖上。

陆延屈指在瓷砖上敲着敲着灵感来了，手也有点痒，于是把架在墙上的吉他取了下来。他住的房子是个小单间，不到二十平方米，几件家具以不可思议的姿态挤在一起。更多的空间用来放乐器——几把吉他、不知道从哪个二手市场里淘来的电子琴——以及各式各样的唱片。

正在烧热水的乐团主唱陆延抱着吉他，插上电，从上到下扫了一下弦。然后照着嘴里哼的调又扫了第二下，他没注意到楼下那辆看着会飞的车熄了火，半分钟后车门开了，从车上下来一个人。

那人身上穿的是件做工考究的黑衬衫，衬衫袖口很随意地折上去几折，露出的半截手腕上戴着表，镂空的盘面上镶了圈钻，折上去的衣袖上沾着不明污渍，米白色的一小块，被黑色衬得很明显。

"老大，你真要进去啊？"车窗降下，从驾驶位上钻出来一颗脑袋，脑袋的主人染的是一头抢眼的红头发，那人左看看右看看，唏嘘道，"我还是头一回来这个区，这是人住的地方吗？危楼吧这是，瞅着都快塌了。"

面前是半个拱门，破的。

门卫厅拆没了。

脚下的路也没几步是平坦的。

总之哪儿哪儿都破。

…………

下车的那个人只是看了一眼周遭环境，没红头发表现得那么夸张，他甚至没什么情绪。不过看起来心情也不太好。因为他摸出来一盒烟，低下头，直接用嘴咬了一根出来，但是很明显，这种烦躁和面前这堆废墟无关。

"火。"肖珩咬着烟说。

红头发秒懂,立马掏出打火机,啪嗒一声打着,双手捧着从车窗伸出去,说:"这儿呢!"

肖珩弯腰凑过去,把烟点上了。

烟雾在红头发面前袅袅升起。

红头发给人点完烟,把打火机往副驾驶座位上扔,两只手又去把着方向盘,他像摸女人似的在上面来回摸了几下,说:"你这辆车真行,男人的终极梦想,开着太爽了!老大,我能在附近再开两圈吗?"

"翟壮志。"

猝不及防听到自己名字的红头发"啊"了一声。

肖珩又说:"滚。"

翟壮志:"……"

"滚去找找附近有没有超市。"肖珩抽着烟走出去两步,补充道,"然后买罐脱敏奶粉再滚回来。"

"大哥你说话不要说一半。"翟壮志拍拍胸口。

肖珩走到那半栋楼楼下,这栋楼不知道到底是什么构造,好像有人在门口打过一架,出入门整个都歪了,一推就开。

他摊开手,掌心里是张字条,字条上写着:和谐小区六号三单元,601室。

"老大,你刚才说什么奶粉来着?"翟壮志开出去五百米远,又给肖珩打电话,"托米?是个外国牌子?"

"脱敏奶粉,过敏的敏。"肖珩把还剩大半截的烟掐灭了。

"我去……"翟壮志踩一脚油门,"那个小不点喝普通奶粉还会过敏啊,我哪里能想到奶粉还有那么多讲究。你才带了那个孩子几天,就懂那么多……"

肖珩挂了电话。

翟壮志咋咋呼呼的声音消失在耳边,但世界并没有因此变得清静,因为与此同时,从楼上传下来一段琴声,失真的效果听起来非常激烈,穿透力极强，生生把空气劈成两截。

电吉他。

只是实力跟硬件完全不匹配，弹得磕磕巴巴，堪称魔音入耳，中间夹着杂音，还有手指没按稳时拨出的沉闷的错音……如果玩吉他还分等级的话，现在在弹的这个人可能连评选资格都没有，这弹得也太烂了。

狭窄的楼道里贴满了小广告，还有用红色喷漆胡乱喷的涂鸦，那种卜城区独有的粗俗从墙皮裂缝里无声地冲出来。

同样冲出来的还有杀伤力越来越猛烈的吉他声。

肖珩走到六楼，烂出新境界的吉他声离他太近，只跟他隔了一堵仿佛并不存在的墙。

紧接着吉他声转变成一段点弦，大概是想炫技，但是完全没炫出来。

"……"

吉他声停了两拍，肖珩在错开的那段空白里听到几句并不太清晰的哼唱声。

男声。音色居然还不错，唱的调也准，比吉他强多了。

陆延弹完最后一个音，陶醉地闭上眼睛，感受余音绕梁，缓足三秒才睁开。他轻轻甩了甩左手手腕，在手写的谱子上改了几个音，然后把吉他挂回去，将开水倒进泡面桶里，顺手拿碗压着。

他对着那张已经被改得面目全非的谱子看了会儿，打算取个名，于是拿笔在最上面写下两个字：飞翔。

感觉不对。

画掉。

他又写：飞吧少年。

…………

也不太行，是来搞笑的吗?

画。

接连画了四五个，最后顶上只剩三个张扬随意的大字：没想好。

　　他把这张纸拍下来，给李振发了过去。防止李振不能第一时间看见，陆延又在表情包收藏栏里找了十几个表情一并发过去，这种骚扰行径做得简直得心应手。

　　"陆延！你大爷！"李振的电话很快就来了。

　　陆延说："别总问候我大爷，我大爷挺好的，身体健朗吃得好睡得香。"

　　"……"李振崩溃道，"这才几点啊，我正睡觉呢让你给我嘀醒了！"

　　"新曲子你看了没。"

　　"你等会儿，我现在就看。"李振又是崩溃又是好奇。

　　这不看还好，一看更崩溃。

　　"这啥玩意儿，你这写的都是些啥……跟你说多少次了你写成这副鬼样子没人看得懂，咱能好好写字吗？我瞅瞅，我就瞅得清个名字！"李振说话声越来越响，再往上努力努力都可以去唱高音了，"名字还叫没想好！"

　　陆延摸摸脖子说："看不懂啊，那我弹一遍给你听？"

　　李振那头是死一样的沉默。老实讲陆延写歌的水平是很可以的，努力型和天赋型，他绝对是第三种——又努力又有天赋型。作为主唱，歌唱得也不赖，他们乐队能在这片地区称霸，人送外号"魔王乐队"不是没有道理。就是每次陆延都发些让人看不懂的草稿，那草稿草得不听他弹一遍根本理解不了……但他弹琴，是真的难听。

　　李振彻底清醒，睡意全无。

　　"我刚没睡醒。"李振解释说，"延儿，我觉得你这个谱子虽然看似复杂，但其实不然，是我刚才没有用心去感受。"

　　陆延说："那你再感受感受。"

　　李振："行，我再感受感受。"

　　撂电话后陆延把纸折起来，贴在冰箱上，正打算吃泡面，突然想起来他拿着压泡面的碗是前几天问隔壁借的。

　　隔壁住的是个独身女人，长头发，搬过来不到半年时间，陆延连她叫什么都不知道。女人平时不怎么说话，白天不知道什么时候出门，晚上回来得比他还晚，基本上碰不上面。

陆延打算先把碗给还了，免得一扭头又把这茬儿给忘了，他出门前顺便从果盘里挑了几个橘子搁碗里，然后拉开门——

在他们这栋破楼里⋯⋯

在六楼狭小的楼道内⋯⋯

这个点，这个时间，站着一个非常可疑的——男人。

除了可疑之外，陆延看他第一眼脑子里冒出来的另一个形容词是"贵"。面前这个男人从头到脚都讲究得很，垂着眼看人的时候有种说不上来的冷淡，那是一种仿佛不把任何东西放在眼里的眼神，挺嚣张的，也挺欠打。

至于"贵"具体怎么形容，大概就是李振经常说的：能把十块钱地摊货穿出十万块钱的气质。

陆延一下子把他和刚才楼下那辆银灰色改装车联系到了一起。那辆车是他的？哪家跑出来的大少爷？拆除公司老板的儿子？这次过来带了多少弟兄？是不是想打架？

陆延脑子里在高速运转。只是两个人看起来，陆延更像可疑的那个。

由于保护得当，陆延那个颜色丰富、造型狂野的杀马特发型依旧完好如初，昨天抹的发胶到今天还很坚挺，神似火焰的扫帚头依旧高高立着。

他这个造型，冲击力比刚才的吉他声还强。

丰富狂野的陆延站在门口，率先打破沉默问道："你谁啊？"

男人说："我找人。"

陆延脑子里把住在这层楼里的人都过了一遍，对找人这个说法持怀疑态度。

楼里的住户跟"富豪亲戚"这四个字实在是八竿子打不着，除了孤儿寡母就是有极品穷亲戚的，楼下有个女孩子前几天还被她亲妈千里迢迢追过来扇了两巴掌，就因为那姑娘不肯出钱给她弟买房。

"找谁？六〇几的？"陆延问。

"601。"虽然没表现出来，但那个人明显开始不耐烦。

"你找红姐干什么？"陆延胡诌了一个名字，在翠花和小红之间犹豫了两秒。

"……"男人说，"你管这么多？"

"她出门了。"出乎意料地，陆延没再问下去，侧身道，"估计过会儿回来，你怎么称呼？"

"我姓肖。"

陆延点点头，不动声色地把手机掏出来，点开微信，找到和张小辉的对话。"行，我给她打个电话通知一声，你先上我家坐会儿？"

"谢谢。"肖珩的语气也缓和下来，"我站这儿等……"

只是他话还没说完，直接被陆延反手摁在墙上！

陆延用一只手禁锢住对方的手腕，将他整个人强迫性地背过去，肖珩的脸就跟楼道墙壁上那行红色涂鸦来了个亲密接触。

红色涂鸦画的是只长着獠牙还带翅膀的不明物体，肖珩再往上抬眼刚好对上不明物体的眼睛，两个圆圈。

然后陆延把另一只手里拿着的东西松开，哐的一声，碗和橘子直接落在地上。

他丝毫不给对方反应的机会，手肘抵上肖珩脖侧。陆延手臂上本来就没什么肉，线条紧实，手肘处突出的那块骨头卡在人脖子上硌得人生疼。

两个人身高差不多，从陆延这个角度能看到男人隐在衬衫布料底下的一截后颈，他凑近了说："哪儿有什么红姐，我都不知道隔壁那姑娘叫什么，随便拿个名字唬唬你还真让我给套出来了。看你人模人样的，怎么也干这种事。"

肖珩八百年没骂过的脏话都要让他给逼出来了，扭头道："你有病？"他说完，深吸一口气，"我确实不知道她叫什么，但我真的找她有事。"

两个人贴得很近。近到连对方的呼吸声都听得清楚。

刚才在楼道里肖珩一直没拿正眼瞧这个人，这下瞧仔细了，除开那头夸张的发型，那张脸长得意外地不错。

这个不错主要来源于，即使烫了这么杀马特的头，看起来也离丑还有段相当遥远的距离。

然后杀马特张口道："有事？是想切电路还是砍水管？"

杀马特又问："你这次来带了多少弟兄？"

"放手。"

"我不放。"

"喂，杀马特。"肖珩气笑了，"我最后说一次，放手。"

"……杀什么？"陆延也气笑了，"你再说一遍？"

肖珩放缓速度重复了一遍："杀——马——特。"

"哎。"陆延拖长了音，流里流气地说，"听话。"

陆延只是想把人控制住，防止他在其他住户赶回来之前逃跑，上次拆除公司来那一趟过后张大妈的医疗费都是大家凑出来的，整件事还没个说法。

他并不想用暴力解决问题。人生在世，在这个社会上摸爬滚打经历得多了，轻易不动手，只动嘴。

陆延一开始是真没把这个大少爷模样的人放在眼里，看着这位少爷，他有种老子在江湖上闯荡的时候估计你还在家里喝奶的感觉。让他一只手都翻不出什么浪。

然而就在这个时候，本来被他紧紧压制着的人突然发力，局势瞬间颠覆，被摁在墙上跟红色涂鸦眼瞪眼的人就成了陆延。

我去。

陆延感到意外。还挺能打的？

肖珩觉得自己脑子里那根叫"理智"的神经已经濒临断裂，他把那股烦躁强压下去，试图再跟这位杀马特进行沟通："听着，你可能误会……"

话没说完，楼下哐当一声。那扇不需要门禁卡的出入门不知道又被谁推开了，动作还很粗暴，楼道里回响着撞击发出的声音。

紧接着，是一句更粗暴的脏话。是个嗓音沙哑的男人，那人嗓子里仿佛含着口痰。

"呸，给我拆！把电闸给我拆了！电路切了！"

"楼里没人了吧？"

另一个人回："没什么人，派人进来探过了，都上班去了。"

"那就行。"那人阴恻恻地笑了声，"我还就不信了，这回治不了他们。"

"……"肖珩头一回知道什么叫跳进黄河也洗不清。

陆延在和面前这位可疑人士扭打之前就给张小辉发了信息，只发过去三个字"有情况"，他不知道三单元有多少住户接到消息在往回赶。

事实证明速度相当迅速，人数也不少。

率先进楼的是个脖子上戴条大金链子的男人，炎炎夏日，他身上只穿了一条花裤衩，风一样的速度，气势比拆除公司那帮人强多了。

大金链子说："我看谁敢动这电闸一下！我要他狗命！"

三单元广大人民群众的速度可以说是风卷残云，连手无缚鸡之力的张小辉都干倒一个。十分钟后，那帮打算来拆电闸的人跟白菜堆似的摞在楼外，其他人将他们团团围住，嘴里喊着口号。

"齐心协力，一致对外。"

"燃烧我们的热血！点燃我们的激情！"

"跟我喊，拒绝强拆！"

"拒绝强拆！"

"……"

"六号三单元！就是不要脸！"

"不要脸！"

乌泱泱二十来个人聚成半个圆圈，高高举着拳头，每喊一下就往天空高举一次，不知道的还以为是什么邪教聚众现场。

陆延站最前面，鹤立鸡群，是里头最邪门的那个。

"都给我蹲好了！"大金链子站在陆延边上，手里拿的是地上随手捡的树枝。

大金链子说："你们几个，啊，还真是死不悔改……人之初，性本善，做人最重要的就是善良，是什么让你们走上人生歧途？说你呢，把头抬起来。"

张小辉站在他身后狐假虎威，结结巴巴道："说……说……说你呢！"

陆延没说话，他想摸自己口袋，结果发现只有打火机没带烟，于是极其自然地去摸大金链子身上穿的那条花裤衩，从裤兜里摸出来一盒大前门，他从烟盒里抽出来一根。

"你……"陆延叼着烟蹲下身，视线定在白菜堆里最显眼的那个人身上，又"啧"了一声，"投降还是认输？"

大少爷最后一丝修养耗尽，黑着脸送他一个字："滚。"

"怎么说话呢？"陆延说，"有没有素质？"

这次大少爷连一个字也不赏了。

这时，白菜堆另外一个人想说话："那个……"

陆延说："你闭嘴，没你事。"

那个人还是想说点什么："不是……"

"都让你闭嘴了，闭嘴听不懂？"陆延抖了抖烟灰。

"闭……闭……闭嘴，听不懂？"张小辉有样学样，只是毫无气势可言。

"不是。"那个人意外地坚持，他缩缩脑袋，指指边上的人。

一身贵气。冷脸。还有那块看着就价值不菲的手表。

他们威震天拆除公司根本就没有这号人物！他非常疑惑地爆发出一句质问："这个人，他谁啊？"

陆延被嘴里的烟呛到了。

七 芒 星

CHAPTER

2

散伙

"生活嘛，有时候就是在教你学会妥协。"

陆延除了被自己嘴里那口烟呛到，还被姓肖的那辆改装车的车尾气报复性地熏了一脸。

大金链子跟着陆延一道追出来，站在七区门口望着那辆驶向远方的车，车尾翼翘着跟对翅膀似的，他用胳膊肘碰碰陆延，问道："怎么回事，老弟，你逮错人了？"

陆延一时间也不知道该说什么。

逮错人了？还真是误会？

"伟哥。"陆延回想起刚才楼道里的那段争执，觉得尴尬以及对无辜人士感到抱歉，虽然无辜人士非常不懂礼貌，一口一个杀马特。

他把手上的烟灭了，叹口气，对大金链子说："你车借我用吧，我追上去跟人道个歉。"

"别的事情哥都能答应你，车不行！"伟哥身上如果有刺的话，在听到"车"的时候绝对已经乍开了，每一根都紧张地立起来。

陆延说的车是辆摩托车。伟哥是楼里老大哥，在收债公司上班，平时干的都是刀尖舔血的生意，右胳膊上文着方方正正的四个大字"欠债还钱"，七区拆之前在民众自发组织的妇女联合委员会里任职，刚柔并济一男的，在楼里颇有威望。

那辆摩托车是伟哥为数不多的资产里最值钱的一样。黑色，地平线外观，配四缸发动机，他平时都拿那辆车当儿子疼。

陆延说："是不是兄弟。"

伟哥怒不可遏道："你上次开出去差点把我车给撞了！"

"差点，那不是没撞嘛。"

"等撞上那还得了！真撞上你现在就不会在这儿了，你坟头草估计都能长两米了。"

"我这次绝对稳开稳打，时刻牢记生命诚可贵，我伟哥的车价更高……谢了啊。"陆延直接去拿伟哥系在腰间的钥匙。

"说真的。"伟哥想到上次的车祸，"你那天什么情况，我眼睁睁看着你差点撞墙上。"

陆延这会儿不说话了。他低垂着眼，目光聚在那串钥匙圈上，半晌才笑笑说："手滑。"

伟哥拿他没辙，又说："你知道他们往哪儿走了吗？你就追。"

"去市区的路就那么几条。"陆延用手指钩住钥匙圈，边走边把钥匙圈转得丁零当啷响，"碰碰运气。"

事实证明陆延运气不错。那位少爷肯定是头一次来这儿，十有八九车上开着导航。他本来打算按照导航推路线，结果没开几段路就看到了那辆眼熟的改装车……还有车后50米处那个三角警示牌。

肖珩觉得他今天出门肯定是没看皇历，不然老天怎么能够在短短十几分钟里给他制造出那么多惊喜。

"老大。"翟壮志小心翼翼地说，"这车真抛锚了？"

肖珩说："它也可能只是跑累了，休息一会儿。"

"那拖车什么时候到？"翟壮志摸摸鼻子，知道自己问了一个蠢问题。

"半小时吧。"肖珩抬手按着太阳穴说。

这地方前不着村后不着店，左边是老旧的住宅区，右边是一片荒废了的果园。

高温天气，外头风吹日晒。两个患难兄弟只能坐在车里打发时间。

"我以前还真不知道咱市还有这么个地方。"翟壮志说，"刚才绕半天才找着一小杂货铺，铺子里卖的都是什么你知道吗？我头一回见到旺仔牛奶。"

肖珩心说，我头一回听到有人能把吉他弹得那么烂，头一回见着杀马特，更是头一回跟人在楼道里打架。

"对了，人找到了吗？"翟壮志想起他们这次下城区之旅的重点，"那女的怎么说，她总不能知道了你爸不打算养这个孩子，还扔给你们家吧……自己的亲骨肉，真这么狠心？"

翟壮志话刚说完，肖珩的手机屏幕开始闪。

手机屏幕上是三个字：肖启山。

肖珩没接。翟壮志想问怎么不接，余光瞥见屏幕便知道怎么回事了。

肖启山这三个字好像有魔力，肖珩从出来到现在一直以来压着的那股情绪终于再怎么压也压不回去，几乎要把他整个人吞没，胸腔里所有的空气瞬间被挤干。

男人庄严又不带感情的话仿佛能透过屏幕钻出来——肖珩，我怎么就生出你这个废物。

废物。

他渐渐觉得呼吸不过来，手指尖变得特别躁，这种躁就跟火烧一样。

干，且烫。烟瘾犯了。

没人说话，车内安静几分钟，外面倒是有人敲了敲他们的车窗，用带着点口音的不标准普通话关切地说："小兄弟，车抛锚了？前面有家汽修店，要不要帮你们打个电话？"

肖珩把车窗降下来。车窗外弯着腰说话的是个陌生男人，穿灰色工装，脸上有道疤。

"谢谢，已经打过了。"肖珩现在这个状态根本不想跟任何人多说话，但是对方没有要离开的意思，于是他又问，"还有事吗？"

刀疤男眼睛定定地看着肖珩降车窗的那只手上的表，又不动声色打量了一圈车里环境，然后笑呵呵道："我远远看着这辆车就觉得眼熟，我以前也有一辆差不多的。"

刀疤男开始讲自己的爱车，讲述他如何开着它走遍全国各地，又忽然语调一转，颇有些唏嘘地说："不过车早没了，被我捐了。别看我这副样子，我以前是开食品加工厂的，也算辉煌过……但是后来我发现，这钱财啊，都是身外之物。"

中间省略一大段关于自己从白手起家到事业辉煌的演讲。

"有钱又怎么样呢，再多的钱也只会让人觉得空虚，找不到人生真正的意义，迷失在物欲横流里。所以哥现在把全部的重心都放在慈善事业上，帮助沙漠绿地化，资助山区贫困儿童上学。"刀疤男把手机掏出来，三两下点开百度，找出一张照片，照片上是残破的教室，遮不了风挡不住雨，"你看看，这就是贫困儿童的学习环境，你难不难受，痛不痛心？"

翟壮志听得一愣一愣的，他的目光定在那张照片上，点点头说道："这学习环境真的是艰苦。"

肖珩："……"

"是啊，眼看着一个个怀揣梦想的孩子被雨水打湿翅膀，负重前行，"刀疤男拍拍翟壮志的肩膀，说到动情处，语调变得铿锵有力，"所以我更加坚定地在我的慈善道路上继续前行！人最重要的就是活出自己的价值，这个世界上有很多比钱更重要的事情，小兄弟，哥现在手头上有三个慈善项目……"

刀疤男说着，伸出三根手指。刀疤男正打算详细介绍那几个慈善项目，听到身后有个熟悉的声音对他说："手指头没被撅够？"

陆延骑在摩托车上，一只脚蹬地，正好停在刀疤男身后。他腿长，这个姿势做出来就像刻意找过角度的电影镜头似的。

"遇到没钱的说要带人发财，遇到不差钱的就改成慈善。"镜头中心人物说，"思路很灵活，夸夸你。"

翟壮志还沉浸在被雨水打湿翅膀的贫苦儿童的慈善氛围里，这时候总算反应过来，说："你是骗子？"

刀疤男觉得陆延这个人可能是他招摇撞骗生涯里躲不过去的魔咒。

一道跨不过去的坎。

一堵翻不过的墙。

…………

"怎么又是你，你没完了还？我是不是上辈子挖你坟了？！"刀疤男的声音都开始打战。

陆延对这番话表示认同："可能是特别的缘分。"

刀疤男再怎么不甘心，也不敢一个人对三个人，他左看看右看看，最后扭头往道路另一侧溜了。

陆延这才去看车上的人，"肖……"他压根不知道人叫什么，肖不下去。

倒是肖珩下了车，并且直接伸手把也想下来看热闹的翟壮志摁回车里。

"我去！"翟壮志的脑袋直接磕在车门上。

肖珩说："你在车里待着。"

"刚才不好意思。"陆延看着他说，"都是误会。"

陆延看着面前这人一脸"我不太想理你"的样子，觉得这位暴脾气大少爷不会领情。

陆延等了三秒，发现对方真的是不领情。气氛有点尴尬，陆延摸摸鼻子又说："601 的人今天真不在家，你要是着急，等她回来我跟她说一声。"

这场面注定只是他一个人的独角戏，对方可能还是懒得理他，陆延正打算告辞，没想到面前这人说了两个字："不用。"

陆延觉得他对这人的第一印象一点错也没有，脾气性格都不怎么好，而且冷淡至极。反正两个人不熟，该说的话说了，陆延也不打算多问，说道："那行……你们这车没事吧？"

说话间，不知道哪儿传来振动声。

嗡。

嗡嗡嗡。

肖珩循着声去看陆延蹬在地上的那条腿。

陆延今天穿的是条牛仔裤，应该是手机振动发出来的声响，手机紧贴在大腿根部，一有消息振得特明显。

陆延伸手掏了半天才把手机掏出来。

是伟哥。他才刚把车开出来前后总共不到五分钟，伟哥就在电话里急不可耐道："你小子追上没有，没追上就拉倒。都五分钟了，我车没事吧？"

"追上了，能有什么事啊。"陆延说，"你儿子就是我儿子，我油门都没怎么拧，边上电动车都比我快……行，我马上回来。"

伟哥又叨叨一阵，这才挂断电话。

陆延把手机塞回去，侧头去看肖珩，又重申一遍："总之今天这事真对不住。"

说完他拧下油门，开着摩托车掉头往七区方向驶去。

陆延开车回去的时候，威震天拆除公司的那帮人已经走了。

"伟哥，你儿子还你。"陆延从车上下来，把钥匙扔给伟哥。

伟哥接过，绕着他那辆宝贝摩托车从车把手到车轮胎依次检查。

"怎么样？"陆延边甩手腕边问，"张大妈的医药费讨回来了？"

伟哥确认自己的摩托车没出什么问题，把钥匙挂回腰间，呵呵笑着说："给了，两千五，你伟哥出马还有讨不回的账？"

"厉害啊。"陆延捧场道。

"那哥就上班去了。"伟哥看看时间，"你晚上有演出不？没有的话晚上咱哥俩喝一个，好久没跟你一块儿喝酒了。"

陆延平时除了白天会去做几份不固定的兼职之外，基本就是个夜间工作者，一到晚上就往酒吧里钻。

陆延说："改天吧，晚上有个场子得跑。"

陆延习惯提前两个小时去酒吧做准备，等时间差不多就开始收拾。刚套上裤子，带金属链条的低腰牛仔裤松松垮垮地卡在胯骨处，他裸着上身继续翻衣柜，翻到一半才突然想起来今天发生太多意外，导致他还有件重要的事没干。

陆延把背心扔回去，从通讯录里翻出一个叫"孙钳"的人的号码。

电话嘟了两声后通了。直接飙出来一首震耳欲聋的迪厅神曲，由于音量太强劲，传过来的时候甚至爆了好几个音："社社社社会摇！买个表买个表！……我脑袋里在开 Party（派对）！不晃都不行！"

"……"

陆延把手机拿远了点，喊道："钳哥。"

然后电话那头才传出来一个男人的声音，说话声比迪厅神曲还响，中气十足地喊："等会儿！我这儿忙着呢！"声音顿了顿，然后又是一句："敢在老子店里嗑药——把人丢出去，报警！丢远点，跟咱酒吧隔他个八条街……陆延你小子到底什么事？"

陆延看了眼日历，今天是五月一号，他觉得切入主题的方式还是得委婉一点，说道："钳哥，五一劳动节快乐。"

孙钳此刻正站在酒吧门口，刚收拾完躲在厕所里的人，整个人都很忧愁。

"什么鬼节日。"孙钳忍无可忍道，"陆延你有屁就赶紧放！"

陆延这才说："是这样。头我烫了，给报销吗？"

"啥？"

孙钳在厦京市商圈附近开了家酒吧，虽然资历老，但现在政策越来越严，开酒吧也不容易，要是这帮年轻人晚上蹦高兴了偷摸着来个聚众吸毒被抓着，他就是跳黄河也洗不清。不当心就得吃黄牌。

他平时要忙的事太多，听到烫头一时间还没想起来。直到陆延又说："就那个姹紫嫣红远看像团火近看像扫帚的傻 × 发型，我劝你做人要有点良心。"

陆延和他组的那个乐队，四个年轻人在他店里驻唱快四年了。上周他是提议让小伙子换个特别点的造型。不过……

"钳哥。"孙钳正想着，有位酒保从店里走出来，又不知道有什么事要说。

孙钳头疼得很，冲酒保摆摆手，让他等会儿。"怎么就傻 × 了，那头发！彰显的就是一个帅字！两个字那就是超帅！你钳哥我年轻时候玩乐队那会儿这玩意儿可流行了，我当年就是这发型，你们现在这些小年轻真是不懂欣赏——不过你们乐队今晚的演出不是取消了吗？"

"取消？"

"对啊，就刚才，大明和旭子一起给我打的电话，说来不了……我以为你们商量好了呢，我还问他们你知不知这事，他们俩支支吾吾半天说知道。"

孙钳说着，电话那头没声了。孙钳又想问怎么回事，结果话说一半没说下去："你们这——唉。"

陆延直到挂了电话也不知道自己最后都跟孙钳说了些什么，他脑子里断片了很久。

手机响了声，是两条一模一样的信息。一条黄旭的，一条江耀明的：哥，我俩干不下去了。

紧接着是另一位显然也才刚得知此事的人。

李振：？？？

这怎么回事啊！一个两个的胡言乱语啥！

今天愚人节？不对啊，今天是劳动节啊！我去，这是真的？！

陆延盯着手机屏幕，闭了闭眼，再睁开的时候才打字回复：真的。

他又加上两句：把他俩叫上吧，出来见个面。老地方。

陆延发完，也不去管李振会回些什么，把手机往边上扔。

他的目光定定地落在斑驳的墙皮上，上面贴着张海报，说是海报其实也就是拿自己拍的照片打印出来的东西。

海报里的场景是个酒吧，迷幻的灯光从最顶上照下来，勉强挤下四个人的舞台看起来像会发光似的。台下是一片高高举起的手，他们隐在这片昏暗里，用自己的方式跟着呐喊。

舞台前面那根杆子上挂了块布，像旗帜一样，上面是四个英文字母：Vent。

海报最下面写着——乐队成员：主唱陆延，鼓手李振，吉他手黄旭，贝斯手江耀明。

陆延说的老地方就是一路边摊。

平时乐队演出完他们就经常来这儿喝酒，聊歌，聊演出，讲点带颜色的垃圾话。

黄旭和江耀明出现在前面交叉路口的时候，串已经烤得差不多了。李振一个人干了两瓶酒，抱着酒瓶子单方面发泄情绪："早不说晚不说，偏偏挑演出开始之前，有什么事大家不能一块儿商量？啊？这是兄弟吗？是兄弟能干出这事？"

陆延坐在他边上，抖抖烟灰，没说话。

"延哥，振哥。"黄旭个头不高，人特别瘦，他犹犹豫豫地叫完，又尴尬地说，"延哥你这头发烫得很拉风啊。"

江耀明站在后头点点头，说："真的很拉风，大老远就瞅着了。"

四个人坐一桌，气氛稍显沉默。

毕竟是相处了四年的队友，陆延打破沉默，问道："怎么回事？聊聊？"

黄旭和江耀明两个人低着头不说话，过会儿黄旭才讷讷地说："我妈病了……"

他们两个人的状况很相似，十六岁就背着琴到处跑，家里人极力反对，没人理解什么是乐队，什么是"摇滚不死"。

但生活给人勇气的同时，也在不断教人放弃。搞乐队多少年了？在地下待多久了？以前不分白天黑夜满腔热血地练习，现在晚上躺在床上睁着眼睡不着，脑海里不断环绕着的居然是不知道什么时候萌生出来的念头：算了吧。

其实乐队解散不是什么稀罕事，太常见了。这几年在防空洞彩排，防空洞里各式各样的乐队来来去去，成团，又解散。理想太丰满现实太骨感，年轻的时候还能义无反顾追寻梦想，过几年才发现始终有根看不见摸不着的线长在你身上，那股劲一扯，你就得回去。

"……阿姨身体没事就好，决定好了？"陆延记不清抽的是第多少根烟。

黄旭猛地抬头，绷不住了，眼泪直直地落下来，哽咽道："延哥。"

"好好说话，别在老子面前哭——"陆延实在不擅长应对这种悲情氛围，脚蹬在地上站起来，打算去冰箱里拿酒。

李振把拿着的酒瓶子放下，也说："哭哭啼啼的干什么呢，不知道的还以为我们这是在演八点档苦情剧。"

这顿散伙饭吃到十点多。烧烤摊生意红火，几个孩子聚在一起绕着摊子你追我赶，下城区作为最不发达的区域，跟市里其他地方比起来唯一的优势就是晚上能看到星星。

这天平常得就像平时任何一天。饭局结束后陆延没坐公交，往前走了段路，酒喝太多，走到半路开始反胃，蹲下来干呕。

可能因为喝得多了，他盯着路灯的倒影，想起来四年前头一回见到黄旭和江耀明时的情形。老实说这两个人的琴其实弹得并没有那么出色，能被他和李振遇到也是因为去其他乐队面试没选上，但那会儿这俩男孩浑身都是干劲，一提到音乐眼睛就发亮。

接着脑海里画面一转，转到烧烤摊上，黄旭眼底没什么波动地说："买了回去的车票，三天后的火车，我妈身体情况也稳定下来了。家里人给我在县城里找了份工作，汽修……我以前上职校的时候学的就是这个，不过没念完，工资挺稳定的。"

陆延撑着路边台阶，眼前那条街道都仿佛是虚的，光影交错间有种强烈的不真实感。

他走回小区花了一个多小时，这一个多小时里来来回回地想了很多。

四年前的夏天，那时候他们乐队才刚组建起来，是个说出去谁也不知道的乐队。几个人配合得也不行，找个词形容那就是合伙单干，身体力行地表达出一个想法：让开，这是老子的场子！

从2015年到2019年，他们在城市防空洞里没日没夜地排练，在这种隐秘的、黑暗的、密闭的空间里疯狂制造喧嚣。

陆延走到七区门口，废墟之间，六号三单元亮着几盏灯。

上楼。开门。陆延站在浴室里才终于有了一丝虚幻之外的真实感，冷水从头顶冲下，他头上那团高高立起的扫帚洗完之后服服帖帖地垂了下来。为了演出烫的这个傻×头到最后也没派上用场，说不清心里是什么感觉，也许是后悔。早知道费那个劲干什么。

陆延洗完澡后没顾着把头发擦干，他单手撑在水池边上，另一只手里拿着把剪刀比画着，想找个最佳的下手位置。

染发剂是从头发后半段才开始抹的，红紫色渐变跟原来黑色的地方接着，只不过接得不太均匀，高低深浅都不一样。陆延最后凭感觉随便剪了几下，有碎发掉在脸上，他接水洗了把脸，洗完睁开眼去看镜子。把头发剪短之后只有发尾还有几缕不甚明显的挑染上的颜色，几年没剪过短头发的陆延摸摸裸露在外的后颈，觉得不是很习惯。

散伙饭之后陆延两天没有出门。除了睡觉几乎什么都不干，饿了就起来泡泡面，吃完接着倒头睡觉。手机没电自动关机了他也没去管，一直扔在床头没有动过。他也说不清自己现在到底是个什么状态，是逃避，还是在调整。

江耀明和黄旭退队之后，所有乐队演出活动都得暂时终止，不光演出，每周为彩排空出来的时间也不少，现在这些时间都被抹成了空白。

这种空白像条看不见的藤蔓，一点一点缠上来。尽管生活和之前其实没什么太大不同。

第三天早上，他终于洗了把脸，把长出来的胡楂仔仔细细刮干净，又去附近理发店修了头发。回来之后烧热水，等水烧开的过程里找充电线，在柜子里翻半天，翻到一张画工粗糙的专辑。

那是他们乐队发行的第一张专辑。名字取得尤其"中二"，叫《食人魔》。

专辑封面是陆延自己画的，画了一个具有抽象派画家潜质的山羊头。他没学过画画，但由于大部分预算都投在了录音棚里，不得不亲自操刀。

主打歌风格特别，歌曲最高潮的地方由陆延的两句低声清唱开始，然后是铺天盖地的鼓点，节奏顷刻间席卷而来。

> 将过去全部击碎
>
> 还剩谁
>
> 快走吧
>
> 快走吧
>
> 快走啊
>
> …………
>
> 什么上帝的称谓
>
> 就算不断下坠也无所谓

激烈的节奏，带着想要撕破一切的狂妄。

专辑寄售在音像店里，卖得意外地好，音像店老板还开玩笑地打趣他们："准备什么时候开个演唱会啊。"

"总有一天。"当时江耀明抹一把汗，意气风发地说，"我们会站到最高最大的舞台上！"

陆延找到充电线，插上手机，等开机页面自动跳出来，紧接着就看到一长串未接来电。

孙钳，李振，黄旭……

陆延先给孙钳回了通电话。演出临时取消这事做得不仗义，演出信息几天前就发出去了，临时取消对酒吧来说也有一定影响，陆延觉得怎么着也得给孙钳赔个不是。

但孙钳为人豪爽，不是计较这种事的人，比起演出，他更关心这四个年轻人。

"跟我还扯什么抱不抱歉的，你们几个最后谈得怎么样？"

陆延没说太多，只说："他俩家里出了点事。"

就像孙钳之前说的，他年轻的时候也玩过乐队，哪儿能听不出来"家里有点事"背后的意思。他当年组的那个校园乐队也是，大学毕业之后大家各奔东西，上班、结婚、生子……

孙钳在心里默默地叹口气。

陆延的乐队不是第一支在他们酒吧驻唱的乐队，这些年轻人玩乐队来来去去的，但这支江湖人称"魔王乐队"的绝对是驻唱时间最长的一支。

四年啊。四年时间意味着什么，孙钳记得那会儿陆延还是个从来没上过台的主唱。控场能力十分糟糕，演出事故时时刻刻都在发生，麦克风都往台下掉过几次，最狠的一次甚至连人带麦克风一起掉下台。

孙钳觉得自己一个外人看着都难受，更何况陆延，于是他安慰道："人生就是这样，理想这个东西吧，太虚。有时候谈再多理想，最后也都是要回归生活的，尤其玩摇滚……你也别气馁，咱们这大环境就这样，地下待着，可以，你想往地上走，太难了。"

陆延没说话。

孙钳说："生活嘛，有时候就是在教你学会妥协。"

孙钳正说着，陆延却突然喊了他一声："钳哥。"

孙钳："嗯？"

"可我认为……"陆延说话的时候恍惚间回到了几年前，他后半句话语速放得很慢，"生活是永不妥协。"

孙钳听到这话整个人都愣住了。

陆延又道："不说了钳哥，我等会儿还得去车站送送他俩。"

陆延收拾好准备出门，门外突然传来一声巨响，是踹门的声音。

紧接着是陌生女人越来越癫狂的声音："贱人，勾引别人老公，你就该想过今天，你出来——"

601的门开了。那位不知道姓名的女人今天身上穿的是条黑色露背短裙，很风尘的扮相。似乎是刚回来没多久，还没来得及卸妆，眉眼都是倦意，口红和眼影都涂得很厚，叠成一种非常廉价的艳丽。

她倚在门框边上，指尖夹着一根细长的女士香烟，开门之后就被门外砸门的陌生女人一巴掌扇得偏过头去。但她似乎毫不在意，把散落在脸颊上的头发丝别到耳后，又吸了一口烟说："够了吗？"

"管不好自己男人……"她吐烟的时候笑了，"跑我这儿发什么疯？"

这句话激得陌生女人红了眼。但601的女人不打算再跟她多说什么话，只说道："你还不走的话我就报警了。"

"你报警？你报啊，我看警察是先抓我还是先抓你这个妓女——"

妓女这个字眼尖锐得仿佛能划破空气。601的女人什么话也没说，她把门给关上了。

陆延目睹了一场闹剧，觉得尴尬，而且现在看到601那扇门就能想到那位脾气有点臭的大少爷。怎么想也不能把两个人联系到一块儿去。他找她什么事？要跟她说一声吗？但人都说了不用。陆延在要不要多管闲事之间挣扎。

算了。陆延收回目光，心说，管那么多干什么。

　　江耀明和黄旭两个人买的是今天上午十点开往青城的火车票，李振给他打电话也是为了这事，问他去不去送行，结果电话没打通。

　　火车站人群熙攘。闷热的天气，周围到处是流着汗着急忙慌赶路的人。陆延在一群手拖行李箱、肩扛大麻袋的人里一眼就看到了他们乐队的两位成员——在川流不息的这些人里，也只有他俩身后背着的是一个琴包。

　　来厦京市奋斗四年，两个人的行李并不多。陆延还没走近，黄旭远远就瞅见他了。

　　"延哥！"黄旭喊，继而又惊奇地说，"换发型了？"

　　陆延笑笑说："嗯，怎么样。"

　　黄旭说："帅。"

　　他怕陆延不相信，又强调一遍："真的帅，跟以前不一样的帅。"

　　陆延剪短头发之后不似以前那么离经叛道，五官看起来反而更加突出，额前碎发被风吹成了中分。

　　"昨天晚上给你打电话没联系上你，还以为你不来了呢。"李振说。

　　"手机没电，忘充了。"

　　"服了你了，你怎么不把自己给忘了。"

　　"烦不烦，这不是来了嘛。"陆延把提前买的零食递过去，"怕你们东西多不好拿，没买多少，凑合吃。"

　　"买这些干什么。"江耀明接过说，"我们都有。"

　　陆延很果断地说："好的，还给我。"

　　江耀明说："你是不是人？"

　　陆延说："还我。"

　　"哪儿有人送出去的东西还要拿回去的？"

　　几个人唠了几毛钱没营养的嗑。

　　陆延抬头看看屏幕上滚动更新的到站信息，厦京开往青城的K126次列车快检票了。

　　"证件都带齐了吧？"

　　"带着呢，等回去给你们寄青城的土特产！我们那儿的煎饼真的是一绝……"

江耀明正说着，陆延走上前，拍拍他和黄旭的肩说："行，我等着。一路顺风。"

李振也加进来凑热闹。

四个大男人肩揽肩抱在一起的场面并不是很好看，陆延正准备撒手往后退一步，就听到黄旭在四个人头对头的小空间里低声地说："对不起。"

这其实是一种很奇妙的感觉，相处四年的队友马上就要分道扬镳。厦京和青城，这两座城市隔着两千多公里。

陆延以为自己调整了两天应该把心情都调整完了，但直到这个时候他才深刻地意识到现实：这两个人是真的要走了。虽然黄旭的吉他水平这几年进步也不是很大，但以后再也听不到了。江耀明总是嫌自己的贝斯存在感太低，在录音棚里偷偷把自己的那份音量调高，在演出的时候贴着音箱"轰"。

耳边又是低低的一句"对不起"，这句是江耀明说的。

"请乘坐 K126 次列车的旅客准备检票上车。"语音播报了两遍，两个人低头找车票和证件，拖着行李箱准备进去检票，听到陆延在他们身后说："……你俩有完没完。"

"对不起什么，把对不起都给老子收回去。那么希望退队？这退队申请我批了吗？"

陆延突如其来的几句连珠炮似的话把其他三个人都说傻了。

"想得倒是挺美啊。不管你俩走到哪儿，以后要去做什么，是在青城卖煎饼还是在乡下种大葱，你们永远都是 Vent 的一分子。"

陆延最后说："这不是退队，也不是解散，Vent 不会解散。"

李振反应过来说道："对！不会解散！卖煎饼就算了，不过种大葱到底是什么奇怪的工作啊……"

这番话说完，一时间谁都没有说话。江耀明背过身，飞快地用手背抹眼睛。黄旭的眼睛一点一点地红了，眼泪直直地砸下来，"延哥……"

陆延说完自己也觉得感动，看着黄旭这副样子更是想伸手拍拍他的头。结果黄旭下一秒就用他带着哭腔的支离破碎的声音说："延……

延哥，我走了之后，你真得好好练你的吉他……你吉他弹得实在是太烂……烂了。你……弹得烂你还那么多要求，真的很烦人，不是每个吉他手都像我一样好说话，有……有本事你自己弹啊……"

陆延的手伸到一半，僵住了。

黄旭哭得都快打嗝了还在说："你说你手指头长这么长，有……有什么用呢……"

陆延："……"

陆延想收回自己之前的那番话。这个乐队，可以散。

最后这场送别会以李振拖着陆延不让他在公共场合暴打队友，江耀明和黄旭两个人哭着把车票递给检票员告终。

开往青城的火车最后还是在这个夏天带走了两位曾经背着琴，在防空洞门口挨个问"你们乐队招人吗"的摇滚青年。

七芒星

CHAPTER

3

口误

"我，经济系，肖珩。"

等火车开走，李振坐在休息椅上，觉得像做了一场梦，在陆延叫他的时候，他才反应过来，神情茫然地问："就剩咱俩了？"

陆延看着他，手插在裤兜里，"嗯"了一声。

李振其实前两天没觉得什么，该去琴行带学生就去带学生，吃得好睡得好，他不知道有时候人的情绪是会迟到的，于是他又自言自语般地重复一遍："就……剩下咱俩了？"

"走吧。"陆延说，"回去了。"

李振低下头抹了把脸。

陆延又抬头望了望外边的天，说出后半句话："顺便去防空洞走一圈。"

李振："？？？"是他想的那样吗？

陆延相当自然地说："招新啊。"

各大乐队除了会聚集在防空洞排练，那里也是新人面试的地点。

李振那点忧伤的情绪直接被陆延击散了。他简直难以置信，说道："你刚才还对着旭子和大明一口一个你们永远都是 Vent 的一分子，那话说得贼感人，我都快听哭了，结果人才刚上火车没到两分钟，扭头你就要去招新？！"

陆延问："有什么问题吗？"

李振："……"

陆延就是开个玩笑，等李振的状态被调过来之后他才说："逗你玩的，再说这个点防空洞也没什么人。"

"重点是这会儿没人吧，要有人你立马就去。"李振捶他一拳，跟了上去。

陆延走在他前头，像煞有介事地附和："是啊，可惜了。"

陆延没有用太多话安慰他，李振却知道，他这是在跟自己说：别垂头丧气，接着干就完了。

陆延确实也是这个意思。贝斯手和吉他手的位置一时半会儿不好补，而且这一缺就是两个空位。找到合适的人不容易，就算每天蹲在防空洞，也说不准什么时候能蹲到人。所以比起乐队招新，陆延想先把涉及日常开支的那部分财务空白补上。

人是要恰饭[1]的。

"哎，"趁着在路边等车的空当，陆延用胳膊肘顶顶李振，"问你个事。"

"怎么的？"李振从衣服口袋里掏出一盒烟，给陆延递过去。

两个人蹲在大马路牙子上抽烟。

陆延抽了一口才说："你那儿有什么活吗？"

"你说工作？容我想想啊……"李振开始在自己的大脑里进行信息检索。

陆延毫不客气地直奔主题，他抽烟的时候嘴唇泛着些白，可说出来的话却一点也不弱："你不是在琴行教架子鼓嘛，我觉得你那工作还行，你跟你们老板引荐引荐我？"

李振诧异道："你教啥，吉……吉他？"

"嗯。"陆延说着偏过头，非常认真地琢磨了一下，"贝斯我也行。"

李振："……"

李振深吸一口烟，起身告辞道："我车来了，我先走了。"

兄弟靠不住，陆延只能自食其力。他叹了口气，打算先找几个短期兼职把这段空白期过渡过去。

收藏的几家同城兼职网站上近期的更新信息都不多，陆延上车之后看了一路，兼职没找着，倒是收获了一箩筐的问候。好事不出门，坏事传千里。

第一个来的是兄弟乐队——总在防空洞跟他们对着比谁音量更强的黑桃乐队的贝斯手袋鼠。

袋鼠：你们乐队解散了？解散了？真解散了？

---

[1] 恰饭：赣语、湘语、湖北方言、西南官话中"吃饭"的意思。

陆延回：什么解散，这叫重组。别担心，你爸爸还是你爸爸。

袋鼠：呵呵。

袋鼠呵呵完，于心不忍，毕竟还是个有良心的人，于是又发过来一句：凡事讲究个缘分，别太难过了。

陆延看一眼车窗外，在手机屏幕上漫不经心地打字：袋鼠啊。

袋鼠：？

陆延：有没有兴趣来我们乐队？

袋鼠：……

陆延：我觉得你跟我们 Vent 就挺有缘的。

袋鼠：……

陆延手指长，打字的时候指节屈起，指甲修得很干净——他手指是真的长，黄旭走之前的控诉真是发自肺腑的，作为乐队吉他手这条件他羡慕都羡慕不来，然而他也是真的不知道为什么陆延弹不好吉他，这一下能跨几个格啊！

陆延：我们这儿就缺像你这样有梦想有实力的人，你们那个乐队都多久没出新歌了，我这儿有首新歌 demo（小样），来我这儿，施展你的才华。

［袋鼠开启了朋友验证，你还不是他（她）的朋友。］

第二个来的是黑桃乐队的队长。他上来就发了一套暴打表情包：陆延！你几个意思，挖墙脚这事你也干，你还有没有下限了！

面对黑桃乐队队长的怒火，陆延打下一句：那……要不……你来我这儿？

黑桃队长：……

陆延：我记得你吉他弹得也还凑合吧，虽然技术不够，勤加练习也是有上升空间的，要不别打鼓了，来我这儿，我们一起做出一番事业。

迎接陆延的又是一套暴打表情包。一个火柴人被另一个火柴人搋在手里旋转几圈，然后狠狠抡了出去。

黑桃队长：疯了才来找你！

陆延靠着车窗笑半天，他最后发过去的是：真没事，谢了，兄弟。

公交从奔涌不息的车流里拐出去，蜿蜒南行，迎着烈日朝下一站驶去。

陆延现在习惯到家开门之前看一眼对门601，只不过601那个女人不在家的情况居多，房门紧闭，见不着人。

出门前那场争执让人印象太深。"妓女"两个字光是回想，仍觉得刺耳。陆延侧过头，没有再去想这件事，他把钥匙捅进钥匙孔里打开门。等他回到家再翻看同城兼职网站，上面更新出来几条新消息。

其中最引人注目的一条是：

> 诚招替课，我兄弟好几天没来学校了，为了让他玩得开心玩得放心，在此替他寻找替课的有缘人。C大经济学专业，主要课程有国际经济学、企业管理、市场营销、国际金融等，价钱好说。

这是一个大型兼职平台。涵盖了各种各样的业务，什么离谱的活都有，他不止一次看到过学生约架找帮手："××中学，学校小树林，要十个人，居然敢抢我女朋友，我要让他知道谁才是真男人！"

这种兼职平台上发布的任务基本都是些日结的散活，虽然业务范围广到让人难以想象，但替课确实不多见。总的来说替课这个活挺让人心动的。不用在外头风吹日晒，还能学到点有用的没用的知识。再不济在课上开个小差，四舍五入就等于带薪休假。

陆延边脱衣服边把兼职信息翻回去看了一遍，最后停在"C大"上。

LY：怎么联系？

对面的人回复得很快：在的。

陆延裸着上身，没想到对面回得那么快，他才刚把腰带抽出来，牛仔裤半掉不掉地挂在腰间。他也顾不上太多，连忙打字推销自己：本人有多年校园上课经验，并且十分具有兼职精神……

只是话还没打完，对面的人直接发过来一句：有照片吗？

还要看照片？这是什么奇怪的要求？

陆延在同城兼职网站上浪迹多年，什么兼职没干过，就连小树林也去过两次，头一次碰到要照片的。

对面的人也知道这个要求不太正常，于是解释：是这样的，我兄弟长得太帅，普通人替不了。

LY：……

对面：唉，长得帅也是一种烦恼。

对面：所以你有照片吗？能拍一张看看吗？

这还不如别解释。越解释越不对劲。

陆延觉得这个人不正常，他正打算缓缓撤离，手机"叮咚"一声，对面的消息又进来了：一节课两百，你要觉得少可以提。

LY：照片是吧。

LY：有。

LY：马上给你拍。

打脸的速度太快。陆延没时间去感受脸疼不疼，他换好衣服之后打开前置摄像头，抬手抓了抓头发，庆幸自己刚把头发给剪了。

不然拍照的时候只能往脸上撑个大特写，可能人家还要问：你头发呢，拍拍发型，不会是个秃子吧，把镜头往上挪一挪。

室内光线不是很好，陆延自拍还凑合，主要平时在舞台上拗造型拗习惯了，他找好角度咔嚓一下就完事，然后直接把照片给对方发了过去。

对面那人估计同时在聊好几个应聘的，两分钟后陆延才收到回复：本人？

LY：嗯。

对面：可以！

对面：就你了！我们加微聊，给你发课表。

对面：太不容易了，我都找好几天了！

不知道为什么，陆延觉得对面字里行间都透露出一种喜极而泣的感觉。

两个人敲定之后就加了联系方式，详谈替课的细节。虽然发了照片，陆延还是担心这个人可能有问题，于是去看他的空间，发现点进去头一条就是：珩哥没来上课的第五天。定位是C大教学楼。陆延看着C

大的实时定位，觉得这笔生意应该还算靠谱。

对面：[照片] 这是课表。

对面：学号是 12×××44。

陆延把课表和学号保存下来。第一反应是这个人……成绩有点烂啊。都大四下学期了，还有那么多门重修课。这得是挂科挂成什么样。

对面：对了，我们上课在南校区，别走错了。

C大这个学校占地面积大，就算坐地铁也得坐两站，而且分好几个校区。南校区啊，陆延在心里反复念两遍。怎么会走错，这是一个他在心里已经走了无数遭的地方，他不用算都能估出从下城区到那儿的时间。

陆延甚至能听到耳边有个来自五年前的声音说："我要考C大，音乐系。"那个声音太熟悉，也太过陌生。

陆延想不起来当年自己说这话的情形，可能是填志愿的时候班主任在劝他？你这个分数考C大有点困难，建议还是填个稳的学校。

他真的想不起来了。

陆延也没能想多久，对面那人又推过来一个微聊名片，头像是一片黑，名字叫"没事别烦我"。

对面：你加一下我兄弟，到时候有什么事方便联系。

陆延：行，他叫什么？

陆延向那片黑发送了好友请求。

大约过了十秒，对面回复名字的同时那片黑也回应了他，因为陆延的消息框连着弹出来两条信息，其中一条是系统提示：对方已拒绝你的朋友验证请求。

陆延："……"

另一条回复是：我兄弟，肖珩。

名字倒是不错，但这脾气。

陆延想起跟这位替课对象同姓但不知道具体叫什么的另一个人，姓肖的都那么嚣张？

对面也是很尴尬，连连道歉：看我这脑子，我忘记跟我兄弟说这事了，你等一会儿啊，不好意思。

肖珩收到好友验证请求的时候正在厨房里冲奶粉，本来就因为动作不方便烦得不行——他身上穿了件前抱式婴儿背带，胸前鼓起来一块儿，怎么看怎么突兀。

他低头去看那块儿鼓起来的东西，对上一双纯净的大眼睛。那双眼睛大得过分，像两颗黑葡萄。

婴儿不过四个月大，大概是饿了，闻到奶粉的味道又喝不着，眼睛一闭就开始哭："哇——"

这一哭，像拧开的水龙头似的，"哇"个没完。

"哭什么哭。"肖珩的语气不是很好。

哭声没停。

肖珩说："别哭了，很烦。"

哭声还是没停。

肖珩忍住想把怀里这个孩子扔出去的冲动，皱起眉在手背上滴了一滴奶试温度，试完才把奶嘴往那孩子嘴里塞。

这时候，才暗下去的屏幕又亮起来。

邱少风：珩哥！

邱少风：你别拒绝人家啊，那是我给你找的替课！

肖珩完全不知道替课这个词到底为什么会出现在此时此刻的聊天内容里，他直接给邱少风回电话："替什么课？"

"老大你最近都在忙什么呢，还有壮志也是，你们俩扔下我去哪儿玩了？"邱少风说着开始展现自己伟大的兄弟情义，"不过没关系，虽然你们这样对我，但我不是那种斤斤计较的人，为了让你玩得开心、玩得放心——"

邱少风话没说完，肖珩就说："不需要。"

邱少风："……"

肖珩说："辞了吧。"

"你觉不觉得你很过分！"邱少风怒了，"出去玩不带我就算了！兄弟的真情是这样践踏的吗？！"

肖珩心说出去玩个屁啊，他在家带孩子带得连觉都没法睡。但孩子的事情说起来太麻烦，前几天让翟壮志那小子歪打正着撞上他去买奶粉已经够烦了。

而且怎么说？说肖启山那老畜生在外面乱搞给他搞出来个同父异母的弟弟，这小孩还认人，他喂过一次之后换谁喂奶都不喝？

邱少风的话越说越多，肖珩打断道："行了，你让他再加一下。"

邱少风说："这还是我精挑细选、为了符合你的形象挑了三天才挑出来的，你就这么对我？"

肖珩说："我谢谢你。"

"真挺帅的，"邱少风话锋一转，"有照片，你要看看不？"

"不看。"肖珩扶着奶瓶说，"我有病吗？"

肖珩通过了验证请求，对方微聊头像是一把黑红色异形吉他。

没事别烦我：我通过了你的朋友验证请求，现在我们可以开始聊天了。

由于这种暴躁老哥式的名字容易让人不适，通过验证后陆延直接给他改了备注，也不知道发什么，礼貌性发了句"你好"。

结果对面什么也没回。

陆延想想，又发过去几句：本人有多年兼职经验。坚持以诚信为本，顾客至上的服务理念，对替课负责，让用户满意。创出一流的课绩，展现一流的风貌。

这次对面回复了，回复的是六个点。

肖珩：……

替课的事谈得差不多了，陆延打算趁下午楼里没什么人练会儿吉他，晚上再去赴伟哥的酒约，自从说了下次再喝，伟哥每回见到他就叨叨下次到底是什么时候。

平时楼里大家要想聚聚都是上天台，等天黑了，在天台上支起一张小塑料桌。

陆延扛着半箱啤酒上天台，发现张小辉也在。

"怎么的？"陆延把啤酒箱放下说，"小辉你平时不是不喝酒吗？"

张小辉摇摇头说："别提了哥，我这几天太倒霉。好不容易有两句台词，又被其他龙套给抢了……"

　　张小辉没有固定工作。他有一个演员梦，平时往各大影视城钻，从尸体开始演，演到都能出本《论尸体的自我修养》之后才演一些带台词的小角色，虽然截至目前，所有角色的台词从来没有超过六个字。

　　"抢了也就抢了吧，正好组里还差个丫鬟，我就跟导演说，我可以演女人……"张小辉仰头灌下一口酒，"导演觉得我是变态。"

　　陆延说："多努力一孩子，再说了演技可以跨越性别，那导演怎么说话呢。"

　　张小辉说："是吧！"

　　几个人干了几杯酒后，伟哥醉醺醺地说："延延唱首歌呗？挺长时间没听你唱歌了，你那吉他呢，拿上来弹弹。"

　　陆延说："行，我这就去拿。"

　　"吉他就不用了吧，伟哥你真是喝太多了……"张小辉拦都拦不住。

　　陆延下楼把吉他拿上来，手指摁在弦上，想起黄旭走之前一把鼻涕一把眼泪地控诉"你吉他弹得实在是太烂了"，陆延突然想，这个时候他们那辆火车开到京州了吧。

　　陆延左手换了指法，临时换歌，一段磕磕巴巴的吉他声从指间流泻而出。他闭上眼，空了一拍才开口唱。

But you'll be alright now, sugar（你一定会好起来的）

You'll feel better tomorrow（明天你就会好起来）

Come the morning light now, baby（天即将破晓）

…………

Don't you cry（你不要哭泣）

Don't you even cry（你再也不要哭泣）

…………[1]

　　在歌声里，夜色温柔地倾泻而下。

---

[1]　枪花乐队 "Don't Cry"。

陆延没喝太多酒，按照对方发过来的课表，明天上午八点就有一节早课，国际金融。

从下城区过去路上大概两个小时，早上陆延咬着面包片翻衣柜的时候发现自己的衣服大部分都是舞台装，花里胡哨的什么类型都有，带毛的带银链条的……陆延翻着翻着甚至从底下翻出来一条裙子——就是没几件能穿去学校里的。

T恤衫是比较简单，但他随手找出来的一件T恤上头印着几个英文单词，是句脏话。其他几件也没能幸免。陆·社会游民·延遇到了他兼职生涯的第一个挑战。

最后翻遍衣柜终于找到件白衬衫，搭牛仔裤，加上他刚剪短的头发，身上也没戴那些乱七八糟的首饰，看上去还挺像那么回事。

陆延到C大门口时正巧是上学高峰。C大是百年老学校，坐落在厦京市市中心，闹中取静。从正门往里面看过去，金字牌匾后是一条长长的绿荫路，学生们骑着自行车在大学校园里穿梭，清脆悦耳的自行车铃声回响在绿荫路上。

国际金融课在大教室上，总共有几百个座位。陆延特意拍张照才进去。为了显示照片是现拍的，他伸两根手指到镜头中央比了个耶。

陆延：[图片]。

陆延：到了。

半小时后肖珩才回。

肖珩：不用给我发。

陆延坐在教室后排，在国际金融的课堂上听台上的老教授讲"金融关系和国际货币"。其实讲的到底是什么无所谓，反正他也听不懂。

陆延一只手撑着脑袋，另一只手打字回复：这是我的职业精神。

一节课过半，老教授把PPT关了。

"接下来大家拿张纸出来……名我就不点了，你们人多费时，剩下时间就写篇随堂小论文，写上姓名学号，下课统一交给我。"老教授说，"题目自拟，谈谈这节课就行了。"

　　还有随堂作业。陆延想着随便上网摘录点就行。但老教授又说："不能上网络上抄啊，我一眼就能看出来，不管你写得怎么样，只要是自己写的就行，咱就当交流和探讨，不要有心理负担。"

　　陆延感觉他好像遇到了兼职生涯的第二个艰巨挑战。大家都低下头唰唰唰写起来，陆延把手机百度页面退出去，给老板报备。

　　陆延：有个随堂作业要交。

　　陆延：我没学过这个……你要是信我的话，我就自己发挥了？

　　肖珩：随便你。

　　这位客户还是一如既往不好说话。

　　陆延把手机放边上，开始琢磨小论文怎么写。金融专业方面他不懂，只能另辟蹊径，于是除开姓名、学号和标题以外，他写下第一段话：这节课我最大的感受就是教授您身上儒雅的气质和渊博的知识。桃李不言，下自成蹊。您是人类灵魂的工程师，您传播智慧的火种，是茫茫大海上一盏指引方向的航灯，您就像清晨第一缕阳光般照耀着我……

　　今天总共就一上午的大课。

　　陆延：上完了。

　　陆延：钱是你付还是你兄弟付？

　　对方干脆利落地转账过来。

　　肖珩：[转账]。

　　陆延往外走，收下转过来的钱，打算坐车回去。他方向感不强，来的时候能顺利找到教室已经实属不易，结果从教学楼另一侧门出去，换了方向就开始犯蒙。

　　他也不知道自己走到了哪儿，前面不远处是个小广场。大概是有什么社团招新的活动，广场上支着几排摊位，很热闹。

　　陆延的目光越过这些摊位，最后落在"乐器社"三个字上。

　　招新还没正式开始，乐器社摊位上只有两三个在准备的人、乐谱支架和几样乐器。最边上有个穿黄色T恤的矮个子男生在给贝斯调音。

　　陆延没当回事，校园社团水平普遍业余。他正要继续找路，那个男生调完音之后随手秀了段 slap（击勾，一种弹奏技巧），虽然音箱条件不行，放出来的效果刺啦刺啦的，但是平心而论，这个人弹得……相当可以。

技巧娴熟，速度快到令人咋舌的同时每个音都弹得干净清晰。这段不到三十秒的 slap，因为周围人不多，音箱效果也不好，没有引起什么关注。黄 T 恤秀完这段，弯腰把背带取下来，边把贝斯交给身边的人边说："行了，调完音了。"

陆延听到边上的人接过贝斯问："你不在我们摊位上玩会儿吗？"

黄 T 恤说："我又不是你们社团的，瞎凑什么热闹，我等会儿还有课。"他说着就拐进前面教学楼里的洗手间。

黄 T 恤可能这辈子都没想过这个洗手间会是他人生的一个重要转折点，因为等他解决完从隔间出来，就看到洗手间里正对着他隔间的那堵墙上倚着个人。男的，还是个正在抽烟的男人。

男人身上穿着件白衬衫，看起来干净得不可思议，但整个人又有种说不上来的截然相反的气质。见他出来了，男人把烟掐灭说道："我刚看到你弹贝斯了，很帅。"

黄 T 恤心一颤。

陆延虽然平时看着没下限，能对着黑桃乐队挖墙脚，但真让他面对面真情实感地拉个陌生人还有点不好意思。他咳了一声，边组织语言边说："我对你挺感兴趣的。"

陆延没意识到自己在这个地点、这种行为之下说的这句话多有歧义，他也没发现黄 T 恤越来越微妙且惊恐的表情。

"如果你愿意的话……我们……"（我们可以交个朋友，我有个乐队你想不想加入？）

但陆延没能把话说完，黄 T 恤直接拿起手边的拖把挡在胸前问："你谁啊！"

"我……"陆延替课替得太投入，说，"经济系，肖珩。"

[帖子]讲一讲今天我在洗手间隔间听到的秘闻……【火】

[帖子]紧急连线隔壁楼当事人，来听学弟的悲惨自述——被

某肖姓学长纠缠的那些事【火】【火】【火】

C大论坛一夜之间风起云涌。这两个帖子横空出世，在首页飘红，论坛实时在线人数不断飙升。

陆延对此并不知情，他正计划着怎么把黄T恤拉进自己乐队里，难得遇到这么好的苗子，不逮住太可惜了。

在C大论坛回帖量暴增的同时，他和李振在商量对策。

"人可是C大的，这能拉进来？会不会嫌咱不入流？"李振犹疑地问。

"试试吧。"陆延在电话里说，"我还去他们教室跟着蹭了一节课跟他联络感情，他学计算机，上大二，基本情况我都摸清楚了，打算明天约他吃个饭聊聊。"

"计算机？这专业跨得有点大啊。"

陆延说："袋鼠以前上大学那会儿学的还是园艺，你忘了？"

李振说："哈哈哈，也是。"

第二天的课在下午，企业管理。陆延照常去替课，在课堂上第一次收到客户主动发过来的消息。

肖珩：到了？

陆延：到了。我替课您放心，不迟到不早退是我的原则。

肖珩只回复一个字：行。

老教授在台上讲何为人力资源，陆延给这位客户发消息的时候完全没想过客户本人带着俩兄弟正准备堵他，他也没从这个"行"字里品出什么其他意思来。

这个行所表达的确切意思其实是：行，你给我等着。

大教室外楼道拐角的楼梯台阶上坐着一个人。这个位置离教室很近，不过隔着堵墙的距离。

肖珩坐在台阶上，低着头解开两粒扣子，慢条斯理地将袖口折上去，对台阶下面的人说："等会儿人一出来，你和少风上去把人弄过来。"

"没问题，照片我看过了，保准给他整得服服帖帖的。"翟壮志说，

"不过我瞧着照片怎么觉得有点眼熟，长得是挺帅，老大你看看不？"

肖珩会看就有鬼了。他昨天晚上好不容易能睡会儿，刚躺下没超过十分钟，就被各种消息振了起来，发过来的全都是些匪夷所思的内容——

所有人生而平等自由。

不要担心我们会用异样的眼光看你，爱情是平等的，勇敢做自己。

每个人都有追求幸福的权利。

…………

肖珩一只手插在衣服口袋里，指腹抵在打火机冰凉的外壳上，心想等那人出来还是先揍一顿算了。堵人，他很久没有干过这事了。

翟壮志也很激动："我怎么那么兴奋呢，感觉就像回到了高中那会儿，那会儿珩哥——"

"高中"这个字眼猝不及防地冒出来。翟壮志还想往下说，邱少风用手肘顶他一下。翟壮志反应过来，立马闭嘴。

"别对着监控。"肖珩看上去倒是没什么情绪波动，说，"记得往角落里堵。"

下课铃响，安静的教室瞬间充斥着下课的欢呼声。这一节课上下来，陆延课没听多少，歌倒是写了半首，他收拾好东西，把那张纸折起来往裤兜里塞。外头天气晴朗，阳光明媚。是个好日子，尤其适合招新。

陆延看着窗外的阳光，打算去计算机系找乐队未来贝斯手吃个饭，结果刚走出教室没几步，就被一股无形的力量拽出了人流。

"是他吗？"陆延听到一个声音问。

"就是他！"另一个说。

等陆延回过神来，已经被人一左一右按着胳膊往墙上抵。

陆延问："两位兄弟，有事吗？"

面前这人的态度实在是过于淡定，邱少风出奇地怒道："你自己干了什么你自己不知道吗？！"

陆延重复他的话："我干了什么？"

"……"邱少风跟他无法沟通，扭头喊："老大！"

这时候才有人从台阶上走下来，那人走得不慌不忙，好像不是来堵人而是恰好路过一样，男人走到他面前，陆延视野正中间出现了一块有点眼熟的腕表。往上是一截精瘦的手臂。再往上，四目相对。

大少爷。陆延脑海里冒出来第一个词。

杀马特。肖珩只能想到这三个字。

大少爷今天穿得不像上次那么正式，很随意的打扮，甚至比走在校园里的大部分人还要随意一些，脚上穿的是一双人字拖。

但神奇的是，哪怕脚踩人字拖，他的个人形象也没有减分，如果他等会儿有课要上的话，给人的感觉就是那种一到教室就找最角落的位置趴下睡觉的类型。眉目困倦，看起来很散漫的样子。

肖珩本来确实是很困，可当杀马特三个字从脑海里冒出来直冲天灵盖，他瞬间就清醒了。

"你……"陆延把上次的事和目前这个状况联系起来，"来报仇的？"

上回追上去道歉，这人没反应，敢情不是不报是时候未到。陆延算是想明白了，原来是等着之后找机会好好整他呢。但他看看驾着他左胳膊的红头发，以及右边的陌生面孔，觉得有句话不得不说："先不提你怎么知道我在这儿上课，你们三对一是不是过分了点。"

陆延话说一半，大少爷又往前走了两步，两个人凑得很近，然后他听到大少爷在他耳边不冷不热地说了六个字："我，经济系，肖珩。"

"……"

肖珩说完往后退，退回先前的距离。

这是想表达什么？这话倒是有点耳熟。不过陆延是真的没想到世界那么小，给人替课，替的那个肖珩居然就是这位大少爷。

陆延又跟肖珩对视一会儿，觉得自己可能明白了，虽然两条胳膊都被人压着，他还是动动手指头，勾手示意他再凑过来，按照同样格式介绍自己："我，无业游民，陆延。"

肖珩："……"

翟壮志："……"

邱少风："……"

下课往外走的那拨人基本上都已经走光，走廊再度安静下来。

"行了。"肖珩说，"拿给他看。"

说完，肖珩又没精神似的半眯起眼，朝翟壮志伸手。多年兄弟，翟壮志立马反应过来，拿出手机，打开C大论坛递了过去。这个架势和配合度让陆延想起以前学校里那种横行霸道专门欺负学生的小团体，陆延正胡思乱想着，手机屏幕上醒目的两行字冲进他的眼帘：洗手间秘闻，学弟的悲惨自述。

洗手间秘闻就是个爆料帖，第二个帖子比较有创意，用的还是采访体。

　　楼主：为保护当事人隐私，以下采访对当事人采用化名，化名为小华。小华，请问你之前和肖姓学长认识吗？

　　小华：他很有名。听说过，但没见过，完全不认识。

　　楼主：你觉得他是什么时候对你产生好感的？

　　小华：他说看到我弹贝斯，觉得很帅，我猜应该是那个时候对我产生了不该有的兴趣。

陆延把那句"不该有的兴趣"翻来覆去看了好几遍。

　　楼主：之后他有没有再做出什么奇怪的举动？

　　小华：从洗手间出来他就跟着我去上课了，坐在我边上听歌，还递给我一只耳机，当时我特别害怕。

　　楼主：递耳机？

　　小华：对，很暧昧，我没有接。

　　楼主：对此你是什么感受？有没有什么想说的？

　　小华：我很苦恼，我不知道应该怎样面对他狂热的追求。

陆延这下是彻底明白了。昨天黄T恤跑得太快，他想重新跟他做一番自我介绍的时候，黄T恤把拖把往他身上一扔，直接夺门而出，跑路的速度跟他弹贝斯的速度一样快。陆延跟着追出去，在教学楼里跟黄T恤两个人你追我赶。但黄T恤跑进教室之后，教授站在讲台上已经准备要上课，他也不方便说话。

"那个耳机是我想给他听我们乐队的歌。"陆延不知道该从哪里开始解释，"他贝斯弹得不错，我们乐队前几天走了两个人……"

他话说得不太顺，几乎已经没什么逻辑和先后顺序，说到最后陆延抬手抓抓头发，爆出一句脏话。

翟壮志打断道："你搞乐队的啊？"

邱少风："你什么岗位，吉他手？"

"啧。"肖珩永远不会忘记陆延那离奇的吉他技术，嗤笑一声说，"他？吉他？"

陆延无语道："总之这真是个误会，这事我会说清楚的。"

不知道为什么每次遇到这个人就有那么多误会，上次楼道里逮错人也是。他可能跟这位少爷八字不合。但这事的责任确实也在他，他那天在厕所里一时脑抽，说什么他是肖珩。

肖珩看着他，像是在辨别他这话的真实性，最后他冲边上两个人扬扬手，说："撤。"

翟壮志问："就这样放过他了？"

邱少风问："老大，不打一顿先？"

肖珩没回话，踩着拖鞋转身往外走。

陆延心想，这几个人以前真不是什么恶霸小团体吗？

陆延正打算把手机还给红头发，结果指腹不小心触在屏幕上，面前那页帖子又往下滑动，他无意间看到几条匿名跟帖。

15L：肖姓学长，是肖珩吧？那个富二代？

16L：啊啊啊，是肖珩啊，我知道他！见过一面，讲真的长得帅家世好，这年头的帅哥都怎么了。

17L：好什么啊，也就骗骗楼上那种小女生……这种不学无术的废物二世祖，还是拉倒吧。

"废物"两个字从眼前一闪而过。陆延再抬头，就只能看到肖珩懒懒散散往外走的背影了。

七芒星

CHAPTER

4

601

"你的孩子，还要不要了。"

计算机教室也刚下课没多久，教室里只剩下少数几个留下来写课堂作业的同学。

陆延到教室门口发现黄 T 恤已经走了。想在那么大的校园里找一个人，这概率跟大海捞针差不多，但澄清自己不是肖珩这件事又不能拖。

陆延回想起刚才那两个触目惊心的标题，再拖下去肖姓学长的名声怕是真的要完。于是陆延在留下来的这些人里挑了一个，毫无心理负担地往人边上坐，跟他唠嗑："你也没做完呢？"

那个同学闷头敲下最后两行代码，点击运行，屏幕上什么也没发生。

"是啊。"那个同学崩溃地抓抓头发说，"你已经交了吗？"

班级人多，平时下了课之后大家又都各自回寝室，班里同学认不全也属正常，所以"陌生同学"陆延跟人搭话倒也没有引起怀疑。而且这位陌生同学态度过于自然，好像真是计算机系一分子似的。

"这节课内容是挺难的。"陆延点点头说，"不好消化。"

陆延就这么有一搭没一搭跟人聊了起来，不出三分钟，陆延就从那位同学嘴里套到了黄 T 恤的所有个人信息。

"你说的是许烨吧？他去食堂吃饭了，他平时最喜欢吃食堂一楼那家大盘鸡，那家大盘鸡确实好吃，吃完饭可能会去网吧泡会儿，不知道你们寝室网怎么样，我们这楼最近总爱抽抽……"

黄 T 恤确实在学校食堂里等他的大盘鸡。只是他等着等着，左肩忽地一沉，一条胳膊极其自然且随意地搭在他肩上，然后他对上了一张他可能这辈子也无法忘怀的脸。

许烨："……"

陆延冲他打招呼："嘿。"

"大哥你到底想干啥啊？"许烨简直快崩溃了，他想扭头就跑，可大盘鸡还没好，一时间陷入两难。

陆延摁着他的肩将他整个人转向自己，试图解释："朋友，你听我说——"

许烨想说"谁是你朋友啊，我真的对男人没有兴趣"，陆延直接用手捂住了他的嘴，把他还没说出口的话堵下去："你闭会儿嘴。"

食堂里人来人往。

等陆延简单把事情解释清楚，许烨都快晕了："不是，所以你不是肖珩？你只是他的替身，啊，不是，替课……那你跟我说那些话……"

"我真的对你没有不该有的想法。"陆延把胳膊从他肩上放下来，指指窗口，"你的鸡好了。"

许烨端着大盘鸡找位置坐下，陆延坐他对面。

"我们乐队目前还在地下时期，之前发过三张专辑。"

"除开排练，平时也会接商演活动。"

陆延虽然平时看起来不怎么着调，见人说人话，见鬼说鬼话，但说到这里，他敛去脸上其他表情，继续说道："虽然有点唐突，不过是真的想邀请你加入，你要是有意向的话就考虑考虑，以前加过乐队吗？"

许烨夹鸡块的手顿了顿，半晌才说："没。"

"我弹贝斯就是自己私下玩，就像平时喜欢打游戏，但也从来没想过要当什么电竞选手一样。"许烨低着头说完，才抬头去看陆延，"不好意思啊，我应该没那个意向。"

陆延没再往下说。他总不能跟刀疤男似的搞坑蒙拐骗那一套：你是否也曾觉得在课堂上找不到目标？是不是也觉得迷失了自我？你的心里，是不是也藏着一个音乐梦想？兄弟，跟着我干。

话再说下去显得多余，陆延递给许烨一张名片，说道："没事。你要是改主意了，就给我打电话。"

许烨接过那张名片，发现上面满满当当地写着：代写代唱／打谱扒

带 / 私人定制。一首好歌！是用心写出来的！专业团队，价格亲民，买了不上当买了不吃亏，让你体验什么才叫真正的实惠！

"……"

"反了。"陆延说，"在另一面。"

许烨将名片翻过去，另一面上简简单单写着：Vent 乐队主唱，陆延。

贝斯手没逮着，替课工作也黄得像地里的小白菜。陆延觉得自己最近可能遇到传说中的水逆了。天气倒一直很好，大太阳持续到五六点才慢慢落下去。

陆延坐在返程公交车上，靠着颠簸的车窗睡了一觉。外边的景色呼啸而过，随着越来越黯淡的阳光，下城区也被镀上了一层灰。这一觉睡得不是很舒服。

等他下车，回到家，边揉脖子边把挂在墙上的日历撕下去一页，发现五一劳动节才过去六天而已。

黄旭他们是次日夜里到站的，下火车之后还在四个人的群里发了一张出车站的照片，火车站门口标语上写着"青城欢迎你"。又在语音里说，别担心，我和耀明已经到了啊。

陆延把手里撕下来的那页日历攥在掌心，团成纸球，看着后面崭新的一页在心里跟自己说：这才哪儿到哪儿。

以后的路还长着呢。这算什么。

他把撕下来的那页扔了，然后打算煮个面，等水烧开的空当里他靠着墙打开 C 大论坛，发现飘在首页，后面跟着三团小火焰的帖子已经不见了，取而代之的是一则澄清帖。

陆延想了想，又点开微聊页面，把昨天收的那两百块钱给大少爷转了回去。

陆延：[转账]。

陆延：这钱我就不收了。

肖珩那边回消息回得慢。隔半小时，又把钱退回给他，附加两个字。

肖珩：不用。

陆延作为一个有原则有道德底线的替课，对退钱这件事很坚持，他都把人弄上学校论坛一夜成名了，哪儿还好意思收替课费。

两个人一来一回，一个转账一个退还，这种极其幼稚的行为反复了三次。

陆延：收。

肖珩：说了不用。

陆延：你收啊。

肖珩：你烦不烦？

陆延：［转账］。

肖珩：×。

几次之后，陆延再转账过去，聊天框里直接跳出来一个红色的小感叹号。

［没事别烦我开启了朋友验证，你还不是他（她）的朋友。］

"……"这大少爷人挺狠，估计是真烦了。

陆延随手点了"发送朋友验证"，等验证通过之后没再跟肖珩提转账的事。等水烧开，肖珩的消息倒是主动过来了，发的是一张聊天截图，聊天对象是一个备注叫胡老头的人。

胡老头：肖珩啊。

胡老头：明天来我办公室一趟。

胡老头：你的课堂作业我看了，很感人，我都不知道原来你对我的敬仰有如滔滔江水……

然后肖珩又发过来一句：你写的什么玩意儿。

还能写什么。千穿万穿，马屁不穿。陆延摸摸鼻子，他也就洋洋洒洒写了上千字对胡教授的花式彩虹屁，抛开课堂内容，吹到哪儿算哪儿。

陆延回：我写了一首对人类灵魂工程师的赞歌。

肖珩：……

肖珩：还钱。

之前为了不收那两百块钱连好友都删了，现在"还钱"两个字冒出来，前后反差太明显，虽然很不厚道，但陆延还是有点想笑。

他把两百块钱转过去。发现肖珩只是在说气话，并没有真收。

肖珩：你还干什么了。

陆延：没了。

陆延怕他不相信，重复一遍：用人格担保，真没了。肖珩没有立马回这条消息，中间大概又隔了半个小时，陆延在水池刷碗的时候手机屏幕亮起来，由于没解锁，只在锁屏上弹出来一个小框框，框里是熟悉的几句话：

陆延：本人有多年兼职经验。

陆延：对替课负责，让用户满意。

最后是一个冷漠的微笑表情。

"……"

是他之前给肖珩发的入职宣言。这表情跟白天这人眯着眼睛看着他说"吉他"时那声嗤笑重叠在一起，陆延感觉自己被嘲讽了。

他关上水龙头，正要把碗放回去，看着手里的碗又想起来件事：他问隔壁601借的碗还没还呢。

关于601那个女人的事他这几天也从其他邻居那儿听来一点，上次陌生女人来砸门，又踹又闹，动静闹得整栋楼都知道。虽然楼里住户表面上没人说什么，但背地里少不了一顿讨论。说法最多的是她在足疗店工作，那种一到晚上，街上随处可见一小间一小间的足疗店，从外面望进去整间店被特殊材质的玻璃膜贴成蓝色，女技师就坐在沙发上或者穿着短裙站在门口。

陆延犹豫几秒。他不是爱多管闲事的人，但这一次两次的，欠下了太多人情债。他最后还是解开手机屏锁，打下一行字：对了，601那个女人一般中午才回，你要找她的话可以下午来，或者我帮你跟她说一声。

这次肖珩没再说不用。陆延想可能是因为俩人误打误撞撞上几次，也不算太陌生，毕竟都共用过同一个名字了。

肖珩：行。

肖珩：知道了。

肖珩回复完，低头看了看靠在他腿上的那颗小脑袋，刚喝完奶，小孩睡得正香，眼睫毛跟扇子似的，呼吸间发出轻微的声响，那扇子也跟着轻轻扇动。

硕大的房子里冷冷清清，毫无人气。他皱着眉，想把那颗脑袋推开，最后还是没下这个手，手搭在小孩后脑勺上拍了拍。

陆延这天中午又借了伟哥的摩托车去菜市场买菜，连着吃了快一周的泡面，再吃下去他人都快变成泡面了。

今天是周末，大部分住户都在家里休息，虽然伟哥对去菜市场买菜居然也要开他的摩托这件事表示"理解不能"以及"完全不想借"，但还是抵不过陆延软磨硬泡，最后把车钥匙从三楼窗口给他扔了下去。

"伟哥你永远是我的好大哥。"

"你赶紧滚。"伟哥顶着个鸡窝头，站在窗口喊。

陆延隔段时间才会去菜市场买次菜，虽然他在菜市场出现的次数不多，但在那片也算小有名气——砍价砍出来的名气。

等陆延买完菜从菜市场回来，远远地就看到七区那堆废墟门口又停着一辆可疑车，等他离得近了些，看到了车身上的银色车标以及车尾那对熟悉的翅膀。这是他第二次看到这辆与这里格格不入的改装车。

陆延松开油门，等车缓缓停住，正好停在改装车边上。他一只脚踩在地上，侧身前倾过去敲了敲那辆车的车窗，吹了声口哨说："来了？"

车窗缓缓降下。陆延第一眼注意到的不是某位大少爷，而是从大少爷怀里扭头转过来的小脑袋。

然后陆延对上了一对湿漉漉的大眼睛。是个小孩，一个还在喝奶的小孩。小孩喝到一半忽然顿住，像被按了定格键一样。

肖珩嘴里"嗯"一声当是对陆延那句招呼的回应，然后极其自然地轻拍那小孩的后背，拍了一会儿那小孩才眨眨眼睛，从嘴里冒出一声带着奶味的嗝。

这个画面比较诡异。首先肖珩这种人看起来不像会有耐心带孩子，总感觉会是一言不合就暴打小孩的那种类型。这声"嗝"萌得陆延想伸手捏捏他的脸，事实上他也这么做了，等指腹触到小孩肉嘟嘟的脸颊上，陆延又问："这你孩子？"

"……"

肖珩抬眼看着他说："你觉得可能吗？"

陆延说："不好说。"

"不是。"肖珩虽然很不想解释，还是说，"这我弟。"

陆延没忍住又捏两下。

"他平时不爱让人碰。"

岂止是不让人碰，哪怕饿死也不喝家里用人喂的一口奶。肖珩怕这孩子又哭，哄起来麻烦，但出乎意料，话刚说完，就见小孩用他肉乎乎的小爪子，握住了陆延的一根手指，又冲陆延咯咯笑了。

陆延微微屈起那根被握住的食指，压低了声音逗他，也不管他能不能听懂："小家伙，看你骨骼精奇又与我有缘，哥哥传授你一招武林绝学。"

肖珩凉凉地说："吉他就算了。"

"……"陆延说，"这事过不去了是不是。"

等肖珩抱着孩子从车上下来，陆延也把摩托车停到车库里，说是车库，其实也就是伟哥自己在单元楼边上拿破塑料布架起来的一块小地方，简陋中透着一股穷酸气息。

"这什么？"肖珩看了那块布两眼，"雨棚？"

"车库。"

陆延把车钥匙拔下来，又把挂在车把上的两个袋子拎下来，介绍说："穷苦劳动人民的智慧，挡风遮雨没什么问题，不过要是遇到台风天就不行了，还得把车扛进屋里。"

肖珩上次来的时候没注意那么多，他那天刚得知肖启山搞出来个孩子，肖启山给那女人一笔钱把人打发了，至于孩子等办好手续就送出国。毕竟私生子这事传出去不好听，送出国之后就当没这回事。

他跟肖启山吵了一架，跑出来之后整个人都烦透了。

陆延走在前面，走到三楼的时候顺便把车钥匙还了。

"伟哥，送你个大番茄你吃不吃。"

"你小子少贫。"伟哥先是从门缝里伸出一只手，然后才把门打开，"等会儿，这兄弟有点眼熟啊，这不你上次逮错的那个吗？"

逮错人那件事现在提起来也还是让人尴尬，陆延和肖珩两个人都想略过这个话题。

但伟哥看着他们说："正所谓不打不相识啊，江湖相逢就是缘……哎，这小孩还挺可爱。"

伟哥这个人长得五大三粗，常年收债靠的就是身上的威严之气，浑身肌肉不说，笑起来也跟皮笑肉不笑似的，他刚凑到小孩面前想逗逗他，小孩哇的一声就哭了。

"……"

他们今天来得不凑巧，601那个女的今天回来得比往常晚，敲门没人应。

"估计等会儿就回来了，你要不进来坐坐。"陆延开了门，又指指肖珩怀里的孩子，"他老这么哭也不是办法。"

肖珩其实不是很会哄孩子，最多也就拍两下。平时看着乖巧的孩子一哭起来简直就是恶魔降临人间，哭得人一个头两个大。

陆延把菜放进厨房，再出来就看见肖珩冷着脸在对小孩说："别哭了，别哭听不懂？"

"你嫌他哭得声不够大？"陆延实在看不下去。

肖珩不太耐烦地说："你来？"

陆延发现他跟这位少爷凑在一起总能产生奇妙的化学反应，比如，话说不到两句就能呛起来。

"我来就我来。"陆延说，"让你见识见识什么叫正确地安抚弱小孩童受伤的心灵。"

话虽然是放出去了，但陆延也没哄过孩子，可能是抱的姿势不太对，刚上手孩子哭得更凶。他调整了姿势，还是哭。

陆延也实在想不到什么招了，他作为一个能屈能伸的新时代优秀青年，立马改口道："……我觉得你哄得其实也还行。"

回应他的是肖珩的一声冷笑。

肖珩靠在门口，倚着门看他说："你不是挺能的吗？"

瞧不起谁啊。能不总用这种嘲讽人的语气吗，也不看看现在谁在谁地盘上？

陆延拍拍小孩的后背，觉得他得找回尊严。陆延脑海里闪过一个可行的念头，他清了清嗓子，打算唱首儿歌试试。作为一名乐队主唱，虽然他曲库丰富，要是按种类来算，算是会八国语言的那种。但会的儿歌确实不多，想来想去只能想起来那么一首，词还记不全，于是挑了其中一段开始唱。

陆延的声线不算特别柔的那种，辨识度很高，尤其唱低音的时候，声音一点点压下去，带着点哑。像一杯起泡酒，细腻又热烈。

但这么个声音现在在唱："……快乐的一只小青蛙，哩哩哩哩哩哩破法（leap frog）……

"快乐的一只小青蛙……

"小青蛙……

"呱呱呱。"

肖珩："……"

小孩又哭了两声，在陆延唱到"呱呱呱"的时候他哭着打了个嗝，然后哭声渐渐止住了。

"看到没。"陆延唱完对肖珩挑眉道，"这首歌，回去好好学学。"

陆延不用去学校替课，又恢复了原先的装扮，他今天戴的眉钉是一个金属质感的小圆环，挑眉的时候眉尾往上扬起一点。

挺酷。当然如果唱的不是呱呱呱就更酷了。

肖珩上次没进来，这回阴错阳差又来到这栋楼里，他不着痕迹地打量这个房间，面积虽然小，但收拾得还算整洁。这人虽然吉他弹得烂，但这屋子里光吉他就有不下三把，其中一把就是陆延的微聊头像。

他的目光从柜子上那一堆唱片上掠过去。

由于面积小，卧室和客厅并没有太明确的界限，他看到陆延床上扔着一条牛仔裤，床对着的那面墙上贴了张海报——Vent乐队。舞台上，长头发主唱扛着麦、脚踩在音箱上，一副唯我独尊的架势，整个环境很暗，妖异的红光从他身上洒下来。

"那是你？"

"啊。"陆延顺着他的目光看过去，"是，去年的时候。"

"就那个走了两个队友的乐队？"

"你有意见？"

"没有。"

"喂。"陆延发现这孩子哭倒是不哭了，但是眼睛闭上之后就没再睁开，眼泪都还挂在睫毛上，"他睡着了？"

肖珩正想说"把他给我吧"，就听到外面传进来几声高跟鞋踩在地面上的声音，以及一阵丁零当啷的钥匙声。

601那个女人依旧是平常那身打扮，短裙、浓妆，浑身酒气。她大概是喝多了，把钥匙往钥匙孔里插的时候好几次都没弄进去，最后对着门踹了一脚，缓缓蹲下身，从手包里找出来一盒烟，背靠着门正要抽一根醒酒。

然后她听到耳边有个冷淡的声音说："你的孩子，还要不要了。"

女人点烟的手一抖，火烧在了手指上。

肖珩来之前根本摸不准这个女人到底怎么想的，他连这个女人的真名都打听不到，在这个夜总会里叫小莲，等去另一家店里又变成了楠楠，找了几个地方才找到准确住址。生完孩子往他们家一送，除开拿了肖启山给她的那笔钱，其他什么事也没干，不像其他人那样没完没了地接着闹，异常地安静。

陆延抱着小孩站在门口，不想卷进别人的家务事里，一时间进也不是退也不是，但他察觉到女人正看着这个小孩。

陆延想，既然这小孩是肖珩的弟弟，这女人又是这个小孩的妈，那这个女人就是肖珩的……不对啊，这年龄对不上。

"什么孩子？"女人收回视线，又慢慢地站起来，她说，"我没有孩子。"

"你们找错人了。"

女人说话声很淡，她把烟点上，抽烟的时候眯起眼睛，那双本来就化着大浓妆看不太清的眼睛隐在缭绕的烟雾里。

陆延听到肖珩也很冷淡地说："肖启山不会往自己身边放一个私生子，他下个月就会被送出国，你要无所谓，那行。"

肖启山。

应该是肖珩他爸？

女人这次倒没有否认，她只是用一种事不关己的态度，无所谓地笑着说："孩子跟我已经没有关系，就是一场意外，我拿钱……孩子给你们，说得明明白白的。"

"别再来找我了。"她最后说。

从那个女人出现开始，陆延就觉得肖珩的状态不对。他好像在无声地、近乎暴戾地表达出一种感受：既然不想要，为什么要生下来。既然没打算养他，为什么要把这个孩子生下来。

他似乎就要把这句话说出来了，但最后还是什么都没有说，任由那个女人关上门。

这关系够乱的。陆延正想着，他怀里的小孩睡得不安稳，听到楼道里的动静，小孩睁开眼睛，睡得有点蒙，两眼泪汪汪，下意识想在这个陌生环境里找他熟悉的人。

陆延："他醒了，好像又要哭。"

肖珩正要从陆延手里把孩子抱过去，结果还是慢了一步，碰到小孩身上那件小背心的时候已经号上了："哇啊——"

孩子嘴里还咬着奶嘴，连哭起来都不忘嘬奶嘴，哭几声哭累了就嘟着小嘴巴嘬两下。

肖珩束手无策道："你刚才唱的什么歌？"

陆延说："青蛙乐队，《小跳蛙》。"

"……"

先不说这是什么乐队，但肖珩听到乐队这两个字就明白了陆延的曲库里为什么会有这么一首歌。

说话间，小孩嘬着奶嘴，脸颊鼓得跟嘴里藏了什么东西一样，然后松开嘴，握紧小拳头，打算铆足了劲哭第二个回合。

两位完全没有带孩子经验的未婚男士只能靠青蛙乐队的儿歌哄孩子，但这次陆延再怎么呱呱呱也没用。

陆延灵光一现，说道："他可能喜欢听你唱。"

"他不喜欢。"肖珩就差往脑门上刻"拒绝"两个字。

陆延说："你试试。"

肖珩说："我试个……"

肖珩脏话说一半最后还是没往下说。

"这歌很简单，听一遍就会了。"

陆延说着给他起了个调，用"啦"代替了歌词。

肖珩被他烦得不行，但还是拍拍孩子的后背，跟着陆延起的那句调"啦"了两声。

陆延玩音乐久了，对各式各样的声音都有一种敏锐的观察力和自己都控制不了的记录癖。他平时习惯带着支录音笔，兴致来了就录点声音：比如下雨时的雨声，车轮滚在泥泞地上的声音，喧嚣的菜市场摊贩的吆喝声。

肖珩唱歌虽然调不太准，但声音跟他这个人一样，冷淡且懒散。陆延心里有点痒痒，想录。

两个人在楼道里啦了半天，小孩该哭还是哭，甚至哭得更猛，这种强烈的对比显得他们两个人戳着跟俩大傻子一样。

肖珩的耐心告竭，问："还'啦'？"

"不啦了不啦了。"陆延放弃了，"他平时哭都有些什么原因？"

肖珩皱着眉头总结："饿、困、不高兴……"

这时候，小孩哭完第二个回合又开始嘬奶嘴，小拳头放在胸前。

肖珩随口说的几个可能性，跟实际情况联系在一起。两个人一齐盯着小孩奶嘴上那个拉环说："饿了？"

小孩眨眨眼，嘴里发出一声类似回应的啊啊声。

肖珩出门之前刚给他喂过一次奶，想着来回也不过两个多小时的工夫，没往这个情况上想，只当他是刚睡醒闹脾气。要真是饿了，从下城区到市中心的车程也不短，总不能让孩子这样哭一路。

陆延问："你带奶了吗？"

"在车里。"

肖珩下楼去拿奶瓶的工夫，陆延在楼上抱着孩子烧热水。陆延怎么也想不到为了补偿替课，结果怀里多了个嘬奶嘴的小孩，他叹了口气，轻轻拍着小孩的后背说："不哭啊，你哥一会儿就回来了。"

这孩子他哥虽然哄孩子技术差劲，好在冲奶粉还算专业。手法娴熟，尤其在手背上试温度的那一下，就跟奶粉广告里播的差不多。

不过孩子他哥泡奶粉全程都集不耐烦和有耐心为一体，神奇得很，看上去一副"老子压根不想干这事"的态度，手上动作却依然放得很轻。

"哄孩子技术那么差，奶粉冲得倒还行，你家里没人照顾他吗？"陆延把剩下的水倒出来。

肖珩说："有用人。"

用人这个词对下城区住户陆延来说实在太遥远。当然他也想不到，就算有用人，用人对一个谁都不想要的私生子照顾起来也不会太上心，之前小孩喝普通奶粉过敏，喂了几天竟然也没人发现。

陆延看着肖珩捏着那个环把奶嘴从小孩嘴里拿出来，又把奶瓶凑上去。

小孩松开小拳头，抱着奶瓶开始喝奶。如果是刚才在楼下那会儿，陆延估计还能笑着逗逗他，但刚才闹了那么一出，再看这孩子只觉得唏嘘。这才几个月大啊，说不要就不要。

"喂，杀马特。"

陆延正感慨着，听到肖珩叫他。

虽然乱七八糟的家事暴露在外人面前，多少有点不自在，但肖珩还是认认真真地说："今天谢谢了。"

…………

还谢谢呢。

"等会儿。"陆延示意他打住，"你把话倒回去，你叫我什么。杀什么？"

陆延怀疑上回那番自我介绍肖珩压根就没听，按照这少爷的脾气，那句无业游民陆延，能注意到无业游民四个字就不错了。

果然，暴躁少爷说："你叫什么？"

"陆延。"陆延气笑了，"陆地的路，延宕的延。"

肖珩给孩子冲完奶粉之后没有再多逗留，陆延推开边上那扇窗户，看着那辆改装车从七区门口开了出去。

见人走了，伟哥这才从楼下上来，坐在厅里跟陆延唠嗑："咋的了，刚听到你们在跟 601 那个女的吵架？"

"没吵。"陆延说，"就是 601 那个女的有个孩子……"

别人的家事，他没办法说太多。

陆延只开了个头，便止住了："你就别打听了。"

"我就是好奇嘛，你不告诉我我心里难受。"

"难受着吧。"陆延说。

"……"伟哥怒道，"你小子找我借车的时候可不是这态度！"

"一码归一码。"

陆延把菜洗完，拿刀开始切西红柿。伟哥拿起陆延桌上的苹果，咬一口又说："不过吧，说到孩子，干她们这行的没人愿意生孩子，就算不小心生下来了，宁愿哭着扔到别人家门口，也不会自己养。"

"什么？"陆延手里的刀顿了顿。

"你不懂——那种身份，怎么养孩子啊。"伟哥摇摇头，叹一口气。

"妓女！你知道妓女是干什么的吗？

"那不是谣传，我前几天去收账，那兔崽子欠着一屁股债还跑去夜总会潇洒，一下就让我逮着了，我在夜总会里碰着她了。干她们这行的，要不就是已经烂到骨子里了，就想躺着来快钱……也有的走投无路没办法才干这个，这一沾上，除非人死了不然逃都逃不走。

"想养也没法养，自己脱不了身，让孩子跟着被戳一辈子脊梁骨？"

陆延听到这里，又想到肖珩问那个女人"你的孩子，还要不要了"，他不禁想，当时女人抽烟的时候，烟雾下到底是什么样的神情。

"伟哥。"陆延打断他，"帮个忙呗，能不能帮我查查601那个女人到底什么情况？"

肖珩回到家没多久，外头那扇带雕花的大门又发出"吱呀"声，紧接着车的引擎声越离越近，往车库方向驶去。

有用人小跑着从厨房里走出来，弯着腰开门，提前在门口候着。等男人从外面进来，用人便接过他的衣服，低头道："肖先生——"

男人年纪不过四十来岁，身上穿着件西装，举手投足间皆是一股沉在骨子里的、毫无温度的威严，他并没有去看边上的用人，径直往客厅里走，那是一种久居高位习惯被人侍奉的姿态。

男人沉着声问："肖珩回来了吗？"

用人答："回来了，少爷今天出去了一趟，之后就一直在家。"

肖珩坐在客厅沙发上，听到动静连动都没有动，等肖启山从玄关往客厅里走，他才拿起电视遥控，漫不经心地换了个台。就像肖启山无视用人那样，他也用同样的态度无视了肖启山。

肖启山走到他面前，正好挡住屏幕，肖珩的目光便落在眼前一颗做工精致的衣扣上，然后他才慢慢抬头去看肖启山的脸。

"你这几天没去学校？"肖启山的脸上除了不满以外没有其他表情，他怒道，"平时只知道跟翟家、邱家那两个不成器的孩子混在一起，一个家里开夜总会，一个开赌场，都是些什么人，丢不丢脸，知道外面的人怎么说你们吗——一帮废物！"

"我托关系把你塞进C大，你平时不听课也就算了——再怎么样你保证出勤，毕业证得给我拿到手。"

"……"

肖珩分明看到肖启山皱起眉，那是一副嫌恶的表情，比起"儿子不成器"，更多的不满来自这不成器的儿子让他在外头丢了颜面。

"我不像你，连孩子都玩出来了。"肖珩往后靠，他身上那件衬衫解开好几颗扣子，整个人姿态懒散，无所谓地说，"——还是您厉害。"

"啪——"

这一巴掌扇下来，肖珩眼睛都没眨一下，结结实实挨下了。

他用指腹抹抹唇角，问肖启山："爽了？"

肖启山看着他的样子，气不打一处来，而且不可否认，他在心底对这个儿子存有一丝恐惧，尽管不知道这份恐惧究竟从何而起。

"晚上恒建集团王总设宴，你跟我一起去。"他又补充一句，"你妈也会来。"

肖珩收到陆延发过来的消息，是在宴会厅外面。他那有半年多没联系过的母亲刚从一辆宾利车上下来。女人身着黑色鱼尾礼服，正挽着肖启山的手。

周围是一片赞声："肖先生和肖夫人真是伉俪情深，这么多年了，感情还是那么好。"

"是啊，感情真好。"

"……"

宴会厅金碧辉煌，这是一场属于上流社会的晚会。从四周散射下来的那些灯，照在周围各式带钻的晚礼服和钻石首饰上，闪着令人窒息和眩晕的光。

肖珩看了眼手机屏幕，手机上备注为"杀马特"的人给他发来几条消息。

杀马特：一个好消息，一个坏消息，先听哪个。

杀马特：好了，不跟你绕了。

杀马特：601……

肖珩这时候压根不在意什么601，601怎么样都无所谓，他只想离这里越远越好。前面五十米，肖启山帮自己太太把披肩扶正，两个人对视而笑，肖启山一边和周围的人说话，一边往肖珩那儿看，示意他赶紧过来。

肖珩：你在哪儿？

　　肖珩：我来找你。

　　肖珩打完这两句话，冲肖启山勾起嘴角笑了笑，就在肖启山以为他要过去的时候——他在众目睽睽之下转身离场。

七芒星

CHAPTER

5

还债

一件一件，他在肖启山和所谓的母亲面前，
把他身上能扔的都扔了下去。

我来找你。

陆延把这句话反复看了两遍。不知道是不是错觉，他怎么觉得这话有点引人遐想。现在已经是晚上九点多，他刚把伟哥的摩托车从车棚里推出来，收到肖珩回复之前本来准备去趟酒吧。

孙钳这人念旧情，怕陆延离开酒吧之后生活困难，总联系他问他和李振两个人要不要回酒吧继续唱，就两个人也行，帮他热热场子。

陆延没接受，两个人上台算怎么回事。他拒绝了几次，但还是拗不过孙钳，最后为了感谢这份情、感谢这份爱，约好去酒吧跟钳哥好好喝一顿。

陆延一只手把着摩托车，不方便打字，直接按下语音键说："钳哥，我临时有事，改天再约。"

"你小子整天有事！"孙钳也发过来条语音，声音豪放，骂骂咧咧道，"你那乐队都散了现在也没份工作，哪儿那么多事……你谈恋爱了？"

"……"

孙钳接着说："啥时候谈的，对象是谁啊，今年多大了？"

陆延："……不是。"

孙钳："工作呢，干什么的？"

"你打住。"陆延打断他，"想什么乱七八糟的，还没完了。"

陆延跟孙钳说完，又把聊天页面切回去，给大少爷回条语音："你直接来凤凰台，知道在哪儿吗？"

肖珩走出宴会厅，外面是条宽阔的马路，车水马龙，来自四面八方的车灯穿透这片夜色，霎时间把这条路照得透亮。他手机设置的是外放，一点开那条语音，陆延的声音便从手机里猝不及防地扬出来。

凤凰台，他当然知道在哪儿。凤凰台是厦京市有名的欢场。光是名字就取得十分露骨，虽然不在市区里，但也离得不远，那片区域就是传说中的红灯区。

肖珩看看车道上来来往往的车辆，回复道：夜生活这么丰富？

陆延的语音很快又来了，他那头有风，声音被风吹得有点散，但还是很有气势："我去！"

肖珩点下一句语音。

"你有病啊！"

再下一句。

"去凤凰台找 601！"

最后一句。

"赶紧过来，别让老子等你。"

陆延这几句话说得倒是大气磅礴，但一个多小时后肖珩都到凤凰台门口半天了，他还骑着摩托车在大马路上转悠。红灯区属于敏感地段，导航上导的那条路线也不清不楚的，这就导致陆延把车开到附近，发现面前有好几个分岔口，不知道该往哪儿拐。

路上也没看到什么人，陆延降下车速，停在分岔路口，左边耳朵里塞着的蓝牙耳机在喊："您已偏离正确道路，正在为您重新规划路线。"重新规划这句话说半天，就再没有别的话了。

陆延自言自语说："你倒是规划啊。"

导航语音："对不起，当前路段没有合适路线。"

"……"

导航语音："尊贵的 VIP 会员，本次导航结束，祝您旅途愉快。"

"……"

还知道他是尊贵的 VIP 会员呢？为了这破导航花钱开了会员，就这么敷衍他？

陆延掏出手机，把导航关了。消息通知栏上正好弹出来一句话。

肖珩：别让老子等你。

"……"

从见面头一次陆延就发现了，这少爷表面看起来懒得理人的样子，其实心里记得门儿清。睚眦必报说的大概就是这种人。

陆延又看了一眼刚才被自己关掉的导航和面前的分岔路口，最后还是决定向命运低头，他给肖珩拨过去一通微聊电话，嘟两声后对方接了，陆延组织了一下语言，说："我这边有点情况。"

"我现在在……"

陆延说到一半又卡了。他在哪儿？这也没个路标。于是肖珩站在凤凰台门口，在一会儿变成红色一会儿变成蓝色的电子牌匾底下，顶着艳俗的光，听到陆延在那头理直气壮地说："我现在在一根柱子边上。"

肖珩："……"

"柱子边上。"肖珩等了快三十分钟，早就没耐心了，他指间夹着根烟，抖抖烟灰说，"啧，你怎么不说你在地球村？"

"你要这么理解也行。"

肖珩又问："你身边除了柱子还有什么，别跟我说另一根柱子。"

陆延四下看看，换了物标，形容道："边上有个指示标，往北指，上面写着前方五十米限速……"

语音通话中断。肖珩直接把语音电话给挂了。

是不是人？

过了两秒——［肖珩邀请你加入视频通话，点击接受或拒绝］。

行。还算个人。

陆延接了，屏幕中央是肖珩那张极其不耐烦的脸，男人的头发被风吹得有些凌乱，薄唇，单眼皮，那双眼睛总像睡不醒一样半闭着，不过在这种走投无路的情况下，陆延居然觉得这人长得还算亲切。

肖珩说："把摄像头转过去。"

陆延切到后置摄像。

然后肖珩又说："左转，进去之后直走……算了，你把车钥匙拔下来。"

拔车钥匙是个什么操作？

陆延问："然后？"

肖珩说："然后在那儿等着。"

通话又断了。

夜幕低垂，陆延把车停下，倚着车在路边抽烟，才抽了半根，肖珩出现在分岔路口。

肖珩从上到下打量他，又是熟悉的嘲讽腔："你路痴？"

陆延刚吸进去一口烟，很想直接往这人脸上喷。

肖珩今天穿的这身衣服是一套过于正式的正装，简直是行走的人民币，发型也特意整理过，身上还喷了香水。陆延也确确实实站起身，凑近了，把呛人的烟味往肖珩面前带，似笑非笑说："我是不像你，熟门熟路的，逛个夜总会还打扮成这样。"

"……"

八字不合。陆延和肖珩两个人脑海里同时产生这个念头。

再说下去又得呛起来。两个人都选择暂时闭嘴。

陆延推着车走在肖珩后面，发现他其实已经距目的地很近了，只要刚才拐对路，就能穿过高楼然后看到高楼后面的会所。

等走出去一段路，肖珩才问："你之前说，那女的怎么了？"

"她叫康茹。"陆延嘴里还咬着烟，闷着声回答，"几年前在高利贷公司借了六十万。"

伟哥本身就是干借贷的，刚好有认识的人以前在那家公司做过事，抱着试试看的态度，没想到这一问还真让他问出来了。

伟哥那朋友一听他打听的人是个妓女就知道问的是谁，那朋友咂咂嘴说："她啊，我记得，印象还挺深。她当年是来这儿打工的，老家好像是……唉，是哪儿的我忘了，这事太久了，她当年借这钱为了给她妈治病，结果人还是没救过来。她原来在食品加工厂里干活，但就那点工资，不吃不喝两千五，拿什么还啊，就是不算利息也得还二十年。"

伟哥他们那家借贷公司是一家正规公司，借多少钱，怎么还，还多少利息都明明白白写清楚，但康茹借的那家公司是高利贷。高利贷可没那么多道理可讲，不管每年还多少，只要还没还清，剩下的债务又衍生出来一笔利息，跟滚雪球一样越滚越多。用伟哥的原话说就是：高利贷这种东西，借了就别想掰扯清，利滚利能滚死你。

气氛稍显沉默。

肖珩问："那笔钱，她没用？"

肖启山给她的钱，他虽然不知道具体数目，但少说百来万肯定是有的。

"这就不清楚了。"

陆延说着，嘴里那根烟也刚好剩最后一口，眼前就是霓虹灯闪烁的"凤凰台"三个字。

陆延试图把自己摆在康茹的角度去猜想这件事，那个逼不得已从食品加工厂里走出来的康茹，最后他说："用了那不就真成卖孩子了吗。"

陆延之前跟肖珩说，有一个好消息和一个坏消息。好消息是想着601那个女人没准不像他们想的那样，只是她没法脱身，想养孩子养不了。但归根结底，这个好消息也实在算不得好消息。

陆延说完把烟蒂扔进垃圾桶里，然后去地下车库停车。他刚把车钥匙拔出来，就被肖珩从身后钩住了脖子，两个人一下子靠近，几乎贴在一起。

陆延下意识用手肘去抵肖珩腹部，但肖珩没松手，带着他往后躲，隐匿在边上另一辆车和墙壁的夹缝里。

"闭嘴。"

"噔噔噔"刚才只顾着停车，陆延这才注意到从外面传来一阵女人的高跟鞋声。声音由远及近，一个看不清面目的女人从入口走进来。

紧接着前面不远处的一辆货车开了大灯，灯光直直地冲着她去，然后副驾驶的门开了，从货车上下来五个人，走在最前面的男人嘴里咬着烟，直接去抢女人手里的包，从里面掏出厚厚一沓钱，他掂量掂量，说："就这么点？"

女人的语气没什么起伏："就这么点，爱要不要。"

声音很耳熟。

男人打了个手势，边上四个人便把女人团团围住。那男人微微弯腰，把那沓钱往她脸上拍，说道："就这么点钱，这点钱连我兄弟们的劳务费都不够付。"

这时候才能借车灯的光看到女人的脸——这不就是他们今天要来找的601的那个女人吗。

康茹似乎已经对这种场面习以为常，她脸上甚至没有其他表情。

那男人又说了几句，才让那几个人松手。康茹整理好头发，从车库走了出去。

陆延和肖珩靠得太近，车库环境又闷，只觉得热。陆延往边上挪了一步。就这一步，也不知道谁往地上乱扔垃圾，他直接踩在地上一个已经被车轮碾过一圈的易拉罐上——啪，发出尖锐刺耳的一声。

男人正数着手里的钱，猛地回头，问："谁？"

陆延："……"

肖珩："……"

气氛很窒息，情况很尴尬。

陆延跟边上的大少爷对视一眼，都从彼此眼睛里看出了一种明显且坚定的信息。陆延想，康茹是得帮，但眼下这个情况明显不合适。对面五个大汉，五对二。两个人互相眼神示意两秒，然后陆延冲肖珩点了点头。

陆延感觉肖珩可能是接收到了。想法达成一致，陆延轻声说："我数三声。"

"三。"

"二。"

最后那声"一"话音还未落，陆延拔腿就往车库外面跑！

陆延跑的速度相当快，快到同一时间和陆延做出相反举动，往五个大汉面前冲打算直接干一架的肖珩整个人都愣了。

陆延祭出了他百米冲刺的速度。整套动作有如行云流水，殊不知他矫健的身姿，洒脱的背影深深烙印在被他无情抛弃的队友眼里，并给他那位姓肖名珩的队友造成一万点暴击。

"我去。"肖珩回神骂道，"跑什么？"

陆延其实跑一半就感觉不对劲，跑得倒是挺顺畅，但身边好像少了点什么。但他也没时间去想那么多，等他人都已经冲到车库门口了，才发现刚才跟他达成一致"我数三声我们就一起跑"的同伴压根没跟上他的步伐。

陆延止住脚步,在车库门口和肖珩遥遥对望,两个人之间仿佛隔着一道银河那么宽的距离。

…………

陆延也骂道:"……我去!你冲上去干什么,不是说好一起跑的吗?"

说好了。说好?

肖珩回想一番刚才陆延那个眼神,陆延给完眼神暗示之后还冲他点头,分明是在说:我数三声,我们就上去干他们。什么时候说要一起跑了?

肖珩额角那根筋猛地一抽,发现两个人的脑回路压根不在同一条线上。尽管在这个情况下发生这种对话实在是很蠢,但他还是忍不住说:"不是一起上吗?"

两个人相隔的距离实在是太远,互相扯着嗓子对喊才能把话传出去。

陆延说:"上什么上!谁跟你一起上?!"

肖珩说:"你是狗吗?"

"你骂谁?!"

"你。"

"……"

陆延简直想扭头就走,他行走江湖多年,能在人心险恶的下城区拼搏奋斗出一片天地,靠的从来都不是拳头。他不做莽夫。

"他们五个人,我们只有两个。"陆延指指肖珩后面的那五个大汉,说,"你不觉得这事得从长计议吗?"

肖珩:"……"

五个大汉站在那里都被他们俩给整晕了,这一切都发生得太突然,原先在数钱的那个男人也忘了手里的钱数到多少,他们看看车库外边那个,又看看面前的人,半天之后终于开口问:"你们俩谁啊?想干什么?"

肖珩没有回话。

陆延看着他慢条斯理地把身上那件剪裁合身的西装外套的扣子给解了，脱下外套之后随手往摩托车车座上扔。

"干什么？"

脱下外套之后，肖珩抬手把脖子上系的那条领带扯松，低垂着眼说完前半句，这才抬眼去看面前的人，语气没什么起伏地说："干你。"

Bking[1]啊这是。陆延被肖珩嚣张的气焰所震慑。本来肖珩穿的那件外套过于正式，正式到和周遭环境格格不入，看着总觉得他应该开着豪华跑车在路上驰骋，而不是在这里跟五个大汉面对面。现在他把衣服扯开之后，气氛倒是对上了。

"你小子别太狂！"拿钱的那个男人虽然不知道现在是什么情况，但社会人士的热血依旧熊熊燃烧，他把钱往裤兜里一塞，又往地上吐了口唾沫，啐道，"找死呢？别以为哥儿几个好惹，也不出去打听打听，我是什么来头！"

那男人话没说完，迎面就挨了一拳——肖珩这一下直接冲着他鼻梁砸过去。还没等那男人反应过来，两道鼻血先缓缓往下流淌。

"你知道我什么来头吗？"肖珩猛地又是一拳，然后顺势擒住那人的手腕，将他往自己身边带，在下手之前一字一顿道，"我——是——你——爹。"

肖珩大概是觉得胸前那条领带即使扯松了也还是影响他发挥，干完第一个人之后，干脆把领带直接从脖子上拽下来。

陆延看着肖珩，觉得他这样子像是身体里某种之前停止流动的血液又复苏了一样。男人已经被抢到了地上，躺在地上蜷缩着，疼得直抽抽，他边抽边骂："你们几个还愣着干什么！"站在边上的另外四个人这才反应过来，撩起袖子往前冲。

场面十分混乱。

肖珩虽然能打，但一个人对五个人打得也不算轻松，况且这帮人是

---

[1] Bking：形容一个人举手投足之间都非常酷，周身散发着光芒。

专门放高利贷的，战斗力不容小觑。

陆延站在车库门口，内心也在天人交战。帮还是不帮？打什么呢，有什么事情不能先跑再说？

陆延想了一圈，最后还是叹口气，打算先抄个顺手的家伙再进去帮忙，但身边也没看到合适的。陆延在车库门口环视四周，最后目光停留在绿化带边上的垃圾桶上，绿色的大型桶身上印着一行字：120升移动垃圾桶。

肖珩这辈子没打过那么刺激的架。这个刺激不在于打架地点在凤凰台地下停车库里，也不在于对面是五个壮汉，而是他打到一半，躲过迎面而来的拳脚，侧个头的工夫，余光便瞥见一个半人高的绿皮垃圾桶从车库门口冲着他们疾速而来。

陆延推着垃圾桶杀进决战圈，过程精简干练，又快又狠又准，不到三秒钟便结束一场战争——他直接把离得最近的那个人往垃圾桶里按。

肖珩："……"

五个壮汉："……"

十分钟后，硝烟平息。陆延坐在摩托车上，从身上摸出一盒烟，用嘴咬着抽一根出来。凤凰台门口放的迎宾曲一直传到车库里。

> 鲜花伴美酒欢聚一堂抒情怀
> …………
> 来来来来来来来来……
> 朋友朋友 让我们携起手来
> …………[1]

在外头嘈杂的音响唱到"让我们携起手来"的时候，陆延把烟拿下来，问肖珩："你抽吗？"

肖珩"嗯"了一声。

---

[1] 李谷一《迎宾曲》。

陆延懒得再去掏烟盒，直接把手上那根烟给他。

"身手不错。"陆延收回手，把手搭在摩托车头上，"练过？"

"玩过拳击。"

肖珩没说太多，低头把烟点上，他嘴角破了皮，眼角也有一块儿，低头抽烟的时候整个人才再度冷下来，又回到了打架前的样子。

然后隔了几秒之后，陆延又听到肖珩回敬他一句："你推垃圾桶的姿势也不错。"

陆延："……"

肖珩侧过头，补充道："惊天动地。"

"我去。"陆延伸手，"你别抽了，把烟还我。"

"不还。"肖珩说。

他们俩面前的地上还东倒西歪地瘫着五个壮汉。昏暗的地下车库里，五个人蜷在地上，打架输了之后几个人脸上都不太好看，衣冠不整不说，其中一个人头发上还沾着几根菜叶。沾着菜叶的那位实在忍不住了，他把散发着浓烈馊味的菜叶从头上拿下来，以并不地道的厦京市口音崩溃地问："大哥，你俩能不能别聊了……你们到底想干什么啊？"

"刚才那女的，"肖珩这才正眼看他们，问道，"她欠你们多少钱？"

"她原来借的是六……六……六十万，这几年算上还的钱，还差一……一百二十万。"几个人被打了一顿打蒙了，半天才反应过来"那女的"是谁。

"……"

"你们放高利贷的都是数学奇才啊。"陆延咋舌道，"一百二十万也说得出口？"

陆延不是不知道高利贷是什么东西。他也见过有人因为欠高利贷被逼无奈走上十六楼，从楼上当着警察的面跳下去。但康茹的事摆在面前还是难免觉得震撼，六十万还了几年剩一百二十万，这一百二十万继续滚下去又不知道是多少钱……而他们现在所在的地下车库离康茹工作还钱的凤凰台不超过两百米。

他和肖珩脑子里产生同一个念头：康茹是真没动肖启山给她的钱。

她把孩子扔给肖家，可能真是想让孩子有一个相对正常的生活环境，即使是私生子，也比当一个被高利贷缠身的妓女的儿子强。

陆延看着肖珩抽完半根烟，才从西装外套里摸出来一个钱夹。

陆延问："你要替她还？"

肖珩咬着烟没法说话。

"你钱够吗？"陆延不懂有钱人的世界，随身携带那么多钱超过了他的认知，他摸摸口袋，"不够的话我这儿能给你凑……"

口袋里是两张纸币，一张五十块，另一张五块。

肖珩看到他的反应，故意问："你能凑多少？"

凑个鬼。

陆延把手从口袋里拿出来，看着他说："我凑一份心意。"

肖珩嗤笑道："你身上不会连五毛都没有吧。"

"看不起谁？"人再穷也得有尊严，陆延说着，把口袋里的钱掏出来。

陆延现在跨坐在摩托车上，跟肖珩有约莫半条胳膊那么远的距离，他俯身向前靠，指尖夹着两张叠在一起的纸币，把纸币塞进肖珩大开的衬衫领口里。

"收好了，巨款。"

陆延顺着这个角度一眼能看到他的锁骨，这大少爷身材不错，衣架子……再往下就看不太清了。

"干什么？"肖珩把"巨款"从衣领里拿出来，那表情看上去想再给他打套拳，"拿回去。"

五十五怎么了，劳动人民的血汗钱。

"拿走。"陆延没接。

"拿——走。"能让大少爷一句话重复三遍已经实属难得。

陆延还是没接。

肖珩直接把烟扔了，走上前二话不说就把他摁趴在车上。陆延被摁得没有一点防备。

"别乱动。"肖珩想找个地方下手，但陆延这样被他摁着也没个能塞钱的地方，他最后干脆往他牛仔裤后面那个口袋里塞，"你自己留着，我用不着。"

"……"

牛仔裤本来就紧，肖珩往里面塞东西的感觉太强烈，陆延刚才往人衣领里塞钱的时候不觉得有什么，这下可算是知道了东西不能乱塞，喊道："我去！你往哪儿塞！"

肖珩没回话，他把钱塞进去，这才把人松开。陆延的胳膊肘抵在车头上，起身的时候都压出了两道印子，有种明明是自己先上去耍流氓结果对方耍得更狠的挫败感。

事实证明肖珩还真不差钱。他那钱夹一打开，里面两排都是银行卡。

肖珩从里面随便抽出来一张。边上几个男人刚被打完，怎么也想不到他是来还钱的，恍惚道："你……你要帮她还钱？一百二十万？"

陆延也说："你真要帮她还？"

陆延原来以为他最多可能帮忙跟高利贷掰扯几句，这种利滚利说到底就是要无赖。而且他跟康茹非亲非故的。岂止非亲非故，陆延没猜错的话，那小孩应该是康茹跟他爸在外头生的孩子……这年头对待自己父亲在外头的女人都那么仁慈？

然而陆延想半天，大少爷说出三个字："我钱多。"

"……"

好的，知道你有钱，钱多得没地儿花。

领头的那个男人连滚带爬从地上起来，去货车里取了东西又跑回来，等他走近了陆延才看清那是个移动 pos 机，他的喜悦之情溢于言表，刚才挨的那顿揍也不计较了，开心地说道："我们这儿支持刷卡，您看您怎么来方便，刷卡现金都行。"

准备得还挺齐全。肖珩刷了卡，一百二十万，说刷就刷，连眼睛都不眨。陆延发现自己是真的不了解有钱人的世界。

这帮人平时办事就是东奔西跑的，货车上除了收款机，连公章、借债合同都有，一应俱全。不过十几分钟的工夫，康茹的借债合同和还债证明便打包装在档案袋里交到陆延手上。

"给我干什么？"

"你拿回去给她。"肖珩说，"你顺路。"

顺路倒真是很顺，就在他隔壁。

"我帮你给她也行。"陆延打开检查了一遍，确认没有缺什么文件。

虽然过程有些曲折，但这事也算圆满解决了。陆延把档案袋收好之后推着摩托车和肖珩两个人往车库外头走。

经过那个威力不容小觑的绿皮垃圾桶的时候，不知道是肖珩先嘲笑似的笑了一声，还是陆延自己没忍住。

"你别笑，你以为我想推？这破地方就只有一个垃圾桶！"

肖珩表示一点都不想听他放屁。

陆延摸摸鼻子，转移话题道："今天没见你开车，你等会儿怎么回去？打车？"

肖珩"嗯"一声，问他："还有烟吗？"

陆延直接把一整盒烟都扔给了他。陆延没再多逗留，但他开出去两百米遇到一个红灯，停下来透过后视镜去看后面的人，发现肖珩还在原地没走，男人正坐在路边台阶上抽烟，身上带着伤，抽两口烟然后低下头——那是一个完全不符合他性格的、甚至有些脆弱的姿势。刚才打架时脱下来的那件西装外套被他随意丢在脚边。

已经是深夜，除开凤凰台那片区域依旧灯火通明，车库附近其他地方基本没有灯光，连路灯都没几个，肖珩整个人就隐在这样一片黑暗里。

陆延无端地觉得他这个样子看起来很像那些无家可归的流浪猫狗。当然，肖珩怎么也该是几万起跳的赛级血统。

面前红灯闪烁两下。不过，无家可归。陆延收回眼，觉得这念头很荒谬。

康茹次日中午才回来。陆延为了蹲她，特意定的闹钟，康茹上楼的时候他还在吃午饭，临时饭友伟哥正坐在他边上听他讲昨天晚上他暴揍高利贷的英勇事迹。

"对面五个人。"陆延边说边夹起一筷子油焖茄子,"五个人对我来说那还不是小意思,撩撩袖子就上了——"

伟哥虽然为这个刺激的格斗氛围感到紧张,但他还存有一丝理智,他也夹起一筷子茄子,感慨道:"延,这不像你啊。"

"哥你对我有什么误解?"陆延没想到吹个牛都能被人戳破。

伟哥说:"你对你自己有什么误解?"

伟哥在这栋楼住的时间比陆延还久,陆延这人动嘴不动手的性格他领教得很透彻,而且就算他动手了……

"拆除公司头一回来的时候让你打一个你都打不过。"伟哥用充满追忆的语气说,"我还记得你三两下就被人家打飞的样子……"

"……"

陆延听到这儿,伸手把伟哥手里捧着的碗筷拿下来,然后指指门说:"你,出去。"

伟哥说:"咋的,不是说好我借你车,你请我吃饭的吗?"

陆延一只脚蹬在地上站起身,走到柜子面前一阵翻,最后翻出一桶红烧牛肉面,说:"这口味你看行吗?"

伟哥简直难以置信:"你是人?"

两个人闹了一阵,伟哥捧着红烧牛肉面站在门口,康茹正好走上来,她依旧穿着晚上那身衣服,眼皮底下是即使涂了厚厚一层遮瑕也盖不住的黑眼圈。

"来了来了。"伟哥蹿进门,说,"人回来了。"

陆延拿起上次没来得及还的碗和档案袋,拉开门出去,站在康茹面前说:"上次问你借的,一直没还,还有这个,这是有人托我给你的。"

康茹看他两眼,她打开档案袋之前完全想不到里面会是合同——一份她眼熟得不能再眼熟,绑了她整整五年,每天晚上做噩梦都是上头的白纸黑字化成利刃不断凌迟着她的借债合同,最后落款是她自己签的字。但其实也没有那么熟悉,因为当时她签下这个合同的时候甚至没能仔细看清合同内容,同厂的小姐妹跟她说:"这合同不会有问题的,这是我表哥,肯定给你按最低的利息算,比银行还低的,你不用担心。"

于是她握住那支笔，在上头一笔一画签了自己的名字。

康茹原来跟所有来厦京市打工的女孩子一样，她带着简单的愿望，来大城市寻找工作机会。

"你还不上钱？你就不会想办法？"

"姑娘……我这儿有份工作，来钱快，你考虑考虑？"

无数双手把她推向深渊，她觉得自己一点一点地烂透了。这辈子要是还能闭着眼撑下去，那就再撑会儿，撑不下去就去死吧。但孩子的出现是个意外，她去过一次小诊所想做人流，钱都交了，最后一刻她推开医生从病床上赤着脚跑出去——她知道她以后会为这个决定后悔，她还是推开了那些冰凉的器械设备。所有后悔都抵不过孩子出生的那一刻，她觉得世界亮了一点。

康茹愣愣地将这页合同翻过去，发现底下还有一张。那张纸上写着：乙方康茹女士所欠债务一百二十万已全部还清，自本协议生效起，康茹女士与本公司之间再无任何债权债务关系。

陆延从来没见人这样哭过。康茹死死咬着手背，慢慢弯下腰，她身上背着的包从肩上滑下去，然后压抑的声音才从紧咬不放的齿间溢出来，眼泪簌簌地往下落，砸在地上。

陆延：东西已经给了。

肖珩：en

陆延：一直在哭，反复说对不起，问孩子在哪儿，你明天把孩子带过来？

肖珩：en

不管发什么对面都是极其敷衍地、连输入法都懒得切成中文的"en"。

康茹整个人哭得脱了力，陆延把她扶回房间，出来之后打字回复。

陆延：你复读机？能换个词吗？

这回肖珩回的消息更简洁了。

肖珩：o

……………

等陆延刷完碗，肖珩倒是主动发了几条消息解释。

肖珩：冲奶粉，不方便打字。

另一条是条语音。

陆延点开，一个"杀"字先出来，大少爷顿了顿，才往下说："谢谢。"

你刚才是想说杀马特吧？

陆延直接退出对话框，另一个人的消息倒是来了。

袋鼠：在在在在吗？

陆延：在。

陆延：V团贝斯手的岗位也还在，乐队大门永远向你敞开。

袋鼠：……

陆延：你是不是考虑好了。

陆延：你队长那儿我去说，大家都是成年人，有自己的选择，人往高处走，水往低处流。

袋鼠估计又被他聊自闭了，好半天才回：你神经病啊！当然不是！

袋鼠：我这儿有个活，他要找人写歌，出价还行，就是要求有点多，我把他推给你啊。

不愧是兄弟乐队，有钱赚的时候总能想到对方，陆延感动地想。什么是好兄弟，这就是好兄弟！陆延正好这几日没接着单子，全身上下就只剩下五十五块"巨款"。他加了袋鼠推过来的那个联系人，给人备注为"甲方"，然后甲方开口了：你好，我女朋友过几天生日，我想给她定制一首活泼中带着恬静，狂野又不失优雅的歌曲。

你说你要啥？陆延心里那点对兄弟乐队的感动之情立马烟消云散了。

肖珩第二天中午带着孩子过来的时候，陆延熬了一晚上没睡，客户要的歌还卡在编曲阶段。

甲方：我觉得缺了一点感觉。

陆延：亲，您觉得缺了什么感觉？

甲方：就是一种感觉。

陆延头都没回，坐在电脑前，背对着肖珩说："你自己找地儿坐。"

这个邀请实在是很没有诚意，陆延用来录音的设备堆了满地，他的房间本来就那么点自由活动的空间，现在堆得满满当当的，地上还散落着一堆胡乱团起来的纸张。

"你这是狗窝？"肖珩倚在门口，目光从纸团移到陆延身上，又说，"有地方下脚？"

"……"陆延喊，"那你就别进！"

陆延的手搭在弦上，连人带吉他转过去，看着门口的人说："懂不懂礼貌，知道你现在在谁地盘上吗？"

肖珩的注意力落在那把琴上，问："你在练吉他？"

陆延说："不是，在写歌。"

陆延不知道"写歌"这两个字能给人造成多大的冲击。

肖珩本来想着现在下楼能不能躲过一劫，但陆延说他在写歌，一个能把吉他弹成那样的奇才居然在写歌，这就好比有人连走路都不会，却跟他说：老子能飞。

陆延把录在电脑里的那段 demo 暂停，又把耳机摘下来，冲他喊道："刚改完一版，听吗？"

肖少爷勉为其难地越过那堆垃圾，极其勉强地接过耳机。

"吉他弹成那样你还写歌……"肖珩话说到这里止住了。

陆延这个人，真的会飞。

从监听耳机里传来的声音完全超出他的预期，这首编曲用的是虚拟吉他，主旋律活泼轻快，虽然还在初期阶段，但旋律的完成度已经很高。由于还没有填词，陆延只是随便跟着哼哼。上次肖珩就发现，陆延的声音有种特质，一开口就能抓住人。

虽然甲方要求太多，但只要一碰音乐，陆延就觉得身上那股劲回来了，他虽然听不到耳机里的声音，但手指屈起，跟着进度条在桌上敲。敲完最后一下，他冲肖珩勾勾手："给你一个机会，收回刚才那句话。"

"我收回。"肖珩把耳机摘下来，说，"还凑合。"

肖珩准备起身，看到陆延搁在边上的手机，屏幕上甲方还在说这边差了点感觉那边差了点感觉。

"他怎么不要五彩斑斓的黑。"肖珩"啧"一声，又顺手把耳机往陆延头上套。

肖珩这刻薄的性格以及撑人的功力只要不往他身上放，还是挺好的。陆延头一次听大少爷撑人听得那么爽。

肖珩又说："你不是玩乐队吗？还干这个。"还有之前的替课，这人的商业版图倒是挺宏大。

陆延把进度条拖回去，打算从头再听一遍，看看怎么改，随口说："为了生活。"说话间，门口传来一阵敲门声。康茹站在门口，看着他们俩说："我准备了桌饭，也没什么特别的，就是些家常菜，你们要是不嫌弃的话，我想请你们吃个饭。"

康茹今天没化妆，素颜。她长得其实很干净，眉毛细细的一条，五官没有特别突出的地方，凑在一起却有种温婉的气质。小孩在她怀里，手里攥着奶瓶，不哭也不闹，偶尔还伸出几根肉肉的手指去抓她。还是亲妈带得好，比肖珩那只会冷着脸说"你哭什么哭"的技术好多了。

陆延以为肖珩可能吃不惯外头的东西，或者毛病特多，康茹甚至还准备了一双公筷，结果坐下之后发现豪门少爷吃饭也没那么多讲究——这个发现源于他和肖珩都想去夹最后一个鸡腿。

"你滚，我的！"陆延把肖珩的筷子挡开。

"什么你的，你叫它一声你看它应不应你。"肖珩冷笑一声，毫不留情地把他的筷子压下去。

眼睁睁看着两个人吵起来，而且吵得还像幼儿园儿童，康茹："……"

小孩坐在她腿上，大眼睛骨碌碌转两圈："？"

最后两个人约好了，这鸡腿放回去谁都不能碰。

"对了，你之后有什么打算？"陆延抬眼去看康茹。

康茹替孩子擦擦嘴说："我买了车票，今天下午就走，东西也收拾得差不多了，我……我打算离开厦京市。"离开这里，重新开始。这个地方承载了太多不好的回忆。

陆延四下看看，房子的确被整理得很干净，本来康茹也没有置办太多东西，现在简单一收拾，空荡荡的好像没有人住过的样子。

"这是之前那笔钱。"康茹说着把一张支票放在桌上，那张支票是之前肖启山给她的，她说，"这钱我不要，另外那笔钱我会想办法一点点还的，虽然目前还比较困难……"

肖珩说："不用，这钱你收着，给孩子的抚养费。"

说抚养费也没错，肖启山那老畜生把人肚子搞大，给抚养费是应该的。

"这不行。"康茹很坚持。

肖珩看了这个房间一眼，最后皱着眉拼命找理由说："就当买你这房了。"

康茹讷讷道："可……我这房是租的。"而且就算不是租来的，也卖不了那么高的价。

肖珩说："当我租的。"

"喂。"陆延听到这里，放下筷子，认真地拍拍他。

肖珩看他一眼。陆延指指门外，门外正对着的那间就是他的屋子，门上写着 602。

"我那间，冬暖夏凉，风水也不错，用不着那么贵，给你打六折。"

肖珩："……"

陆延说："价格好商量。"

肖珩没理他。

陆延又说："对折也行，你心理价位多少？"

肖珩连看都不看他了。

吃完饭，肖珩跟这小孩告别。带了几天，小孩虽然不会说话，但已经熟悉了他身上的气息，小孩躺在康茹怀里，习惯性地冲他张开手。

"谁要抱你。"肖珩没抱他，他摸摸孩子的头，有点嫌弃地说，"走了，以后烦你妈去。"

陆延记起来这人还是 C 大学生，他见过他的课表，今天上午应该有那个胡教授的课才对，他看着肖珩往外走的身影，琢磨着：有钱人家的孩子都不用自己上课的？

肖珩不是不用上课，他需要重修的课加起来总共有六门。只是他不去学校上课而已，晚宴上跟肖启山闹僵之后，他白天就去翟壮志那儿混日子。

肖珩推开酒吧包间的门，翟壮志刚好在和邱少风还有一群富家子弟玩骰子，昏暗的包间内是一阵浓烈的烟味，烟味混着头顶乱七八糟的彩光席卷而来。这是翟壮志家开的酒吧，这间包间从不往外订，是他们的专属包间。

"三个三，三个三！我去。"翟壮志玩输之后闷下一杯酒，这才去看门口的人，"老大你来了？孩子解决了？"

肖珩没回话，他坐进去之后，边上立马有人给他递了根烟过来。

他接过来问："还玩骰子？"

翟壮志说："你想玩啥。"

肖珩往后靠，说："玩个大的吧。"

他话音刚落，周围一阵欢呼声。

肖珩一进来，翟壮志就把最中间的位置让了出来——他们这个号称"全员废物"的小团体里，肖珩有着不可撼动的地位。无关家世，硬要说起来，可能因为大家虽然都身为废物，但肖珩是他们这帮人里战斗力最强的那个。他们这帮人也就在外面浪浪，到了老子面前还不得乖乖低头。但肖珩不是。

"老大你电话在响。"翟壮志的余光瞥见桌角不断闪烁的手机屏幕。

肖珩没玩几局，肖启山的电话就来了，于是肖珩在一片缭绕的烟雾里，半眯着眼，抬手把手机往酒杯里扔。手机浸了水，很快就没动静了。

"我去……"翟壮志"叹为观止"，顿了顿，翟壮志又说，"你真不接啊？你那天在宴会上给肖启山甩脸子，这事都闹出圈了，听说你走之后整场下来他的脸都是黑的——"

肖珩把手里剩下的牌扔出去，提醒他："你输了。"

肖珩没玩多久，虽然挂了肖启山的电话，但他还是决定回去一趟。事实上除了之前回去拿东西被那小孩缠上，他已经很久没在那个"家"

里住了，回去也没有别的事，他就是突然想看看肖启山黑脸的样子。

肖启山的脸色的确很黑。

肖珩一进门就看到肖启山在客厅坐着，边上是肖珩那难得回来一次的母亲。

肖启山怒道："你还知道回来？"

肖启山很快平复下来，又换了个话题，问："你今天把那孩子带出去了？"

肖启山说话的时候，肖珩母亲坐在边上喝茶。

肖珩无所谓地说："给他妈了。"

肖启山的五官扭曲两秒，那是一个极度嫌弃的表情，说道："那个妓女？她愿意养孩子？"

"妓女怎么了。"肖珩看一眼边上的他妈说，"妓女也比某些人强。"

他妈喝茶的手顿住，终于有了一点反应。

"你怎么跟你妈说话的！你在宴会上扭头就走，我和你妈的面子往哪儿放，知不知道会对公司产生多大影响，你是想让所有人都知道肖家和秦家只是商业联姻——"肖启山的声音不断上扬，说的话也越来越刺耳，仿佛要撕裂面前这张自己说什么都无动于衷的脸，"我跟你强调过多少次，你只是证明两家结合的工具，工具就该做好工具该做的事。"

肖珩捏捏自己的食指骨结，觉得这个场面很可笑。他的父亲和母亲，坐在他面前，对他说：你只是工具。

工具。

他突然想到那个小孩，他不是爱多管闲事的人，只是见到那小孩的第一眼，他似乎看到以前的自己。

肖珩回过神，肖启山正指着他的鼻子骂："我们哪里苛待你了，你还想怎么样，你现在吃的、穿的、用的，哪样不是——"他的话说到这儿戛然而止。

肖珩所有的情绪或者可以说是多年来一直压着的情绪终于到达顶点，他觉得烦透了。

肖启山看到肖珩把手里拿着的车钥匙扔在了地上，砸在瓷砖地面上发出清脆的声响。不止车钥匙。肖珩还褪下了手腕上戴的手表，脱下了身上那件价值不菲的外套，拿出了装满银行卡的钱夹……一件一件，他在肖启山和所谓的母亲面前，把他身上能扔的都扔了下去。

七 芒 星

CHAPTER

6

新邻居

一场暴雨过后，陆延对门搬进来一位他从这场雨里捡回来的奇怪住户。

今天是个阴天，到傍晚终于打出第一声雷鸣。隔几小时后，等天色逐渐暗下去，暴雨倾盆而下。

"延！收衣服收衣服收衣服！"伟哥被这场暴雨淋傻了，他边收衣服边通知街坊邻里，"下雨了！"

"还有谁在天台上晒衣服的，这条东北风味的花被子是谁的啊——"

低价出租房里没多余的地方，大家一般都在天台上支个简易衣架晒衣服。张小辉踩着拖鞋嗒嗒嗒跑上天台，惨叫道："我的我的！我的被子！"

陆延撑着伞上天台，看着暴露在瓢泼大雨里的两个人，觉得他们俩脑回路不太对，问道："你俩为什么不打伞？"

伟哥和张小辉这才意识到自己冲得太急，忘了打伞。陆延话音刚落，他的伞就开始不受自己的控制，往其他地方偏。

伟哥和张小辉抓着陆延的伞，强行把伞往自己那边带，陆延的大半个肩膀立马就湿了，他俩嘴里还喊着："我去，忘了，给我挡挡。"

陆延说："……你们俩能要点脸吗？"

在阴天晒东西的傻子不多，全楼也就他们三个。陆延把八分湿的衣服从衣架上扯下来，他正要下楼，就着昏暗的天色隐约地看到楼下被拆了一半的花坛台阶上好像有个人影。

他又仔细看了一眼，发现不是错觉。楼下确实有个人。还是个男人。即使男人坐在台阶上，他还是从模糊的身形里识别出一丝熟悉的气质——大少爷？

伟哥推推他，说："愣着看啥呢，都收完了，还不走？"

陆延说:"哥,你帮我拿下衣服。"

陆延下了楼,他推开前几天刚修好的出入门。不远处,那个人坐在台阶上,浑身都被暴雨淋透了,他身上还带着前天跟高利贷打架时弄出来的伤,嘴角那块伤疤刚结痂,头发极其狼狈地贴在脸颊上。

陆延撑着伞走到他跟前,想不通这大少爷为什么会在这里。他犹豫地喊:"肖珩?"

男人低垂的头抬起来,陆延在肆虐的雨夜中对上了肖珩的眼睛。

尽管这个猜测毫无根据,陆延的第一反应依旧是:他在哭?

肖珩的眼睛很红,看向他的时候眼底有迷茫,更多的是戒备。像受伤之后独自舔舐伤口,危殆间依然绷紧了满身神经的危险动物。比起不肯示人的脆弱,他身上那种混乱、暴戾、尖锐的感觉明显比脆弱更多。像现在正不断往下坠落的凛冽的雨水。

陆延的伞勉强能撑下两个人,他又说:"您坐在这儿,赏雨呢?"

肖珩没有说话。

"说话啊。"

…………

"淋傻了?"

…………

"这雨淋着爽吗?"

肖珩听到这儿终于有了反应,他闭上眼,雨水直接顺着脸颊往下滑,沿着喉结下去了。大少爷再度睁开眼,嗓音嘶哑地说:"你好烦。"

"……"这狗脾气,他为什么要下来?怎么不淋死他。

陆延正犹豫要不要转身上楼,狗脾气看了他一会儿突然起身了。陆延不知道他想做什么,站着没动。

肖珩朝他走了两步,他整个人湿得跟水里捞出来的一样,身上那件衬衫贴在身上。男人腰身精瘦,衣衫纽扣本来就没怎么认真扣,湿透之后和没穿没什么两样。虽然现在这个情形下冒出一些其他念头明显不合适,但狗脾气现在这个样子——真的很伤风败俗。

陆延没能再继续想下去,因为肖珩靠近他之后,微微弯下腰,把头抵在了他肩膀上。

肖珩浑身都是雨水。但陆延的第一反应不是湿冷，而是烫。左肩被他靠着的地方有些轻微地发烫。

陆延这才发现这人连呼吸都是滚烫的。

"……喂？

"你怎么了？

"回话。

"你人在阴间？"

这些话，肖珩都已经听不太清。

两个小时前，他把身上所有能扔的东西都扔了。

肖启山最后说的话仿佛还在耳边，怎么也散不去："你走出这个门——你走出去就跟肖家再也没有任何关系，我没有你这种废物儿子，你是不是以为你现在这样特牛？你有本事你就走啊，你看你走出去之后到底是个什么玩意儿！没有你老子，你什么也不是！"

他漫无目的地沿着公路走。不知道去哪儿，哪儿也不想去。然后肖珩听到有人叫他的名字，恍然间雨好像停了，他抬头看过去——一把伞正挡在他上方。

陆延最后问出一句："你不在家待着，跑这儿来干什么？"

过了很长时间。就在陆延以为他不会回答的时候，肖珩才说："……家？我没有家。"

他这句话说得很轻，不像回答，更像自言自语。

这一路实在太过漫长，又淋了一场暴雨，声音哑得不成样子，陆延差点没听清他在说什么。

陆延最后只能先把人带进楼。雨实在太大，撑着伞也不管用，等两个人都顺利进楼，陆延身上也淋得差不多了。

伟哥和张小辉全程开着窗在楼上望风，两个脑袋瓜子在窗口戳着十分显眼。由于离得远，又被伞挡着，伟哥一直没看清楚人，他在楼上喊："延延，你捡了个什么玩意儿回来？"

陆延说："捡了条狗！"

伟哥："……"

肖珩："……"

伟哥说："那你衣服是等会儿我给你送上去还是咋的。"

陆延说："不用，我等会儿下来拿——"

陆延把人领上楼。

从之前康茹那个事，隐约也能看出来他家的环境不太简单，现在这副样子跑出来，陆延猜测道："你跟家里吵架了？"

肖珩没否认。

陆延也不方便过问太多，但他比较好奇一点，问："你来这儿干什么？"

他来这儿干什么？肖珩也找不到理由。

最后，他说："601，你对门——就那屋，现在是我唯一的资产。"这么栋破楼里的一间出租房，是他唯一的资产。这哪儿是吵架，基本约等于决裂吧。

谈话间，已经到了六楼。

陆延又问："你有 601 的钥匙吗？康茹给你了？"

肖珩说："没有。"

"……"

陆延问："那你住哪儿？"

肖珩看他一眼。

陆延算是知道怎么回事了，说道："我觉得邻居之间，确实应该互帮互助。我也不多收你钱，一晚上两百块，不议价，等你有钱了还我。"

"你这房间，两百块？"肖珩没想到他这话转得那么快。

"你这不是走投无路吗……"陆延说，"坐地起价不懂？"

陆延这个人如果不搞音乐改行做生意的话，绝对是个奸商。谈妥价格，陆延打开门："先洗个澡？你有衣服吗？"

他问的这是个蠢问题，问完他就后悔了。

陆延抓抓头发道："那穿我的？"

肖珩没意见。

陆延去翻衣柜，肖珩真跟他捡回来的流浪狗似的站在他身后。衣服倒是好找，随便拿一套就行。虽然想拿件没怎么穿过的给他，但陆延的经济基础决定了……他的衣柜里并不存在那种衣服。

然而陆延的手刚碰到一件 T 恤，刚才还没意见的大少爷说："这件不行。"

"理由？"陆延问。

"丑。"肖珩的回答又冷漠又简洁。

"……"

全身上下所有资产只剩一间没有钥匙的房了，还敢嫌丑？陆延觉得不可思议。

"人在屋檐下，知道要干什么吗？"他把那件衣服拿起来，看着肖珩说，"要——低——头。"

陆延说："你再说一遍，这件怎么样？"

一阵沉默。

肖珩最后勉强地说："这件还行。"

教育完之后，陆延给他找新毛巾，接着从抽屉里翻出来一条没拆封的新内裤，本来这种贴身衣物拿出来就比较尴尬，身后又是一句："换一条。"

陆延说："这为什么又不行？"

虽然买的是淘宝爆款，但他手上这条也算简约大气，CK 高仿，经典永不过时的颜色。

陆延又说："刚才我跟你说的话你还记得吗？"

肖珩目光略微往下，用一个字打发了他："小。"

陆延："……"

肖珩去浴室洗澡，陆延怕自己待着再听到什么话容易失去理智做出一些违反法律法规的事来，于是揣上烟盒出去抽根烟缓缓。

小？！你才小，你全家都小。

陆延蹲在门外头抽烟，又回忆起肖珩那意味深长的目光。

………………

"×。"陆延低头用手指弹弹烟灰，自言自语说，"让他在那破花坛上坐到天亮得了。"

"我看你一直没下来拿衣服，我就给你送过来了。"伟哥正好从楼下走上来，看到陆延蹲在601门口抽烟，惊了，"你蹲这儿干啥？你捡回来的那人呢？"

陆延说："狗？在洗澡。"

伟哥说："是那谁吧，有钱少爷，我大老远瞅着像。"

陆延咬着烟接过，说："是，富贵犬。"

伟哥又问："他跑这儿来干什么？"

陆延冷笑一声："鬼知道。"

伟哥说："延，你火气有点大。"

"哥，你提醒我一句，告诉我杀人犯法。"陆延说着把烟摁在地上，"我现在不太理智。"

"延弟，杀人犯法。"伟哥从善如流。

"嗯。"

"想想自己的大好前程，想想祖国的大好河山！想想你的音乐梦想！"

"嗯。"

"有什么想不开的，打一顿得了……算了你应该也打不过，骂一顿得了，是吧，咱犯不着置人于死地。"

陆延本来频频点头，听到一半觉得不对劲。

伟哥说："没啥，我什么都没说。"

等陆延抽完烟回来，肖珩刚好洗完，头发擦得半干。他身上那件T恤是陆延之前在淘宝上三十块钱包邮买的，图案是一串音符，李振也有一件，他俩一起买这件衣服并不是因为这件衣服多好看，也不是因为音符代表了他们的音乐梦想，而是因为：第二件半价。

自己的衣服穿在别人身上的感觉很奇妙。这风格跟肖珩其实并不搭调，裤子还是条破洞裤，但陆延看着他，这时候才真的感受到一点这人以后可能要跟自己做邻居的真实感。

两个人往下城区一站，估计能蹲在路边一块儿打劫。

肖珩明显也不是很适应，他扯扯衣领问："我睡哪儿？"

"你睡哪儿都行。"陆延心想，反正得付钱，"不过我晚上得写会儿歌，你要觉得吵……"

肖珩觉得这句话的后半句应该是几句礼貌用语。

然而陆延说："你就忍着。"

两个人没再多话。陆延身上那件衣服也湿了一半，在身上黏得难受，洗完澡之后陆延坐到电脑前，打开编曲软件。他接的那个编曲还没编完，甲方永远是那句话：感觉已经很接近了！但还是差了那么一点。

这一整天的经历都特别奇幻。

肖珩躺在沙发上。耳边是一阵熟悉的、磕磕巴巴的吉他声，收他一晚两百块钱的那位奸商时不时会跟着哼几句。他居然没觉得吵，本来应该觉得看什么都烦透了才对，但他发现他的心情前所未有地平静。夜已深。陆延洗完澡后就穿了件短袖。肖珩在快要睡着的间隙里，借着房间里微弱的光，注意到陆延左手手腕内侧有一个文身。

黑色的。

星星。

陆延左手摁着弦，哼了半句，想起来刚才在楼下肖珩的状态不太对，而且淋成那样，万一感冒发烧死在他家……陆延把吉他放下，从药箱里找出体温计。结果扭头一看，发现这少爷倒还有点自觉，没睡床。他家沙发不大，买大了也没地儿放，平时他自己躺上头打瞌睡都嫌憋屈。

肖珩躺得比他更憋屈。但可能是他太疲惫了，偏过头快要睡着了，整张脸埋在臂弯里，半干不干的碎发挡住了半张脸，只露出半截下巴和嘴角刚结痂又裂开的伤口。

"等会儿睡。"陆延伸手想去探他的额头，"你自己量下体温。"

肖珩把脸埋得更深，低声道："别烦。"

这人怎么无论是清醒还是睡着脾气都那么差？

陆延直接拿体温计戳他下巴，说："起来。"

肖珩半睁开眼。半梦半醒间，那颗黑色的星星跟他离得很近。在陆延手腕上，那是个很特别的文身，整个被黑色填满。文身覆在淡青色血管周围，尖锐的角就从这片黑里刺出去。

几个角？

三。

四。

五。

…………

肖珩没数清楚，陆延的手从他面前一晃而过。

陆延强行给他塞完体温计，干脆在他面前盘腿坐下改歌。

陆延拿着笔在纸上写写画画，等时间差不多了，头也没抬，凭感觉抬手想把体温计从肖珩胳膊底下抽出来。

就在这个时候，肖珩搭在沙发边上的手无意识往下垂了一点。陆延直接抓到了他的手。

"……"

窗外的雨渐渐止住，陆延立马松了手。体温计上显示的数字是38℃。有点低烧，也不算太大问题，估计睡一觉早上起来差不多就能好。只是他们俩这一觉睡的时间有些长。

陆延熬到凌晨三点才等到甲方点头说"就是这个感觉"，他一边在心里骂"不就是第一版吗"，一边打字回复"亲，你满意就好"，并且干脆利落地收下了尾款。等他睡醒已经是下午。陆延起来之后觉得热，习惯性地把上衣撩起来准备脱掉，完全忘了他昨天晚上刚捡回来一个人。他对着两桶泡面，在老坛酸菜和红烧牛肉之间做抉择。吃哪个？要不然出去吃？

陆延思考着摁下边上 CD 机的开关，吃什么再说，先放会儿歌。强劲的音浪爆炸般地从音响里冲出来，把躺在沙发上睡得浑身酸痛的肖珩给震醒了。

"我去……"

他抬手去按太阳穴，然后目光撞上陆延裸露在外的脊背。顺着脊背流畅的线条往下，是男人精瘦的腰，突出的骨头，最后那块凹进去一点，陷在低腰牛仔裤里。

陆延被这首歌和这句"我去"吓了一跳。然后才慢一拍地想起来，这个不到二十平方米的狭小空间里除了他之外还有另一只生物。

事实上他放的这张 CD 是他们乐队自己的，李振憋了一年憋出来首歌，非要加进去，还非要自己唱，除了超强烈的音浪，李振具有独特魅力，低音下不去高音上不来还喜欢跑调的嗓音也十分令人窒息。但胜在自信，有一种"老子就是歌王"的自信。陆延立马把歌切了。

肖珩头发杂乱，他撑着坐起来问："你不穿衣服？"

陆延说："……穿。"

肖珩又说："包饭吗？"

陆延把衣服套回去，随手挑了一桶泡面扔给他，说："别嫌这嫌那的，只有这个，没的挑。你吃完就立马退房，赶紧滚。"

肖珩有起床气，刚睡醒那会儿尤其暴躁，但在别人的屋里也不方便发作，他接过那桶泡面，自己缓了会儿。

"……你手机，借我用一下。"

"你手机呢？"

"扔了。"

陆延有点相信他那番 601 资产论了，他把手机从裤兜里掏出来，直直地朝他砸过去，说："密码是六个八，手机都没有，你还剩什么？"

肖珩没说话。他还剩什么？肖珩自己也不知道。

歌切到下一首，是陆延的声音。激烈的节奏每一下都往人耳膜上砸，然而等陆延的声音出来，那种感觉便从耳膜顺着往下走，仿佛砸在了心坎上。

在空无一人的荒野全世界的灯都已熄灭

深吸一口气

要穿过黑夜

永不停歇

…………

肖珩拿着手机，半响才想起来要打电话。他第一通电话打给了翟壮志，这傻×缺脑子，他怕翟壮志到时候从别人嘴里听到点消息满大街找他。

翟壮志接到陌生电话的第一反应是困惑："你谁啊？打错了吧？"

"我……"肖珩说，"你爹。"

翟壮志："！！！"

陆延不想偷听别人讲电话，但他在浴室里洗漱，隔着扇门还是听得一清二楚。陆延拧开水龙头，接了一捧水。这破隔音。

陆延听肖珩简述了自己从家里出来的经过，他讲得轻描淡写，用非常冷漠且烦躁的态度说自己跟肖家没关系了。翟壮志可能感受不到，但陆延昨天晚上见过他在花坛上坐着被雨淋成狗的样子。

翟壮志听完事情经过，立马说："老大你现在在在哪儿呢？我在市区还有套别墅空着，你先上我那儿住？钱你也别担心……"

肖珩一句话把他堵回去了："你是人还是取款机？"

翟壮志："……"

肖珩说："用不着。"

怎么就用不着。陆延擦把脸。都这样了，唯一的资产601还没钥匙，他现在这样估计连开锁的钱都掏不出来吧。

等陆延洗完脸，肖珩挂了电话，把手机还给他，说："谢谢。"

这少爷虽然有时候脾气过于狗屎，但陆延发现他的基本礼仪倒是没什么毛病，从康茹那件事以来，光谢谢就说了不少次。

"谢什么。"陆延把泡面拆了，"相聚就是缘分，大家都是朋友。你刚才打了两分钟，按标准收费算，到时候和两百块一块儿给我。"

肖珩："……"

等泡面的间隙，陆延说："我等会儿有事，得出去一趟。你什么打算？上601砸门去？"

肖珩简单洗了把脸，发现镜子里的人一夜之间变得有点陌生，水沿着脸部轮廓一点点往下滑落，滴在那件穿得不是很适应的T恤衫上。廉价，但很干净，有股淡淡的陌生但不讨厌的味道。

"嗯。"肖珩说，"去砸门。"

陆延跟李振约了今天去防空洞找新人，没工夫管大少爷到底是去砸门还是去路边乞讨。他只知道大少爷跟他一块儿出的门，然后在七区门口逗留一会儿，最后晃晃悠悠沿着路往右边去了。

飞跃路，三号防空洞。

"弹得不行。"

"……"

"不行。"

"……"

"这个人，学了不到两个月吧？"

陆延蹲在防空洞门口，面前来来往往的都是背着吉他的小年轻，除了有支乐队正好在排练，剩下都是来找乐队的"孤儿"。但他面试了好几个，都觉得技术不太行。

陆延最后又拖长了音说："唉，这个挺厉害的……一首歌能弹错那么多音，厉害。"

李振长时间的沉默过后就是爆发。他实在是听不下去了，用胳膊肘扒拉自家乐队主唱，说："你自己弹成那副样子，你还好意思说人家？"

陆延也只是私底下跟李振吐槽，背着吉他的小年轻们展现完自己糟糕的才艺等反馈的时候，不管弹成什么样子，陆延都还是用友善温和的语气鼓励人家。

"我觉得你未来的前途不可限量，只是和我们乐队风格不太相符，不好意思，继续加油。"

边上排练的乐队在翻唱一首英文歌。

陆延说："那支乐队，以前没见过啊，新组的？"

李振看一眼，没在意："是吧，我也没见过他们。"

李振说完，等下一个来面试乐队贝斯手的小伙子开始他的表演，他发现边上一直"这个技术不行那个技术不行"的陆延沉默着没说话。

"是不是觉得这个还行？"

李振边问边扭头，发现身边的位置空了。李振四下看两眼，看到他家主唱不知道什么时候混进了那支新乐队里。

陆延从兜里摸出来一盒烟，递给那支乐队的吉他手，说："哥们，哪儿人？"

"我本地的。"吉他手接过烟说道。

陆延说："弹得不错，练多久了。"

吉他手说："两年多吧，你也是玩乐队的？"

这话问到点子上了。陆延跟吉他手一块儿抽烟，拍拍他的肩说："Vent，听说过没有。我们乐队组四年了，才华与实力兼具，我看你技术不错，有没有想法换个乐队？"

"……"

李振默默地把头扭回来，不知道现在装不认识这个人还来不来得及。

最后人当然是没招到，不过那人确实听过他们乐队的歌，"我知道你们！魔王乐队！你们出《食人魔》的时候我就在听了！"算是收获了一个朋友。回去的路上，陆延又打开同城兼职网站，李振觉得奇怪，问："你给谁找呢，你不刚接个编曲的单子。"

给谁？陆延把页面上的兼职工作信息保存下来，说："给一个……朋友。"

结果陆延回来一上楼就看到 601 的房门开着，他那位朋友正把几样新买的锅碗瓢盆往屋里搬。

陆延倚在门口看他，发现屋子里该置办的基础生活用品都弄得差不多了。可能是经费有限，布置得极其精简，再加上上一任房主特意收拾过房间，整个屋子看起来空得很。目测这些杂七杂八的东西加起来，花了得有几百块。

陆延挑眉道："你这门？"

肖珩刚铺完床，看他一眼说："砸开的。"

先不提撬门的事，陆延又问："那你钱哪儿来的？"

肖珩说："抢劫去了，就附近那家手机店。"

"……"

"顺便抢了个手机。"肖珩把手机从裤兜里掏出来。

还真是手机，虽然是去年的旧款，打折下来不算贵。陆延压根就没想过这可能会是肖珩自食其力挣到的钱。这人昨天，不，包括今天早上的那副惨样都在告诉他：不可能。但陆延实在没想到这位大少爷居然真的在生活的压迫之下跑去抢劫："你知道抢劫犯法吗？查到你他妈就完了，你抢了人多少钱？你说你抢都抢了，手机也不抢个好点的……"

陆延说到这儿，看到肖珩笑了。好像还是头一回见这人笑。

"找到份工作，预支的薪水。"肖珩最后笑着嘲讽他，"你看我，我像傻 × 吗？"

陆延反应过来了，说了声："我去！"

是。你不像。我才是傻 ×。

肖珩又从衣服口袋里拿出来盒烟，烟盒底下是两张一百块钱，他把钱递给他："两百块钱。"

陆延本来就是说说缓和气氛，不用搞得好像真是收留救助一样，没打算真要，但看肖珩这表情，陆延最后还是收下了钱，问："你真住这儿了？"

肖珩身上穿着他的衣服。他身后是空荡的十几平方米的破出租屋，除此之外什么都没有。陆延看着他从烟盒里抽一根烟出来，咬着烟"嗯"了一声。

离五一劳动节过去快大半个月，一场暴雨过后，陆延对门搬进来一位他从这场雨里捡回来的奇怪住户。

姓肖名珩，大少爷，狗脾气。职业，不明。

"延，连着几天早上我刷牙的时候都看到有钱少爷从楼里出来了。"

周末，伟哥来串门的时候说："你俩同居了？"

"……"

陆延正在刷牙，差点没把漱口水喝下去。

"你想什么呢？他住我对门！"陆延喊。

伟哥："？！"

陆延简单把事情讲了一遍，伟哥听一圈下来明白了。

"他现在就住601那屋？"

客厅电视开着，频道是地方新闻台，等背景音放完，穿着正装的女主持人出现在电视画面上，字正腔圆眼睛一眨不眨地说："观众朋友们大家好，下面播报一则紧急新闻，近日，有一名高度危险分子在我市流窜——"

陆延洗漱完看一眼："什么危险分子？"

伟哥说："诈骗犯。"

陆延没当回事，在这种出门左转走两步就能遇到一个刀疤男的地方，诈骗犯并不稀奇。等他吃完饭，发现伟哥还戳着不走，说："哥，你说吧，你有什么事求我。"

"你滚蛋，你以为我是你啊。"伟哥说，"就是周末无聊……问问你去不去网吧？"

男人之间的娱乐活动无非就那么几种。喝酒，打游戏。陆延这天没什么安排，于是说："行啊。"

已经进入夏天，外头太阳晒得很。七区附近，或者说整个下城区的网吧都很有特色，毫不掩饰甚至大张旗鼓地展现自己是一家非法网吧，离七区最近的那家干脆直接叫"黑网吧"。迷离梦幻的灯牌，上面闪着黑网吧三个字，门口挂着黑帘。由于上网不需要身份证，网吧里鱼龙混杂，什么样的人都有。

陆延走到网吧门口，拉开黑帘子，弯腰进去。

"杀杀杀！"

"等会儿，我有个大招。"

"干他！干他！"

"……"

一片嘈杂。帘子里边就是收银台，网管的脸被电脑屏幕挡着，只露出半个头顶和一只搭在鼠标上的手，靠近之后陆延还闻到一股烟味。

"网管，两台机子，开俩十块钱的。"陆延放下帘子，低头掏零钱，摸半天才从兜里摸出两张十块的。

那只手漫不经心地带着鼠标动了动。点完两下鼠标之后，是一个男人的声音。

男人嘴里似乎是咬着烟，散漫地"嗯"一声。然后那只手伸出来，收走了钱。男人又报出两个数字："16，17。"有点耳熟。陆延来不及想，伟哥就钩着他往里头走了。

陆延开了一局游戏才发现这家网吧里男女比例不太对劲，女生占多数。而且不看视频也不打游戏，有事没事就喊网管。

"网管，我这个为什么打不开啊。"

"网管，我电脑黑屏了。"

"网管……"

网管网管网管。

喊了一会儿之后，那个网管才极其不耐烦地从座位上站起来。男人的打扮很随意，脚上踩着超市里卖十块钱一双的塑料拖鞋。他嘴里叼着烟，从晚上值班到现在没什么精神，半眯着眼，恹恹地说："别吵。"

这回不仅是耳熟那么简单。多熟悉且牛 × 的语气。陆延操纵角色找了棵树做掩体，在蹲人的间隙里抬头看过去——

伟哥喊："那队人出来了，快开枪啊！"

陆延回神，一枪射偏。

大局已定，伟哥哀号："你水了五枪！刚才差点就赢了！"

陆延没回话。他把耳机摘了，靠着椅背看肖珩坐在他对面边抽烟边给激动不已的小女生弄电脑。他怎么也没想到肖珩找的工作是网管。比起激动的女生，肖珩的状态可以说是毫无波澜，他用一种"别烦老子"的态度在键盘上敲了一阵，弄完之后起身。椅子往后退，在地上擦出一道声音。然后，肖珩咬着烟起身的时候也看到了对面的人。两分钟后，肖珩坐在陆延边上空出来的位置上。

"你怎么找了这个工作？"陆延问。

"我没带身份证。"肖珩回。

肖珩又烦躁地说："补了，一时半会儿还下不来。"

这人出来的时候还真是把什么都扔了。扔得彻底。

"你这可以啊，要是有人来查，警察会发现不光来上网的没有身份证，连网管也没有。"陆延边打游戏边开他几句玩笑，平时跟他对着戗的人却没有反应。等陆延打完手上那局，偏过头，发现肖珩闭上眼睡着了。

网管这工作不好干，轮到夜班得整宿熬着，肖珩应该已经熬了几晚。

肖珩就趴在陆延的手边，他的手稍微动一动，就能碰到肖珩的头发。扎得慌，跟他那臭脾气一样硬。

伟哥这时候才摘了耳机凑过来，指指肖珩，小声问："咋回事？"

陆延说："没事，接着打吧。"

不过陆延后半场明显不在状态，枪法水得可以。他边打边留意门口的黑帘子，打到第三把的时候，黑帘子动了动，有人掀开帘子进来。

陆延直接拍肖珩的脑袋，叫他："网管，上机。"

肖珩睁开眼，发现自己睡了半个多小时。

两个小时后，陆延下机。他经过前台的时候停下来，屈指敲敲桌面，打招呼道："走了。"肖珩坐在电脑后头看不到脸，手搭在鼠标上没动，跟陆延来时一个样。

"这年头富二代都那么吃苦耐劳的吗？"回去的路上，伟哥啧啧称奇，"我们是穷惯了，无所谓，有钱少爷不一样……"

陆延也感到意外。在今天之前，他一直以为这个新邻居坚持不了多久就会回家找爹妈。在不久前，肖珩还是牛 × 烘烘地开着辆豪华改装车的车主，刷一百二十万不眨眼。

伟哥感慨完又问："晚上喝酒不，走一个？"

陆延说："又喝？"

晚八点。天台。

陆延提前上去把桌子支起来。伟哥不光扛着半箱酒，还带了一袋花生，身后跟着刚从影视基地回来的张小辉。

"我跟你们说，我前几天开着摩托，从城南一路追到城北，那孙子一个劲地跑……"

陆延一条腿屈起，踩在椅子边上，剥着花生说："哥，你考不考虑在你那车上装个音响？边追人边放歌，多酷。"

"你别以为我不知道你打的什么主意。"伟哥一听就觉得不对。

果不其然，陆延剥开花生之后说："到时候我给你拷几首我们乐队的歌，顺道帮我们宣传宣传。"

伟哥惊叹，这是个什么样的奇才啊。伟哥作为曾经的妇女联合委员会的一员，一直有颗想要团结邻里关系的柔软内心，喝到一半让陆延下去问问新邻居要不要上来一块儿喝酒。

"有钱少爷下班没？问问人家，新来的邻居，我们应该给予关怀，认识认识。"伟哥道，"也就是现在咱小区没落了，这要是搁以前，肯定得开个迎新会。"

"行行行，关怀。我下去问问。"陆延把花生米往嘴里扔，起身往楼下走。

肖珩从网吧回来没多久，刚洗完澡。开门的时候头发还往下滴着水，惜字如金道："说。"

陆延摸摸鼻子说道："我们在喝酒，你上来一块儿喝点吗？"

大概是"喝酒"这两个字吸引了他，虽然基本住宿和工作暂时解决了，但肖珩的心情估计好不到哪儿去，他问："哪儿？"

陆延说："天台。"

两个人一前一后往天台上走。

陆延随口介绍道："你平时要是晒什么东西可以拿上来，那儿，把那几根架子支起来就行。"

陆延说的"架子"就是几根破竹竿，被铁丝绑成长着四只脚的长条架。

肖珩在他身后，头一次见到这么简陋的晾衣环境。

"立得住？"

"这得看天气，没风就能立住。"

"……"

伟哥见他们俩上来了，冲他们招招手。

陆延把人带上来，坐下之后说："怎么着，自我介绍一下？"

"姓张名小辉，未来的知名男演员，目前还没有任何代表作，你要是想看我演的电视剧，可以去看《龙门刺客》第五集，在十三分二十六秒暂停，蒙着面的五十个刺客中的一个就是我。"张小辉简短介绍完自己之后向肖珩伸手，"你好。"

肖珩："……"

陆延看到肖珩的表情明显不太自然。

轮到伟哥，伟哥笑笑说道："你跟延延一块儿叫我伟哥就行，我干借贷的，平时就是出去讨讨债。"

讨债这个词听着比较敏感。而且伟哥这个人看起来压根不像个好人，浑身肌肉，看着像走在街头身后跟一群小弟的那种。

伟哥作为之前"康茹事件"的知情人士，抑扬顿挫道："但我不是那种没有原则没有道德没有底线的高利贷！我干的是合法生意，我们公司严格按照国家的规章制度办事，你可千万不要误会！"

"……"

这下肖珩连表情都没了。陆延坐在边上单手钩着易拉罐拉环，开了一罐啤酒，越听越想掩面，说道："你俩别说话了。"

再说下去怕是会让人觉得这栋楼里没个正常人。肖珩确实觉得这栋楼里的人都不太正常。他边上，琴技离奇的乐队主唱。他对面两个人，一个跑龙套，另一个讨债。

"到你了延延。"伟哥说。

陆延："我就不用了吧？"陆延这个人的特点就是底线随时都能往下调整。刚还觉得张小辉他们尴尬，再抬头的时候俨然已经没了心理负担，他把边上另一罐啤酒推过去，说："我陆延，知名乐队主唱，下城区之光，音乐鬼才。认识我是你的荣幸。"

半晌，肖珩接过那罐啤酒，看着他说："肖珩，王行珩。"

很精简的介绍。

陆延对上肖珩的眼睛，无端地感觉他这番自我介绍说不出地正式。有一种"重新认识"的感觉。他也说不上来，像一把利刃，把现在坐在他边上喝酒的这个人，和他之前遇到的那个开改装车的肖珩彻底分离开了。

CHAPTER
7

63 分队

肖珩住进这栋楼的第一个月，
他的邻居敲门问他要不要一起匡扶正义。

陆延举着啤酒罐说:"欢迎肖珩同志加入我们六号三单元的大家庭,俗话说得好——"

张小辉下意识接:"远亲不如近邻?"

然而陆延的话总是让人意想不到:"多一个朋友,多一条财路。"陆延说着,举着啤酒罐去碰肖珩手里的那个,两个罐子碰在一起发出"砰"的一声。接着陆延又说:"网管,去网吧提你名字给不给打折?"

肖珩熬夜熬过头了,碰到酒之后反而精神起来,他说:"打。"

"能打几折。"

"能把你腿打折。"

"……"

陆延把手上刚喝完的啤酒罐慢慢捏瘪了,然后冲肖珩比个中指,肖珩也不紧不慢地回了个中指。两个人看起来像在比谁手指更长似的。

"你们俩幼不幼稚?"围观人士伟哥说。

聊着聊着就开始拼酒。

张小辉第一个阵亡,罐数:2。

陆延眼睁睁看着张小辉趴在桌上不省人事,感慨道:"我就喜欢跟小辉一起喝酒,跟他喝酒就是省钱。"

至于边上这个人就没那么省钱了。

肖珩看着不动声色,但一罐接着一罐,手里的酒就没断过。

伟哥醉醺醺地把手搭在肖珩肩上叫他"老弟":"老弟啊,人生总有失意的时候,想当年,哥才十八岁,励志考警校……"

但伟哥没说几句话,便没了声响,跟张小辉趴一块儿去了。剩下陆延和肖珩两个人接着拼。最后因为啤酒告罄，两个人打了个平局。

陆延仰头灌下最后一口酒，肖珩也正好松开手里的空罐子，他们周围是十几个空酒罐。过了一会儿，陆延把伟哥他们拍醒，收拾好东西，看到肖珩正倚在天台边上那堵矮墙边上。

陆延走过去问："看什么呢。"

肖珩在看这个小区。

从天台上往下望，整个七区一览无余。

天色昏暗。

废墟被镀上一层灰。

"你们这儿什么时候拆的？"

"两个月前吧。"陆延说，"说要拆了建工厂，就剩我们这栋楼了。原来小区里很热闹，楼下还有卖早餐的乱吃喝，现在想吃早饭只能走到六区去。"

肖珩第一次那么认真地观察这个"第七小区"。

他不知道自己看着这些应该是什么心情，完全换到另外一个环境中去，周遭的一切对他来说都隐隐有种不真实感。这个环境甚至是糟糕的。酒意不断往上涌。

陆延从身后拍了拍他的肩，打断他的思路，说："抬头。"

肖珩抬起头，发现头顶上是一望无垠的星空，这是平时在市区里看不到的景色，壮阔得像一场幻觉。

"下城区虽然是破了点，也不是一点优点都没有。"陆延把手搭在他肩上，跟他一起仰头看星星，嘴里的话却越说越煞风景，"你看，你要是去市里，没有身份证哪儿找得到工作，也就我们这儿非法产业链比较发达，别说你身份证是丢了，就算你是黑户也不怕……"

黑网吧网管肖珩："……"

陆延之后又去了几次黑网吧。他新接了个编曲的活，然而家里那台劳作三年多的破电脑最近开始闹着要下岗，具体表现为他刚编辑完的歌保存到一半整个闪退出去，再不然就是自动关机。

甲方：我这儿急用，一周内能交吗？

陆延只能揣上写好的谱子和钥匙跑出去干活。

每次去之前陆延都会出于礼貌，问问某位值夜班的网管需不需要带点什么东西。然而去的次数多了之后，不需要他问，肖珩的消息就发过来了：带份盒饭。

陆延：？

肖珩：加份汤。

肖珩这两句话的语气过于理所当然。

陆延：我说我要去了？

陆延：老父亲慈爱的耳光你吃不吃？

肖珩：你今天不来？

肖珩：哦［表情］。

可能是熟悉了些，肖珩发微聊消息的时候也会发几个时下流行的表情。

陆延对着手机屏幕上那个"缓缓离世"的熊猫人看了几眼，卖惨可耻。

"上机。"

十分钟后，陆延拎着饭掀开黑帘子进去。坐在电脑后面的人伸手，问他："我的饭呢。"

陆延把饭放桌上，说："我成送餐员了？"

肖珩接过。饭点来上网的人不多，陆延戴着耳机，开始调音轨。

肖珩三两下吃完饭过后又坐到他边上补觉，肖珩的一只手撑在桌面上，支起上半身凑近他，摘了他的一边耳机说："有人来了叫我。"

陆延觉得很有意思，说："到底谁是网管？"

肖珩已经趴下了，闭上眼说："给你打折。"

"……滚。"

他们俩坐在正对着黑帘子的角落里，陆延的左手边是个烟灰缸，里面的烟灰没清，空气里隐隐有股烟味。

肖珩今天运气好，整整一个小时都没来人。他睡醒，睁开眼，陆延还在反复修音。

陆延搭在桌上的几根手指不时地跟着耳机里的节奏一起动。他的手指很长，耳朵上挂了三个耳环，胸前也挂着条银质项链，肖珩仔细辨认，发现吊坠是条吐着芯子的蛇。

陆延这个人坐在那儿，只要不开口说话，任谁看了都会以为是个狠角色。要想列相关词条，估计还能列出如下两个：道上混的，不好惹。

肖珩觉得自己应该是没睡醒，什么狠角色，坐在他身边写歌的就是个打架只知道跑的胆小鬼。

肖珩趴在边上看了一会儿他操作编曲软件，想抽根烟清醒一下，结果刚点上烟，他眼睁睁看着狠角色陆延的编曲软件崩了。

陆延："……"

"你们网吧这什么破电脑！"陆延连着两次在马上做完的时候崩软件，心态也直接崩了。

肖珩咬着烟说："让开。"

肖珩说着，身体微微前倾，伸手去够陆延面前的键盘。

陆延的手还没来得及缩回去，一直搭在鼠标上，还被肖珩的手臂压着："等会儿，你会弄？你一个跨专业上岗还没有身份证的网管……"这少爷明明是经济系的，将来要继承家业的那种，会个什么啊。虽然这个姿势敲键盘不太方便，但肖珩的手速依然很快。

肖珩那双手即使不戴名贵手表，什么装饰也没有，仍带着一种与生俱来的矜贵，还有一种不管干什么都会从骨子里透出来的散漫。

屏幕上弹出来一个程序框。框里是一些陆延完全看不懂的东西，什么1什么0，满屏幕跟乱码似的。

肖珩低垂着眼，嘴里是一截烟。

陆延总觉得这人平时无论干什么都没表情，但是敲键盘的时候不太一样，具体哪里不一样……

肖珩敲了一阵，吐出口烟，打断他的思路，对陆延说："鼠标。"

陆延拖着鼠标的手艰难地动了动。

"点运行。"

陆延点上去。

乱码框消失。

电脑回归平静。

陆延拷在 U 盘里带过来的那个编曲软件还是那个编曲软件。

肖珩松开手，又坐回原来的位置。

这么一通看上去还挺牛 × 的操作……

陆延侧头看他，问："我的歌找回来了？"

肖珩说："没有。"

"……"

"你重写吧。"

肖珩说完这句话，瞧见黑帘子有动静，有人来上机了。他抖抖烟灰，不紧不慢地往前台走。

那你那么半天敲什么呢？！一通操作看着还挺牛 ×。您就为了听个响？听听青轴清脆的声音？陆延忍住想给人逮回来揍一顿的冲动，打开编曲软件重新写。

网管肖珩坐回前台。

进来的是逃课出来上网的几个高中男生，他们说："网管，上机，三个人，有连在一起的位置不，我们要开黑。"

陆延听到肖珩不冷不热地说："有。"

高中生有自己的顾虑，压低声音问："你们网吧安全吗？不会被抓吧。"

肖珩："没身份证？"

高中生点点头。

"安全。"肖珩收了钱，说出一句令人信服的话来，"我也没身份证。"

"……"

陆延听不下去了，他戴上耳机接着调音。

他没发现五分钟后，编曲软件左上角自动弹出来四个字：自动保存。那行字毫不起眼，出现两秒便消失。然后等到下一个五分钟，才会再出现一次。

所幸软件没再崩。两个小时后，陆延顺利把音频传给甲方，甲方听过之后觉得没有问题，转账收钱，一套流程走完，交易结束。

陆延摘下耳机，收完钱之后习惯性去数余额，加上之前那个甲方给的，已经有快两千块了。

"来瓶水……我弄完了，你什么时候下班。"陆延下机前去前台买水。

肖珩把水扔给他。

"四点。"

四点，那就还有十分钟。反正时间也差不多，陆延拧开水说："那行，一块儿走？"

肖珩说："谁跟你一块儿走。"

陆延早就习惯了肖珩的说话方式。他拎着水走回去，整个人躺进电竞椅里，等肖珩下班。他边上那个人的电脑居然在放新闻。陆延听不到声音，只能看清字幕。熟悉的地方台女主持人带着一成不变的表情说："……近日，我们接到热心市民举报，发现危险分子王某的行踪，初步确定王某往下城区方向逃窜。根据'好又多'超市提供的监控视频，视频里的黑衣男子疑似嫌疑人王某，王某在超市内购买了两瓶橙汁，这一举动不知有何意义，望市民高度警惕，出行注意个人财产和人身安全，千万不要喝陌生人给的橙汁。"

下城区？好又多？这超市不就在七区附近吗？陆延正想着，肖珩已经换完班，掀开帘子站在门口不太耐烦地问他："走不走。"

"走。"

陆延没再继续看那个逃犯买橙汁的新闻，直接下机。

两个人走出去一段路。

陆延还是忍不住吐槽道："你那网吧电脑太破了。"

"一晚上能死十台。"肖珩表示赞同。

陆延说："考虑过更新设备，提高网民游戏体验吗？"

肖珩说："我是老板？"

黑网吧与七区不过隔了三条街，七区被拆之后这边也受到不少影响，不少饭馆选择关门。本来就不算繁华的地方，现在看起来更显萧条。随处可见污水坑，以及溢出的垃圾。

陆延早已经习惯七区这种环境，四年前他背着吉他走下火车，就是在这儿吃的第一顿饭。

有阵子没来，那家店还开着。陆延很少会去想四年前的事了。他没再想下去，习惯性地把思路断在这儿。

肖珩聊着聊着发现边上这人脚步慢下来。"走那么慢……"他话说一半，发现陆延在看一家面馆。

"你想吃？"

"吃。"陆延回过神说，"给你带那么多天饭，做人要有点良心，这顿你请。"

陆延推门进去，面馆店面很小，只摆得下四张桌子，菜单上的种类也不多。店主约莫六十岁，大家都叫她李阿婆。

李阿婆刚收拾好一桌，拿着抹布用陆延其实听得并不太懂的地方口音招呼道："来啦。"

陆延说："来了。"

李阿婆认识他，说："还是老样子？一碗炒面？"

"两碗。"陆延帮忙把刚擦好的椅子推进去，"……带了个朋友。"

陆延说完，朋友才推门进来。陆延指着肖珩对李阿婆说："他付钱。"

肖珩站在门口，觉得好笑："……我同意了？"

肖珩虽然在附近上班，但也没什么机会出来吃，网吧里走不开，只能吃外卖。

他听到李阿婆跟陆延闲聊："小伙子，好长时间没见了，还在练吉他不啦？"

陆延说："练的。"

"哦哟。"李阿婆笑笑，"蛮好的。"

这份炒面没什么特别的，卖相普通，面上摆了两根菜，几块肉。然而肖珩拿个筷子的工夫，他那碗面上的肉少了一半，对面陆延碗里那份肉多得把底下的面都盖住了。

"你是狗？"肖珩又说，"你要脸吗？"

陆延不要脸也不是头一天，他拦下肖珩伸过来的筷子，说："你好好吃你的面，别对我的面动手动筷的。"

肖珩会听他的就有鬼了。他冷笑一声，问："谁先动的筷？"

"没动，你哪只眼睛看到我动了。"

在两个人为了几块肉抢得不可开交的时候，店门又被推开。俩年轻小伙手插口袋晃进来，喊道："阿婆，来两碗面！"这两个人估计是刚从另一家网吧里上完网出来，嘴里还念叨着刚才那局游戏，其中一个边把塑料椅子拖出来边说："我去，游戏体验极差，那是什么队友，打的什么——"

那个"么"字语调急转直上，转成了"魔"。下一秒，那人瞪圆了眼睛，魔半天，喊出四个字来："魔王乐队！"

举着筷子在跟肖珩打架的魔王乐队主唱陆延："……"

魔王乐队这个人送的外号虽然听起来酷，但这个名字一脱离特定环境，比如乐队演出，又或者防空洞彩排，跟其他乐队一起吹谁更牛 ×，摆在现实生活里……是真的很中二。他们乐队的名气在地下乐队里算响亮的那一拨。四年里铆足了劲做音乐，歌出得多，演出也经常开，只要接触地下摇滚这一块领域的人，基本没人不知道这支出道就唱"不断下坠也无所谓"的 V 团。不过陆延还是没想到出来吃个饭能碰到粉丝，还是名狂热男粉。

"我……我……我是您的粉丝！"

"你们出的每张专辑我都很喜欢，去年三周年纪念演出我也去现场了，我在最前面！离您很近！往台上扔衣服的那个就是我！"

"我真的很喜欢你们，你，大明，振哥和旭哥。"

陆延开始还有点尴尬，换了谁坐在面馆里突然被人激情表白都会无所适从，但那句"扔衣服"又很搞笑，然而"大明""旭哥"这两个词一出，陆延拿筷子的力道突然间松开。

"但是听说你们解散了。"男粉说到这儿语气也变得有些低落，"……你们之前驻唱的酒吧换了支乐队，之后又一直没有消息，大家都说魔王乐队解散了。"

要换成前段时间，陆延没准还能跟他说没解散。等着吧，马上就回来了。但等多久？他自己也不知道。他已经一个月没有站在台上唱过歌了。

最后男粉愣是问李阿婆要了根笔问能不能给他签个名。陆延犹豫一会儿，在他衣服上签了个 V 字。

吃完饭，肖珩结账。两个人往七区方向走。

"你还有粉丝？"

狂热男粉冲到他们桌前的时候不光陆延被吓一跳，肖珩也很惊讶，他又说："三周年纪念演出……啧，还能开演唱会呢，几十个人的场子？"

"三百。"陆延说，"瞧不起谁？三百张门票秒空，那会儿老子在下城区简直叱咤风云——"

要说乐队往事，陆延能说个三天不带重复的。陆延以为肖珩又要嘲他，但肖珩却递给他一根烟，说："抽吗？"

陆延接过。

肖珩又问："你们乐队，差的那两个人还没找到？"

他之前就知道陆延玩乐队，也知道他乐队走了两个人。但知道和感受到完全不一样。他头一次离陆延这个缺了两个人的"乐队"那么近。

"没找到合适的，之前不是在你学校看上一个吗，但人没那个意愿。"陆延想到那个黄 T 恤还是觉得十分可惜。

"……"

肖珩说："你还敢提学校？"

陆延说："怎么，你想翻旧账？"

陆延抽着烟，觉得他和肖珩两个人惨得真是不相上下。他曾经叱咤下城区的乐队散了，边上这位大少爷愣是混成黑网吧网管。

不过陆延难受也就那么一会儿，他这个人向来习惯朝前看。"没事，找不到就接着找。"刚才聊的话题里提到学校，陆延又说："你学校还有课，你不去上了？"

再往前走就是七区那引人注目的大型废墟场。在一片缭绕的烟雾中，肖珩没说话。

陆延回屋洗完澡，听到伟哥在楼下喊他。

"延！你在家吗？"伟哥从借贷公司回来，他骑着摩托车，摩托车带着地上的风沙掀起一阵旋风，在楼底下刹住车。

陆延推开窗对伟哥说："不喝酒。"

伟哥："……"

"谁跟你说要喝酒了。"伟哥喊，"你等我停个车，我有事跟你说，大事！"

陆延完全想不到伟哥要跟他说的事是什么。他只觉得楼里不太对劲。平时大家下了班之后休息都来不及，今天整栋楼格外闹腾，楼道上来来回回到处都是脚步声。

陆延给伟哥开门时猜测："拆除公司的人又来了？"

然而伟哥进门之后只有一句话，干脆利落直奔主题："延弟，你愿意支持哥的梦想吗？"

陆延："？"

伟哥拉过一张椅子坐下，用一种追溯往事的悲苦语气说："你也知道，哥当年警校落榜，那是一个——"

陆延接过话："那是一个阳光明媚的十八岁夏天。"

伟哥年轻的时候想考警校的事基本上全楼都知道。然而实在不是这块儿料，惨遭落榜。现在干借贷生意，用伟哥自己的话说就是：是在用另一种方式，维护社会的秩序与和平。

"对。"伟哥继续说道，"走！我们现在就去好又多超市！"

这话转得太快，陆延理解不了，问道："去超市干什么？"

"买橙汁那个逃犯你看没看？平时没事要多关心关心新闻，逃犯刚在好又多超市买了两瓶橙汁！就在我们边上！"

"……"

陆延说："哥，不管你想干什么，我精神上支持你，但是我觉得这事……"这事还是别蹚浑水了，犯不着。

陆延话没说完，伟哥打开手机，找出今天最新的新闻视频给他看，"延弟，你看看！"

新闻视频就是陆延在网吧里看到的那个。他正想把伟哥轰出去，目光落在手机屏幕上，他当时没把新闻看完，新闻最后，女主持人庄重严肃地说："——在此，警方发布紧急悬赏令，悬赏金额十万元，希望广大人民积极提供更多线索，助我们将王某缉拿归案。"

伟哥的警察梦死灰复燃，说道："命运阻止了我一次，阻止不了我第二次，人民需要我。"

陆延根本没有去听伟哥到底说了些什么，他满脑子都是十万块。十万块。一后面跟着五个零。

陆延本来把手搭在伟哥肩上打算推他出门，手劲突然一转，钩住了伟哥的脖子，说："哥，我觉得人确实应该有梦想。哥你有什么计划没有？"

伟哥说："我计划咱组个分队，名字我都已经取好了，就叫63分队，代表咱六号三单元。"

于是，肖珩住进这栋楼的第一个月，他的邻居敲门问他要不要一起匡扶正义。

陆延敲门的时候肖珩正在睡觉，他现在几乎日夜颠倒，上完晚班回来倒头就睡，他压根不打算理，然而敲门的人实在太有毅力。

连敲两分钟后肖珩终于从床上坐起来，问："谁？"

陆延说："叱咤风云的明日之星。"

"……不认识。"

陆延在门口又站了会儿，门开了。

"那个，有个事。"

肖珩一脸"你说完赶紧滚"的表情，说："明日之星在哪儿呢？"

然而陆延说："这事说来话长。"

肖珩拒绝沟通，直接甩门。

陆延用手抵着门，愣是从门缝里挤进去，说："你这什么臭脾气。"

肖珩踩着拖鞋往屋里走，上床，把被子蒙上接着睡。

"这件事是这样的，十四年前，有一位青葱少年，他怀揣着一直以来的梦想……"

陆延说到梦想，从肖珩床上那套灰色被套上挪开眼，顺带环顾了一眼肖珩住的这间屋子。这间屋子还是很空。跟陆延上次来看到的一个样，没有几样家电，没有电视、电脑，除了之前置办的那些东西以外，什么都没有。

陆延走到肖珩床边，用一种叙述年度十大感动人物的口吻接着说："但他失败了，落榜带给他的巨大打击使他一度丧失对生活的希望和追求。

"他也一度想要放弃自己，可他还是依靠自己的力量爬了起来。

"这十几年来他一直在坊间行使正义，从事金融行业，维护社会经济体系的和平与安定，听到这儿你应该已经听出来故事的主人公是谁了，没错，他就是我们伟哥。

"但一次失败并不能阻挡伟哥追求梦想的脚步——十四年后的今天，他发现只要心中有梦，哪里都能变成实现梦想的舞台。"

…………

肖珩不知道陆延到底想干什么。但他想杀人。

陆延觉得自己越说越像刀疤男，尤其他最后说出"要不要一起匡扶正义"的那一刻。

陆延在心里想，这样是不是太像传销了。显得不够真挚？陆延没能继续想下去，因为大少爷从被子里伸出一只手，那只手狠狠拉住他，直接把他往床上拽。

肖珩困得神志不清。只想让耳边那个声音消失。他根本没意识到自己做了什么，他一只手撑在陆延耳边，把人压在身下，这才慢慢掀开一点眼皮说："……闭嘴。"

离得太近了，气味，呼吸，以及那缕垂在他脖子上的碎发……肖珩也刚洗过澡，身上带着沐浴露的味道，头发没吹干，蹭在他脖子上有点凉。

"你有病啊！"陆延回过神骂，想挣但没挣开。

"谁有病？"肖珩的眼皮又掀开一点，他冷笑一声，"跑过来说什么匡扶正义，追逃犯？你脑子被门夹了？"

说话间，四目相对。肖珩也一点点回神，这个姿势说不出地暧昧，鼻尖几乎都要撞在一起。

陆延的衣服领口在刚才那番争斗中被扯开了些，由于常往外头跑，被夏天的日头晒得他的皮肤并不算白，顺着颈部线条往下，是深陷的锁骨。眉钉又硬又冷。他剪短过的头发又长了，肖珩突然想到那张海报里站在音箱上的妖异的长发男人。

"十万。"陆延突然说。

肖珩不知道他这个突然冒出来的十万是什么意思。

"？"

"逃犯悬赏金额，十万。"

刚才还在犀利地嘲"你脑子被门夹了"的肖珩陷入沉默。

在现实面前，人是很容易低头的，大少爷也不例外。何况大少爷已经不是那个大少爷，他现在很穷，很落魄。半晌，肖珩问："你们有什么计划？"

晚上十点。63分队成功召开第一次会议。会议地点在陆延那屋。分队成员暂定为：陆延，肖珩，伟哥，张小辉。

陆延的房间门窗紧闭，窗帘也拉得死死的，连灯都没开，屋里黑得伸手不见五指，只有桌上那台经常闹脾气的破电脑还亮着幽幽的光。整个会议充斥着一种强烈的地下工作者气息，不知道的还以为在开什么卧底大会。然而地下工作者1号陆延坐着等半天，不知道伟哥在鼓捣什么，就问道："伟哥你弄什么呢？"

伟哥说："我从垃圾场捡回来一个投影仪！还挺新的，我修修看，估计能使。"

因为要给伟哥拎过来的设备腾地方，陆延只能把墙上的吉他拿下来，搁在腿上。被迫向现实低头的大少爷坐在他旁边。

"这是我从好又多超市拿到的监控录像，大家看一下。"

投影仪确实还能用，伟哥连上电脑，把监控录像投在墙面上，画面慢慢浮现出来，屋子里才终于亮堂那么一点。

肖珩勉强睁开眼。但他没有去看监控，反而留意到陆延手上那把电吉他，看到吉他标开头的那个字母。

翟壮志以前玩过一阵子乐队，虽然目的不纯，当初买吉他的时候发过一堆图片问他哪个帅，标一模一样。"听说这牌子不错，老手都用这种，你说我买红的还是蓝的？哪个更酷一点？"每把价位都过万。

陆延见他看过来，说："我脸上有东西？"

肖珩说："你这把吉他……"

陆延的手搭在弦上说："我吉他怎么了？"

"你弹得那么烂。"肖珩说，"买这么贵的吉他？"

一个唱歌的，苦练琴技多年，日子过得紧巴巴，吉他倒是买得挺贵。

"……"

陆延哽了哽说："关你屁事？"

伟哥指指他们，说："严肃一点啊，两位同志不要交头接耳。"

监控视频并不清晰，灰色的一片，人动两下都会卡顿。伟哥表情严肃地说道："大家仔细观察嫌疑人的特点，任何细节都不能放过。我们来追溯一下他的犯罪动机，追根溯源，他为什么要冒着风险出现在好又多超市买橙汁，我们争取把犯罪画像整出来。"伟哥说完，从边上的塑料袋里掏出几瓶橙汁，"我把橙汁发下去，大家一人一瓶，好好想想这个问题。"

张小辉最近正好接到一部警匪片，演一个很快就会死的小角色，他听完以后立马起立敬礼，说道："Yes，伟 sir。"

伟哥问："小辉你说，你有没有什么发现？"

张小辉说："首先，我发现他是男的。"

伟哥说："不错，这是一个十分关键的特征。"

肖珩："……"

陆延："……"

陆延把那瓶橙汁拿在手里，拧开瓶盖喝了一口，觉得加入这支分队可能是个错误的决定，伟哥当年考不上警校也是有原因的。

会议总共持续一个多小时，不到十分钟肖珩就歪头睡了。陆延刚开始还以为是他撑不住，想把他叫醒。

"不用叫我。"肖珩半睁开眼说，"听不听都没区别。"

"……"

肖珩又嘲讽道："就他们这样，研究一晚上也没用。"

肖珩说话的声音很低，几乎就凑在他耳边说。话虽然狠，但除了他之外也没让第二个人听见。他说话的同时，伟哥正在研究橙汁的生产地，"你们说有没有可能，这是逃犯的故乡？他一定对这个地方有某种特殊的情结。"

张小辉附和："有道理！"

…………

确实没意义。照肖珩的脾气，应该直接走人才对。

陆延想问：那你还待在这儿？然而肖珩已经闭上了眼。

伟哥虽然不靠谱，浪费一小时时间瞎研究，尤其张小辉还在里边瞎附和，整个会议看着跟过家家似的，但伟哥做这件事的时候很认真，给人的感觉和前阵子天台上喝醉酒时醉醺醺说"哥当年考警校"的模样一样。明明都三十多岁的人了。

陆延叹了口气，可能找到了肖珩还坐在这儿的原因。

伟哥不知道第多少次重看监控录像，他脚边就是电脑电源线，一个转身不小心踩在那根线上，急忙抬脚又被杂乱的线绕进去……投影和电脑一齐灭了。屋里彻底暗下来，伸手不见五指。

伟哥讪讪道："延弟你电脑里没什么重要的忘记保存的东西吧……"

陆延看着他说："有，我今天刚写的歌。"

伟哥抓抓头，实在是不好意思，说："那咋办，那还能找回来吗？"

那肯定是找不回来啊。陆延之前电脑崩过那么多次，深知这个编曲软件的尿性。

"没事。"

陆延说着摸黑过去，在等电脑重启的过程里怕伟哥多想，继续说道："就写了一点，没几秒，等会儿重新编一下就行……"

他话说到这儿，电脑开了。陆延点开编曲软件，他平时开电脑之后第一个操作的不是连网络而是开软件，常年下来已经习惯了，明明知道里面肯定是一片空白……然而屏幕上是几条完好的音轨。

他保存了？什么时候存的？？？

陆延脑海里闪过那天肖珩在键盘上敲的乱码。这个小插曲打断了会议，伟哥这才发现自己已经过多占用大家的休息时间，于是带着张小辉下楼，说："今天的会议就到这里，等我进一步调查，再给你们分派任务。"

陆延说："行，辛苦，哥你早点休息。"

伟哥说："不辛苦，为人民服务！"

人都走完，只剩下肖珩。肖珩就跟那天来时一样，躺在沙发里睡觉。伟哥带过来的投影仪还没关，投影仪的光映在墙上，又返到肖珩身上，他整个人都笼罩在那片投影仪雾蒙蒙的蓝色里。

"喂。"陆延喊他，没回应，"你那天是不是改我软件了。"

还是没回应。

"你……会编程？"

肖珩动了一下，他把脸埋得更深。陆延在想大概只有踹一脚把这人踹出去才会有点反应的时候，肖珩张口，声音又沙又哑。

"嗯。"然后他又说，"你那是什么年代的破软件，代码写得像屎。"

陆延盯着他头顶那缕头发想：这话明明不是在嘲他，听着还是那么让人上火。

"就你厉害。"陆延说，"你什么时候学的编程？自学的？"

肖珩抓抓头发坐起来，也许是刚睡醒，他眼神有点空。陆延随口问的这个问题似乎让他难以回答，这个刚才还嚣张地说"代码写得像屎"的大少爷沉默一会儿，说："以前玩过。"

陆延说："你爱好还挺广泛。"

爱好。肖珩把这两个字在嘴里嚼了两遍。

陆延背对着他弯腰收拾伟哥带过来那台投影仪。等收拾得差不多，他才转过身朝肖珩伸手，说："把琴拿给我。"

肖珩把地上那把电吉他拎起来递给他，递过去的时候看到桌上一张传单，上面写着"招甜品店学徒，有经验者优先"。

如果把陆延这几年干过的各种杂七杂八的工作算在一起，他可以出本书，就叫"我打工的那些年"，行业能横跨多个领域。

肖珩看着那张传单，回想起之前的替课兼职，深感惊奇，说："你还有什么没干过？"

陆延说："违法的事我不干。"

"甜品，你会做吗？"

"我可以会。"

肖珩冷笑道："你这样怎么过面试。"

陆延回击道："可能看我长得帅，看我有身份证。"

"……"

为了充分利用这个房间里有限的资源，挂吉他的位置比较高。陆延一只手里还拎着投影仪，只能单手把吉他挂回去。

肖珩正打算转身回屋，却看见陆延手里拿着那把吉他摇摇欲坠，差点砸下来。事后陆延回想起那一刻，他整个人都是蒙的，握不住。

他应该把另一只手里的东西放下，但他根本来不及反应，动弹不得，只能眼睁睁看着吉他从手里一点点滑下去。

在坠下去的前一秒——从身后伸过来一只手。

肖珩站在他背后，摁住了他的手腕。肖珩比他高半个头，低头看他，语气不耐烦地说："发什么愣？"

说话间，他的目光从陆延头顶转到被他摁着的手腕上。陆延的手腕很细。摁上去全是骨头，硌在他掌心。那天晚上半梦半醒间看到的黑色文身正被他握在手里。

五。

六。

七。

…………

这回数清了。是七个角。

肖珩摁着他的手，把吉他挂了回去。

肖珩又啧一声，在他头顶拍了一下，说："回神。傻了？"

陆延说："……你才傻了。"

肖珩的目光落在陆延手腕上，说："拎点东西都拎不动，你这什么臂力，你是小姑娘吗？"

"……"

肖珩漫不经心地回忆，说："那天在楼道里，你好像也是一摁就趴。"

"门就在那儿。"陆延指指门框，"给老子滚。"

陆延站在空白的墙前面，那把吉他就挂在他头顶，等他听到一阵手机铃声时，肖珩已经走了。

电话是李振打来的。

李振问："你干什么呢？半天才接电话。"

陆延没再去看那把琴，说："刚在……收拾东西。"

李振又嘿嘿笑一阵，说："我跟你说老陆，好消息！"

陆延示意他往下说。李振话说得很急，听起来很激动，激动到话都有点说不清楚："我今天去防空洞找到一吉他手，技术贼好，你看了绝对满意！根本挑不出刺！那人 solo（表演）完，整个防空洞都疯了，连黑桃都来抢人你知道吗？我去，那场面，跟抢钱似的……"

黑桃乐队成员固定，这么多年来就没变过。

能让他们愿意打破现在的平衡再吸纳一个新队员，尤其还在不缺吉他手的情况下——确实少见。

陆延问："黑桃抢到了吗？"

李振说："没有。"

陆延又问："那你抢到了？"

李振说："……也没有。"

"这算好消息？"陆延啧一声，啧完觉得自己这语调好像被谁给同化了。

李振说："黑桃没抢到，就算好消息，起码咱有目标了是不是。"

"不过那人挺奇怪。"李振咂咂嘴，回想一番，道，"好像是来找人的，他最后哪个乐队也没加就走了。"

就算李振把那位神秘吉他手说出朵花来，陆延没现场听过，也体会不到他那种激动的心情，只当这是个小插曲，聊完便过去了。

两个人唠着唠着又往其他方向发展，李振说："过几天我还得去参加个同学聚会，烦，不想去，现在同学聚会可太现实了，根本就是炫富大会，我都能想到那帮孙子会说些什么。"

说到这儿，李振掐着嗓子变声说道："唉，李振啊，唉哟，你怎么还在搞音乐啊。"

陆延笑两声，替他说："老子还在搞，怎么，有意见？"

李振也笑着说："没错，老子还在搞，怎么了。"

"你以前同学都什么样，这几年也没见你参加个同学聚会啥的。"李振又说。

陆延没说话。隔几秒，他才含糊其词地说："就那样呗。"聊一会儿挂了电话。

李振听着手机里那串忙音，心说两个人认识那么多年，他好像一点也不了解陆延的过去。以前乐队四个人吃饭喝酒唠嗑的时候总会提一提"当年勇"：我以前怎么样。江耀明喝醉酒之后总喜欢说他以前念高中的时候学校里的小女生如何为他痴狂，以及为了跟班主任作对，往脖子上文身那点破事……

但陆延不是，他从来不会提"我以前"。那种感觉就好像把自己过去的那十几年埋了起来，拼了命地往前走，把"以前"甩在后头。

挂断电话后，陆延在床上坐了几分钟。然后就像平常一样烧水泡面，吃完之后差不多到点就上床睡觉，他甚至很快就睡着了。只是做了一个梦，梦里他回到雾州，雾州有漫山遍野的芦苇群，远远望过去像一片海。不知道从哪里来的声音，那声音反复在念同一句话："我要考C大，音乐系。"

"音乐系。"

"……"

然后天旋地转间，四周的景物逐渐开始扭曲，他闭着眼不断往下跌落，直到后背触到一张生硬的床板——他跌在一张床上。他后脑勺依靠的那个枕头底下有一个信封，信封里装着的是他攒了两年的学费和一张去厦京市的单程票。

芦苇慢慢褪去颜色，变成触目惊心的黑，而芦苇叶就像发黑的、带着利爪的怪物的手掌。

无数双手伸向他。

陆延半夜惊醒，背后全是冷汗。

CHAPTER

8

野草

在来到七区之前，他从来没有想过这个世界上有人，
有这么一群人是这样戏剧性地，热烈又艰难地生活着。

那次会议之后，伟哥整整两天都在外面跑消息，到第三天晚上，伟哥租了一辆黑色面包车，出现在陆延下班的路上，陆延那份甜品店工作进展得不错。

老板刚开始被陆延那副皮相眯了眼，问："你以前做过这个？"

陆延站在那儿，坦坦荡荡地说："有过相关工作经历。"

结果等正式上班，老板才发现陆延所谓的相关经历就是以前卖过切糕。

"甜品，餐饮行业，切糕不算吗，老板？"

"……"

但陆延态度好，愿意学，实在是合眼缘，老板最后哭笑不得地收下这个学徒，说："从今天开始你好好学。"

下班路上，黑色面包车在他边上不断摁喇叭。然后车窗降下，伟哥的头探出来，说："延，我找到人了！还是得走野路子，书上说的什么犯罪画像，不如我多叫几个弟兄来得快。"

伟哥说着，把手机递给陆延，说："延弟，你看照片，是不是这个人。"

陆延接过手机，上面是几张偷拍照片。从身形、衣服、整个人的状态来看，跟监控里的几乎差不多。

伟哥平时的工作就是到处找人，虽然方法跟传统的侦查不同，多年下来也培养出了一套自己的体系——硬找。就算人死了，掘地三尺骨灰也要给你挖出来。

陆延说："挺像的。"

伟哥说："走！你去联系肖兄弟，我们晚上就去蹲他！"

肖珩还在网吧值班。他已经抽了三根烟了，因为面前那颗红头发的脑袋在他面前哭天喊地。

翟壮志扒着前台说："老大，你现在过的是什么日子啊！

"你这是在参加《变形记》吗！

"你住的那栋是危楼！危楼！万一哪天下雨塌了怎么办！

"你去我那儿住吧，你这吃的什么，李阿婆外卖，这都是些什么啊。"

"……"

翟壮志越说越觉得窒息，他找了有一阵子才找到这儿。进来看到网吧环境整个人都呆了，进门左边就是一个够鼠标都勉强的小学生在打游戏，简直又破又匪夷所思。

翟壮志最后爆出一句哀号："老大！"

肖珩说："吵什么，你烦不烦。"

翟壮志非常激动，往前台上爬，想把他拽出来，喊道："是兄弟就跟我走！"

"……"

有人在叫网管，那几个问安不安全的高中生自从来那一次之后，隔三岔五就翘晚自习来这儿。

其中一个喊："网管，死机了！"

肖珩说："关机重开。"

"关不掉！"

肖珩站起来，打断翟壮志："你等会儿。"

陆延走到黑网吧门口，掀开黑帘子，进去就看到一头耀眼夺目的红头发，红头发姿态狂放，一只脚蹬在前台上，屁股高高撅着。

"看什么看！"

"红毛，找肖珩？"陆延记得他，他头两回跟大少爷碰面这人都在。

翟壮志收回脚，说："你叫谁红毛！"

翟壮志跟陆延不熟，而且陆延看起来就跟他这一路走来看到的那些下城区居民一样，他不太敢接近，有种莫名的距离感。翟壮志想着又侧头看陆延一眼，边上这男人流里流气看着跟混混似的，特社会，当然这话也不怎么客观，毕竟混混里找不出这种颜值……

陆延倚着前台，斜他一眼，问："看什么？"

翟壮志说："……没看你！"

过了一会儿，翟壮志又忍不住问："我们老大，最近过得好吗？"

陆延想了想说："挺惨的。"

翟壮志一窒："那，你能帮我劝劝他吗？我们老大从小爹不疼娘不爱，只剩下钱，现在连钱都没了……"

俩人边说边看肖珩修电脑。肖珩坐在那个高中生的位置上，发现按任何按钮都毫无反应。不是普通的死机。

"你刚才干什么了？"

高中生脸红了，扭捏着不肯说。

肖珩没什么耐心，说："干什么了？"

高中生这才红着脖子说："我，我刚才在逛性教育网站！"

肖珩："……"

陆延："……"

上个黄网说得还挺好听。

陆延看着肖珩把手放在键盘上，那速度快的。陆延想，他是比别人多几根手指头吗？

陆延发现边上叨叨个没完的翟壮志在肖珩敲键盘的时候安静地闭上了嘴。几分钟后，电脑恢复成死机前的页面，性教育图片大剌剌出现在电脑屏幕上，冲击力很强。

…………

网管这活真是不好干。修电脑就算了，修完满屏的黄图，一晚上得经历多少次这种刺激。

肖珩眼底没什么波动，他把烟按在边上的烟灰缸里，把位置还给高中生。

"你来干什么？"肖珩走过去对陆延说。

陆延言简意赅地说："晚上有行动。"

肖珩感到意外。意外这么些天，伟哥还没放弃，他眼皮往下垂，又问："有线索了？"

"嗯。"

陆延嗯完，感觉他俩这对话听起来特别像某种地下组织、线下碰头。边上翟壮志看他们的眼神都不对了。

翟壮志问："你们要去干吗？"

陆延出门前，掀开黑帘子回头，用一种英勇赴死的语气说："拯救世界。"

肖珩正好到点下班，把烟和打火机拿上，也往外走，说："嗯，拯救世界。"

翟壮志一脸迷茫。这个世界一定是疯了！

肖珩掀开黑帘子，走出去之前脚步顿了顿，喊他："老三。"他们这个二世祖小群体里，翟壮志年纪最小，排第三。

"那老畜生还没到能拿捏我的地步。"肖珩说到这儿深呼一口气，"是我……是我自己的问题，行了，你回去吧。"

翟壮志问他，肖启山说了什么，让他那么想不开。其实关于那天肖珩已经没有多少印象。说什么了？骂来骂去也就是那几句。他对肖启山和那个所谓的母亲没抱过期待，他只是……

肖珩又挥挥手，头也不回地说："走了。"

翟壮志站在原地，耳边是网吧嘈杂低俗又喧闹的声音。但他穿过这些声响，透过那片黑帘子，仿佛看到几年前的肖珩——那个高中时期泡在机房里敲代码的少年。

这几年肖珩跟他们玩得太开了，他都忘了肖珩跟他们这群除了吃喝玩乐没别的事干的富二代不一样，从那会儿开始就不一样。

回七区的路上。

陆延正蹲在街边等他，说道："你那红毛兄弟不错啊，都追到这儿来了。"

"他跟你说什么了？"

"哦，他让我劝劝你。"

意料之中的回答。

肖珩沉默一会儿说："不用管他。"

说得像谁乐意管似的。

"我也没打算劝你。"陆延把手里那块石头掷出去，笑着说，"我闲得吗？"

石头砸在对面那根铁杆子上。

"砰"的一声。

陆延起身，说出一句："成年人了，做什么决定，对自己说去吧。"

陆延这个人无疑是成熟且冷静的，是那种在社会上摸爬滚打才历练出来的成熟，无论他平时多嬉皮笑脸、干多少弱智事都遮盖不住。明明是差不多相仿的年纪，大多数人都还在大学校园里上课，而他守着一个濒临解散的乐队四处谋生。

晚上十点。63分队在七区门口集合，并且开了第二次会议。几人挨个坐上伟哥租来的那辆小面包车，晚上风大，陆延穿了件有帽子的薄卫衣，手插在衣服兜里，低着头上车，整个人冷酷又潇洒，还真有点"出任务"的意思。

面包车缓缓起步，在颠簸的道路上艰难前进。伟哥把嫌犯的档案和照片打印下来发到他们手中，说："王强，性别男，之前在霁州犯了几起诈骗案，四十三岁，有过两段婚史……"

车碾过一段石子路，人也跟着车一起左摇右晃。

陆延翻着档案，在看到"霁州"两个字时停顿两秒，继而又不动声色地移开。"这么详细，他住……就住在三区？"那还真是很近。

黑色面包车开出去一段路，最终隐匿在三区对面那条街上。

伟哥说："记住，我们63分队的行动口号是，稳抓稳打！我们今晚就盯他！盯死他！"

整片三区灯火通明。三区门口停着一辆低调的面包车，面包车窗口猥琐地趴着一个人，手里拿着一架望远镜，对着三区门口。

伟哥望着望着觉得不太对劲，说："……等会儿，为什么那么多人？"

张小辉紧张道："怎么了？对方人很多吗？"

虽然十万块钱的吸引力很大，但陆延很能克制自己对金钱的渴望，说："打得过吗？不行咱就撤吧。"

肖珩嗤笑一声，说："你除了跑还会干什么？"

"……"陆延说，"我这叫识时务，你懂个屁。"

就在这种紧张又刺激的气氛下，突然有只手敲了敲他们的车窗。

"赶紧开走！"

车窗降下，窗外的男子一身制服，制服上有"交警"两个字。

交警又说："这儿不能停车！想吃罚单啊！"

伟哥："……"

陆延："……"

肖珩："……"

几个人下车，然而下车之后的场景让 63 分队瞠目结舌。

三区门口那片灌木丛里乌泱泱地挤满了人！一眼望去估计能有几十个人头，那几十个人头正安安静静潜伏在灌木丛里，他们把器具别在腰间，菜刀和斧头在夜色下折射出冰凉的光芒。那些全是下城区热心群众。

伟哥说："我说了吧，人很多。"

张小辉说："多。"

陆延摇摇头说："这可太多了。"

"在演《动物世界》？"肖珩一如既往地毒辣。

可不就是《动物世界》嘛，围剿啊这是。陆延看着那片人头，一阵头疼，没想过十万块的悬赏对下城区居民来说有这么大的吸引力。

"让一让，麻烦让一让。"陆延弯腰拉着肖珩挤进那一片人头里。

"有人了。"有个声音说。

陆延低头，对上一张熟悉的脸，熟悉的脸上还有条熟悉的刀疤。

"……"

刀疤男说："怎么是你小子。"

陆延也觉得稀奇，说："你不也是搞诈骗的，抓诈骗犯，你不怕把自己给抓进去？"

刀疤男愤愤道："知己知彼！你没诈骗过，你了解诈骗犯的内心吗？

你知道他买橙汁时的心情吗？"

陆延："……"

这时候，不知道谁喊了一声："出来了！出来了！"话音刚落，灌木丛里几十个人以闪电般的速度冲了出去。冲在最前面的是伟哥，常年追债的经验给了他健硕的双腿，无惧险阻，健步如飞，他带着激情燃烧的梦想在路上狂奔。剩下一票人跟在他身后。

"愣着干什么。"陆延推推肖珩，"十万块钱就算除以一百个人，也还能分一千块，跑啊！"

肖珩："……"

他被陆延拽着往前跑。耳边是燥热的带着夏天气息的夜风，还有几十人齐刷刷跑步时的脚步声。穿过几条弄堂，拐进另一个小区，再一窝蜂拐出来。下城区某街道上出现了奇观。

被警方全市通缉的逃犯王某，由于在好又多超市买橙汁时不小心露面，被几十名热心市民堵在小区门口狂追八条街。

这场"战役"简直可以载入城区史册。

肖珩活了二十多年，在来到七区之前，他从来没有想过这个世界上有人，有这么一群人是这样戏剧性地，热烈又艰难地生活着。

他把目光落在路边艰难地从石板路夹缝间挤出来的野草上。

那根草简直就跟陆延一模一样。

"站住！"

"别跑！"

"前面的逃犯，你已经被我们包围了！"说这话的人手里挥着一把菜刀。

"……"

十分钟过去，这场拉锯战并没有结束。逃犯王某看着貌不惊人，竟意外地能跑，愣是扛过了这夺命十分钟。

王某回小区前在路边摊上买了一份烧烤，现在只能边跑边扔。陆延和肖珩两个人跑着跑着迎面飞来一串烤五花肉。

陆延歪头躲过迎面而来的烤五花肉，说："居然还有暗器？"

肖珩撑着停在路边的小电驴座椅，懒得拐弯，直接跨过去。

"我去。"肖珩很烦躁，"他怎么那么能跑。"

陆延说："人在意想不到的情况下，总能发挥出超乎寻常的水平。"

"哈，慢……慢点，两位哥我不……不……不行了。"张小辉气喘吁吁说不出话。

漆黑的夜，路灯照耀在一大群为了十万块钱在下城区各街道肆意狂奔的热心市民身上。五十多人的大部队人员逐渐分散，有实在跟不上节奏的人因体力不支"阵亡"，弯腰捂着肚子倒在路边。

下城区街道构造神奇，弯弯绕绕的地方多得很。

王某混迹江湖多年，也不是省油的灯，就在伟哥马上就要抓住他衣领的时候——王某把剩下那几串烧烤往他头上扔，趁伟哥没反应过来，扭头钻进边上一户人家院子里，踩着菜缸从院子里翻了出去。

陆延追上去，只来得及看到王某的一片衣角。

陆延惊讶道："跑了？"

伟哥说完掀起衣摆，直接把上衣脱了，露出他结实的胸肌和健美的身形，眼神无比坚毅，仿佛有团火在眼底熊熊燃烧，"这片地儿老子熟得闭着眼睛都能走，我看你能逃到哪儿去，63分队，我们上！"

"翻？"肖珩看着那堵墙问。

为了防贼，那户人家砌墙的时候在墙上插满了玻璃片，似犬牙交错，薄薄的一片，尖得像一片针。这些乡村老建筑经常这么干。

"……"陆延跑出一身汗，叹口气说，"翻吧。"

肖珩三两下直接翻过去。他个子高，那堵墙对他来说根本不算什么，往下跳时衣摆被风掀起。陆延看着肖珩翻墙的背影，心想这人翻个墙怎么还那么装，是在翻墙还是在耍帅呢。等会儿，帅？他在想什么。

陆延一只脚踩着菜缸，手边就是一片尖锐的玻璃片。五秒钟过去了，十秒钟过去了。陆延还蹲在那堵墙上。

肖珩看着他说："你腿不是挺长吗？不敢跳？"

但其实肖珩看着陆延的表情，感觉他应该不是不敢跳，更像是想起了些什么，一时僵在那里。

陆延缩了缩手，实际上他并没有碰到那片碎玻璃，王某和伟哥往下跳的时候用他们钢铁般的身躯已经干掉一部分，而且他整只手都藏在袖子里，衣袖包着掌心。

陆延回神，正想说：你才不敢！然而肖珩又低笑一声，跟平时那种嗤笑不同，没有轻视也没带嘲讽，他说："跳吧，没事，这墙不高。"

陆延深吸一口气，从墙上一跃而下。

十秒钟对亡命之徒来说足够跑出去几十米再拐个弯，等陆延从那堵墙上跳下来，伟哥和王某连影子都没了。

就在这个时候，陆延的手机振动两下。

"伟哥？"

伟哥说话时带着风声，他边跑边打电话说："你俩别跟了！现在赶紧往七区跑！咱小区边上那个死胡同你知道吧，去那儿蹲着，我和小辉正把人往死胡同赶……咱里应外合，走一套埋伏战术，把逃犯一举拿下！"

这个夜晚注定不会平静。

陆延蹲在死胡同里的大垃圾桶盖子上，面前就是七区，从这个角度看过去正好能看到他们那栋破楼，石砖墙壁绕在他身侧，大少爷站在垃圾桶边上。

场面很神奇。不光是陆延没想过有朝一日，他会大晚上不睡觉跑到这鬼地方搞埋伏，今天晚上发生的一切更是颠覆了肖珩的认知。

"你们……"肖珩说，"你们经常这样？"

陆延说："也没有，平时最多去参加什么大胃王比赛，免费吃到饱的那种，两年一届，今年还没开，你要是感兴趣——"

肖珩说："我不感兴趣。"

陆延观察完周围环境，又说："我们这样埋伏行吗？"

"行。"肖珩很冷静，"你等会儿别跑就行。"

"我去。"陆延说，"这事过不去了是不是。"

肖珩说："要过去怕是有点难，你那天跑的——"

聊这事简直是自讨没趣，陆延及时止住话题，说道："行了，闭嘴。

"谁跑谁是狗！

"这回肯定打得过！

"我要是跑，我跪下来叫你爹！"

陆延对着月色发了几句毒誓，最后总结道："等会儿让你见识见识什么叫真正的实力。"此时距离逃犯王某被五十多人围追堵截已经过去二十多分钟。他甩开大部分人，屁股后面却有两个怎么也甩不掉的尾巴。

伟哥紧咬不放，喊道："放弃抵抗吧，邪不压正，投降是你唯一的出路！"

张小辉能跟着伟哥一起撑到现在简直是奇迹，他嗓子都在冒烟，冒着冒着冒出一句台词来："以前是你没的选，现在你可以选择做个好人！"

逃犯："……"

说话声传进死胡同里。陆延和肖珩对视两眼，再度从彼此眼睛里看到某种信息："我数三声。"

"三。"

"二。"

"一！"

陆延这次说到做到，在逃犯被伟哥往死胡同赶的瞬间，从垃圾桶盖上往下跳——他这个位置正好卡在逃犯的视线死角上，借着边上凸出去的那块墙隐匿在这片漆黑的胡同里。

他往下跳的时机抓得相当精准，直接扑在逃犯身上，手钩在逃犯脖间，那是一招干脆利落的锁喉！快！狠！准！直切要害，一套操作下来把边上的肖珩看愣了。

说上还真上，跟在逃犯身后的伟哥看到这一幕忍不住喊："延弟牛×！"

陆延整个人散发出一种肃杀的气场。为了当一个合格的埋伏侠，他特意把身上那件连帽衫的帽子戴起来，帽子正好遮住他半张脸，只露出几缕碎发、高挺的鼻梁和无情的薄唇。

凶得很。

然而不过眨眼间，形势发生逆转。逃犯猛地发力，两人扭打一阵，不超过三个回合，下一秒——陆延飞了出去。是真的飞了。

陆延被打飞的姿势就像从空中划过的一道流星，就像一条趋近笔直的、凌厉的抛物线。

肖珩："……"

伟哥："……"

张小辉："……"

肖珩算是知道这个人打架为什么总跑了。因为他根本打不过。

不光他们几个人被惊得说不出话，逃犯王某本人显然也难以置信，难以置信到一时间忘了要跑路。

陆延最后摔在垃圾桶对面。飞行距离大概有两米，所幸伤势不重，因为距离短，再加上重心找得稳，只有手撑在地上时被粗糙的青石板磨破点皮。

"延弟，你这，败得也太快了吧。"伟哥目瞪口呆，半天才找回说话的能力，"男人不能太快啊……"

张小辉的余光触及逃犯，拍拍伟哥，喊道："哥！跑……跑了！人又跑了！"

伟哥这才反应过来，拔腿边追边喊："你给我站住！"

太尴尬，尴尬且丢人。陆延坐在地上揉手腕。饶是他经历过那么多大风大浪，也不知道该用什么样的表情面对 63 分队队友。

就在刚才，他还对某位大少爷夸下海口，甚至用自己的尊严发誓：谁跑谁是狗！我要是跑，我跪下来叫你爹！

陆延在这种尴尬的气氛里想了一堆，想到"爹"那里的时候，听到一声："喂。"

陆延抬眼。发现肖珩正蹲在他面前。

肖珩半垂着眼皮，冲他伸手。伸了会儿似乎是不耐烦了，又说："手。"

陆延觉得自己需要解释一下："都是意外，我本来马上就要把他打趴下了……"

陆延没能说完。肖珩直接掐着他的手往自己这边带，低头看他的掌心。

死胡同一片漆黑，只有月光隐约从顶上倾泻而下，照在青石板上，仿佛照出几圈斑斓的波纹。除了破点皮以外没什么问题。

肖珩正打算放手，然而看着看着注意力偏移，他早就知道这人手指又细又长，现在握在手里才觉得是真长。肖珩的目光又往上移，发现陆延指尖是一层茧。

"没事。"陆延把手抽回去，"没伤到哪儿，又不是骨折，回去消个毒就行。"

肖珩也没多说什么。他起身，语调平平地说："走了，狗儿子。"末了又低头看他，"能站起来吗？"

狗儿子叫得真顺口。

"……"

陆延想把边上的垃圾桶往这人脑袋上扣。之前参与围剿行动的几十人依旧没放弃，即使跟丢了也还在左街右巷里举着灯搜查。伟哥抓到逃犯打电话通知陆延的时候，他正跟肖珩吵"狗儿子"这个称号。

"谁是你儿子？"

"啧，有人自己上赶着要认爹。"

"……"

伟哥在电话里激动地喊："抓到了！在咱小区后门！"

"被我摁地上，整得服服帖帖的。"

"哥，先不提这个。"陆延蹲在死胡同口说，"你再提醒我一句，告诉我杀人犯法。"

逃犯确实被摁在地上。伟哥还用他事先别在腰间的粗麻绳将他五花大绑了起来，陆延远远就看到逃犯被捆得跟只大闸蟹似的。

伟哥拍拍王某的头，说："你！问你呢，为什么买橙汁？"

虽然陆延刚才战绩"显赫"，一打就飞，但他心态调整得快。再出现在逃犯王某面前，又是一副"老子牛×"的样子。现在趴在地上的是你，站着用鼻孔俯视你的，是老子我。

陆延把手机从兜里掏出来，开了手电筒，蹲在一边用手电筒照他，跟电视里演的审讯犯人一个样，说道："说话。"

逃犯被追了一晚上，灵魂都已破碎，他迎着强光，哭着说："……放过我吧各位大哥。"

伟哥问："你买橙汁有什么企图？！"

"我渴啊！"逃犯崩溃了，哽咽道，"我口渴买个橙汁还不行了吗？！我在下城区生活了那么多年，从来没见过有钱装监控的小超市！谁知道会被拍下来啊！谁知道你们那么多人闲着没事干就盯着我！我容易吗！"

陆延："……"

肖珩："……"

伟哥："……"

张小辉："……"

"大家上午好，欢迎收看《今日新闻》。昨日夜间十二时，警方接到热心市民的报警电话，称已抓获逃犯王某。"

陆延不到二十平方米的小房间里充斥着电视节目的声音，小电视挂在墙上，那是他去年从甩卖市场上淘来的二手货。

电视机前蹲着两个人。肖珩没睡醒，昨天折腾了一晚，还在补觉就被陆延拽起来。陆延现在进他房间就跟进自己屋似的，一点也不见外。

肖珩说："以后别敲我门。"

陆延看他一眼，说："你当我想敲？你那屋不是没电视吗。"

肖珩说："这个世界上有种东西叫回放。"

陆延没理他，嘴里咬着根油条说："来了，准备录像。"

肖珩不为所动，说："自己录。"

"我在吃饭。"陆延说，"不方便。"

肖珩把他手里那碗粥端走，说："现在方便了。"

"……"

陆延手里空了之后，肖珩才发现他掌心破的那一块看着比昨天晚上刚摔的时候更严重——岂止是没上药，根本就没处理过。

女主持人这回播报新闻的语气不再毫无波澜,"接到电话后警方立刻赶到现场。"她说着,背后的屏幕切换成一张照片,照片上正是被捆成大闸蟹的逃犯王某。

女主持人继续说道:"昨夜,对下城区市民来说是个不眠之夜,无数市民众志成城,以惩奸除恶为己任,积极搜集线索,最终锁定王某所在的小区,将其一举拿下。今天我们邀请到这位市井英雄——"

伟哥那张凶神恶煞般的脸出现在电视屏幕上。伟哥昨天晚上的表现实在英勇,警方赶到现场之后又有记者连夜过来采访,电视台更是邀请他上新闻节目给大家讲一讲事情经过。这事让演员张小辉十分介怀,他在娱乐圈边缘打拼那么多年都没能拥有的上镜机会,就这样被圈外人伟哥收入囊中。

陆延一大早就在电视机前蹲守,总算蹲到《今日新闻》开播。

伟哥似乎是有点害羞,不好意思面对镜头,面部十分僵硬,这让他看起来更加令人发怵。跟边上那张逃犯王某的照片比起来,伟哥反而更像那个不法分子。

电视上。

主持人:"请问你是如何找到王某行踪的?"

伟哥:"掘地三尺,永不放弃。"

主持人:"听说你们一共有四名成员参与了此次活动。"

伟哥:"是的。"

主持人:"是什么让你们愿意在这种危急的情况下,不顾自身安全与王某搏斗?"

是十万块钱。陆延想。

然而伟哥是怀揣梦想的男人,他满怀壮志地说:"为了维护社会的和平。"

陆延正打算跟肖珩吐槽,听见肖珩问他:"药箱在哪儿?"

陆延不明所以,他指指柜子,说:"上面。"

"怎么?你哪儿有病?"陆延又问。

肖珩把药箱拿下来,懒散地说:"本来吉他弹得就烂。"

陆延："……"

"手还要不要了。"

"……"

肖珩又说："你站在那儿消毒水能自动给你消毒？"

陆延才后知后觉反应过来他在说什么，他低头看着自己掌心说："啊，忘了。"

是真忘了。昨天回来已经很晚了，洗澡时也没注意，伤口被水泡过之后看着是有点吓人。

肖珩说："滚过来。"

陆延举着手机往后退两步，退到沙发边上，手机屏幕里录着伟哥那张脸。

"你今天不上班？"陆延把一只手伸过去。

"你爹请假。"肖珩说。

"……"陆延一阵无语，"你这爹还当上瘾了？"

"还行吧。"

回应他的是陆延竖起的中指。陆延以为这人上药技术肯定不咋样，手上没轻没重的，他都已经做好冷不丁哪里被戳一下然后疼得一哆嗦的觉悟。等上完碘伏，除了药水碰到伤口的轻微刺痛感以外，并没有突然被戳疼得哆嗦。

电视画面切到一段广告上。陆延把手机放下，回过头正好看到肖珩涂药的模样……实在算不上认真。看着觉得他应该挺烦的，跟他之前冲奶粉的时候一个样：老子不想干。

然而男人低着头，指腹抵在他手腕上，温热又干燥，温度透过皮肤往里钻。

广告结束，《今日新闻》的音效响起，主持人又问了几个问题。采访最后，话题才点到陆延关心的赏金上。

主持人："关于十万块赏金——"

在主持人说出这句话的短短几秒间，陆延已经进行了一系列脑内活动，他屈指敲敲肖珩的手背，开始商量怎么分钱："这十万块钱，我们拿两成就行。"

毕竟全队最高输出是伟哥，他们顶多就算个辅助。

肖珩还在给他涂药，说："别乱动。"

陆延自说自话地分完钱，开始畅想这笔钱到手应该怎么花："等我拿到钱，先换一个合成器……"

电视屏幕上，没等女主持人把赏金的事说完，伟哥就猛地站起来，他打断了女主持人的话，也打断了陆延的畅想，他说："我不要钱！"

伟哥对着镜头挠挠头又说："实在是受之有愧，我也没有做什么，这十万块钱应该留给更需要的人！我愿意把这十万块钱捐给贫困人民！"

陆延："……"

肖珩："……"

伟哥还在继续他豪情万丈的发言："作为一名社会公民，我只是尽我应尽的义务！我抓逃犯不是为了赏金，都是为了正义！"

豪情万丈完，他当着全厦京市观众的面，又开始充满惆怅地回忆起那个十八岁落榜的夏天："其实我心里一直有个梦。"

电视机前的贫困人民陆延心态崩了。

靠网吧老板预支工资勉强维持生活的某位落魄少爷收拾药箱的手也顿住。

陆延说："他说的这是什么话？"

肖珩问："这是人话？"

陆延说："还是人吗？"

"……"陆延艰难地把目光从电视上移开，最后发出一声来自灵魂深处的质问，"我们还不够贫困？"

主持人显然没想到这位抓获逃犯的热心群众背后还有这种故事，台本上给的称呼只是"市井英雄"这四个字。出于敬意，主持人脱离台本，忍不住问出一句："这位先生，您怎么称呼？"

电视镜头由远拉近，新闻直播间里的灯光聚焦到伟哥头顶上，将伟哥刚硬的脑门照得光滑锃亮。但更亮的，是伟哥眼底熠熠生辉的那抹光。

伟哥对着镜头，在这个人生的高光时刻，手都不知道要怎么放，半响，他紧张又郑重地对着镜头说："我姓周，我叫周明伟。"

这其实是个再寻常不过的画面，陆延却一下子愣在那里。他没有再去想那十万块钱，以及和他擦肩而过的电子效果器，那一刹那，不知道为什么脑海里什么都不剩了，除了伟哥那句"我叫周明伟"。

电视上，主持人说着"让我们用热烈的掌声感谢这位周先生"。然后新闻进入尾声，一段熟悉的、播了十多年没变过的片尾曲响起，节目结束。

"我……"陆延抓抓头发，不知道怎么说，"我还是头一回知道伟哥叫什么。"

陆延又说："伟哥在这楼里住好多年了，大家平时都喊他伟哥，反正直接喊伟哥就行。"伟哥喊多了，也没人在意他姓张还是姓王。

——我叫周明伟。

这种感觉，他说不清楚。

陆延把录像保存下来，起身关电视，唯一能弄清楚的就是他决定留伟哥一条狗命。

"算了，晚上叫他请吃饭，不把他那点老底吃光，我陆延两个字倒过来念……你晚上有空吗？"

肖珩踩着拖鞋往外走，把早上陆延给他带的那份早饭拎手里，倒也没拒绝，说："再说吧，你等会儿去店里？"

陆延一会儿收拾收拾确实还得去甜品店上班。他昨天刚学会打奶油，不光打奶油，还得背各种配料表和烤箱温度、时间。做甜点比切糕复杂多了，不过他们这片区域客流量少，每天能接到一个大单已经算不错，有的是时间让他慢慢学。老板人也不错。陆延对这份新工作还算满意。

"你还真是什么都干。"肖珩倚着门说。

"打工天王的名号不是白叫的。"陆延边收拾边说，"不服不行。"

肖珩一声嗤笑。

提到甜品店，陆延把手上的东西暂时放下，又说："我们店最近推了个新品。"

肖珩不知道他想表达什么："……"

陆延说："口感丝滑，甜而不腻。"

肖珩说："说重点。"

好。重点。重点就是……

"就是卖不出去。"陆延看着他说，"我这个月业绩不达标得扣钱，你来一份？"

陆延不轻易放过任何一个可以增加业绩的机会："十九块九两个，给你送货上门。"

肖珩转身就走。

新品没推销出去，陆延怀着遗憾的心情去店里开门。

甜品店离黑网吧不远，就在隔壁那条街上，天刚亮，路上看着有些萧瑟。陆延蹲下身，用老板之前给他的钥匙拧开锁，把那扇蓝色的铁皮防盗门拉上去。

他顺手把"休业中"的牌子翻个面，迎着推门时晃动的风铃声，牌子上的字变成了"营业中"。

做完这些，他开灯的时候发现店里的吊灯坏了。

老板娘到的时候，远远地看到她昏暗的店里没开灯，陆延正坐在梯子上，一条腿半屈，踩着下面那级台阶。

"灯坏了，我换个灯泡。"陆延侧头看门口。

老板娘在边上看得忧心忡忡，说道："小陆啊，你……你小心点啊。"老板娘怕他看不清，打开手机给陆延照明。

手机屏幕正好对着他，屏幕上是个男孩的背影，男孩面前是画板，手里拿着颜料盘，在画向日葵。

陆延看了一眼，顺口问道："那是您儿子？"

"嗯。"提到儿子，老板娘的语气变得更加柔和，她笑笑说，"我儿子，今年大学刚毕业，算起来比你还大点。"

"艺术生？"

"是啊。"老板娘的语气略有些埋怨，"非要学，就喜欢画画。画画也行，我们劝他选师范，出来当个老师多轻松你说是不是，非要当什么原画师，我看网上说这行很累人的。最后还是拧不过他呀，喜欢嘛就让他去了。"

老板娘话语间的骄傲明显多过埋怨，不然也不会把孩子画画的照片设置成桌面，等陆延换完灯泡，她又给陆延展示了自己儿子的毕业作品，还有平时发在微博上的画，说着："你看这张，还有这张……"

陆延看着老板娘眼里快要溢出来的柔情，不由得想到"父母"这个词。

修完灯泡，他把梯子搬回去，坐在杂货间点了根烟。其实他对父母的印象很淡，他从小跟着爷爷长大，那个慈祥的老人会坐在门前摸着他的头告诉他：你爸妈他们都是很好的人，他们很爱你……要是他们还在……你看你的名字，代表着你是他们生命的延续。

尽管后来，没有人会再同他说这些话，但父母这个词，在他心里仍有温度。那种温度可能来自老人那双粗糙的手，絮叨的话语，也可能是那天照在他身上的太阳实在太温暖。

不可否认，这两个并不存在于他记忆里的人会在某个深夜，通过一种虚空，带给他一点继续前行的力量。

不知道为什么眼前会冒出来大少爷那张脸。

父母对肖珩来说又意味着什么？陆延忽然想。

"小陆啊，来客人了——你招呼一下。"老板娘在外面喊。

陆延把烟掐了，没再往下想，应道："知道了，马上来。"

来的是几个附近的女高中生。青春洋溢的年纪，耳朵上是偷偷打的耳洞，头发染成被学校抓到也能狡辩说本来就长这样的栗色，其中一个女生指指橱窗问："这个是什么口味啊？"

"巧克力，里面是奶酪。"

女生本来听到声音就耳朵一红，转头看到人之后脸都红了。这天，陆延卖出了他入职以来的最高销量。

"可以……加个微聊吗？"女生走之前拎着几份甜品，在其他几个女生的推操之下，犹犹豫豫地问。

"可以啊。"陆延掏手机说。

等人走了，陆延记完账低头给女生发了店里最新的优惠信息：周六周日甜品打八折，更多优惠请戳［链接］。

紧接着又发一句：刚才你朋友在，怕你尴尬，不闲聊，买蛋糕可以找我。

陆延发完从聊天框里退出去，目光触到好友列表栏里某个漆黑一片的头像。

大少爷这头像看着特醒目。陆延想着，点进他的好友圈。

陆延点进去之前以为这种富二代的好友圈应该晒晒车、晒晒自己多有钱。

然而肖珩好友圈里没几条内容，空得跟僵尸号似的。

陆延趴在收银台给肖珩发过去一句：十九块九两个，你真的不考虑一下？

肖珩的信息很快回复过来。

肖珩：滚。

陆延实在是无聊，无聊到盯着那个"滚"字笑了一会儿。

七 芒 星

CHAPTER

9

人生，就像是太阳

"都怪今天天气不好。"

肖珩回复完把手机放一边，还没合上眼，又有消息进来。

…………

我去。

他正打算对某位积极卖货的邻居说再吵拉黑，然而拿起手机，发现是翟壮志发过来的几条语音。

"老大，出来吃饭不？我去网吧找你，他们说你今天休息。没别人，就我和少风，少风前几天考试作弊被抓了，他说他那篇英语作文是自己写的，心疼死他了。

"你要来的话，我开车过来？

"实不相瞒我现在车就在你小区门口停着呢。

"给个面子。"

肖珩听完，手遮在额前，盯着天花板看了一阵，半晌才回：行。

十分钟后，肖珩出现在七区门口。七区门口停着辆红色敞篷车，这骚包到不行的颜色，一看就是翟壮志那小子最近买的车。

果然，翟壮志的那颗红脑袋从车里探出来，说："这儿呢！"

肖珩走近。

翟壮志给他递烟，喊道："老大。"

肖珩接过。

翟壮志说："走吧，我们……"

肖珩没急着把烟点上，他说："下车。"

"？"

"下车。"肖珩说，"我请你们吃。"

肖珩此刻正站在那半堵拱门前。他身上穿的 T 恤是夜市地摊打折大甩卖十块钱一件买的，颜色没的选，从头到脚都是浓郁的黑，由于上班日夜颠倒，没什么时间打理头发，直接去理发店剪短，剪得只剩下短短的一截。

肖珩身形挺拔，指间夹着根烟，眯着眼看着他们。他跟刚来七区的时候比起来变化太大了。不光是衣着打扮，也不仅仅是换了发型。翟壮志愣愣地想。

肖珩的工资还剩下点，够三个人去附近小饭店点几盘菜。

"这个月工资不多。"肖珩带着他们走过两条街，在一家叫"鸿富饭馆"的店门口停下，顺便把指间那根烟掐了。

"就这家吧。"肖珩说，"难吃也没办法。"

他们以前跟肖珩出入的都是五星级餐厅，从来没吃过路边三无小饭馆。但这顿饭是兄弟用自己头一个月工资请的，意义不一样。

他们这个圈子里，有哪个自己出去打过工赚过钱？

翟壮志前段时间接管过一家家里的某分公司，当实习总裁，也有工资，但那工作跟闹着玩似的，开会只知道打瞌睡，就差没把"草包"两个字刻在脸上。

翟壮志和邱少风异口同声道："不难吃不难吃，这一看就是流落民间的美味！你看这个牌匾，低调又内敛！"

邱少风说："我都闻到饭香味了，壮志，你闻到没有。"

翟壮志说："你别说，还真有。"

肖珩笑一声，道："我去。"

三个人推门进去。肖珩随便找了个位置，把菜单递给他们，然后坐在塑料凳上，靠着墙看他们点菜。对面墙上挂着台小电视，正在重播早上那个新闻。

翟壮志点完菜，把邱少风作弊的事又添油加醋讲一遍，在邱少风的拳打脚踢之下，才切入正题，问："老大，你到底有……什么打算？"

有什么打算？电视正重播到市井英雄伟哥讲述自己有一个梦。头顶上的风扇左右摇头，转到他们这桌的时候带起一阵风。

翟壮志等了很久，久到以为肖珩不会回答他这个问题，等菜一道道端上来——就是几道再普通不过的家常菜，食材也并不是很新鲜。

等他拿起筷子，这时候才听到肖珩说："肖启山说我是废物。"肖珩又点了根烟，他低头笑笑，又说："他说得没错。"

一个放弃自己的人，不是废物是什么。

"我都给你安排好了，C大经济系，明天你跟我一起去跟系主任吃个饭。"

放弃真的是一件很容易的事。

闭上眼。

捂住耳朵。

不去管深夜从身体某个地方不断叫嚣的那个声音。

…………

气氛稍显沉默。

肖珩抽完一根烟，没有再说话，觉得周遭的空气变得异常稀薄，他把烟往边上的烟灰缸里摁，起身说："你们先吃。"他推门出去，在饭店门口站了会儿。然后就看到街对面那家粉红色装修的，无比扎眼的……甜品店。名字取得很俗：甜蜜蜜。门口挂着一张宣传海报，新品十九块九两个，欢迎进店选购。

肖珩盯着海报上那行字看了一会儿，心说这是什么缘分。

"欢迎光临——"

门口那串风铃响起，陆延还在低头清算账目，等他算完账过两秒才抬头，看到肖珩的时候愣了愣，说："怎么是你？"

甜品店店面不大，卖不出去的新品摆在最显眼的地方，陆延身上穿着件工作服，看起来还算有模有样。

陆延挑眉问："怎么，来支持我的事业？"

"在对面吃饭。"肖珩用事实告诉他他想多了。

陆延往街对面看，一眼就看到靠窗的红头发。还真是来吃饭的。

"那家店也就从外头看着像那么回事，东西一般。"陆延边打包东西边说，"你们要是想吃，下次可以去隔壁街那家陈记饭馆，他们家几道招牌菜还行。"

整家店都充斥着一股奶油特有的甜味。

肖珩那股烦躁的心情似乎被抚平了点，指尖也没那么干燥，烟瘾下去一些，半晌，他"嗯"一声说："知道了。"

但是这人说话归说话，打包东西干什么？店里又没顾客打包个什么劲？

肖珩这个疑问很快便得到了答案，因为陆延包完那两份，又在收银台前捣鼓一阵，直接对他说："算上包装费，一共四十。"

"我说我要买了？"肖珩被他这一系列厚颜无耻的强买强卖行为刷新了认知。

老板娘在后头杂货间理货，听到说话声，扬声问："小陆啊，来客人啦？"

陆延喊："这位先生买两份！"

肖珩："……"

老板娘擦擦手，从杂货间走出来，热情介绍道："我们这个新品很不错，今天买两份还有小礼品，小陆把礼品给人装上。"

老板娘说完，又把装好的袋子递到肖珩手里，"先生您刷卡还是付现？"老板娘是真以为他要买，一番话说得诚心诚意。

肖珩：我去。

肖珩：回去找你算账。

陆延坐在收银台后面，收到这两条消息的时候，肖珩已经付完钱出去了。

老板娘站在边上问："笑什么呢。"

"没事。"陆延把手机收起来，看一眼街对面，又说，"我去操作间打奶油，店里您看着吧。"

晚八点，天台。

之前组织行动时，伟哥特意拉了个群，叫63分队。

陆延下班前收到伟哥发的群信息，叫大家上天台参加庆功宴。

一毛钱没捞到，跟十万块巨款擦肩而过，他是不太懂这算庆哪门子的功。

伟哥：这是咱63分队共同的荣誉！大家务必出席！

伟哥：我做东，请大家吃顿好的！

说是吃顿好的，结果等陆延洗完澡上天台，只看到半箱啤酒和桌上几份无比凄凉的沙县小吃，他说："哥，你这太敷衍了。"

伟哥不好意思地说："我前几天不是忙着抓犯人吗，请了好几天假，工资都被扣得差不多了，下个月工资还没发，等哥下个月工资发下来……"

陆延看到伟哥那张脸，就回想起惨痛的十万块钱，他拿了一罐啤酒说："你现在能四肢健全地站在这里，全靠多年的兄弟情义。"

说要找他算账的大少爷最后一个到。

陆延拎着啤酒罐噌地站起来，往伟哥那儿躲。

伟哥被这两个人闹得不知所云，问："咋的了？"

肖珩垂着眼，冲陆延说："你过来。"

陆延问："我傻吗我过去。"

"……"

"过来。"

"我不。"

"……"

陆延说："我不就卖给你两份小蛋糕吗！你至于吗？"

肖珩气笑了，说："强买强卖也算卖？"

陆延和肖珩两个人无聊至极地"你过来""有种你过来"口头斗争了几个回合，最后肖珩懒得再说，直接坐下喝酒。

"不是，我说你俩……"伟哥看看这个又看看那个，无奈摇头，"你俩拆开看都挺正常，怎么凑一块儿就……"

四个人围成一桌。伟哥实在是高兴，没多久就喝高了，这个喝高的评判标准主要在于，他开始喊："延弟，唱一个！你琴呢，把你琴拿上来！"

肖珩："……"

张小辉直接跳起来，说："哥，清醒一点！"

等陆延拿着琴上去，发现伟哥已经抱着酒瓶子睡着了。张小辉明天早上还有一场戏，喝不了太多，提前告辞。溜的速度奇快无比，可能是怕溜得要是再慢一点，就要被迫欣赏陆延高超的琴技。

气氛沉寂下来，尤其是这种热闹过后的安静，天台上那盏小灯的照明范围有限。

陆延透过朦胧的夜色，看到肖珩正倚在那堵矮墙边上抽烟。陆延走过去，也倚着墙点了一根烟。

风很大。耳边的风声尤其清晰。

"哎。"陆延抽到一半，目光落在远处，用胳膊肘碰碰他，"你为什么从家里出来？"

如果是平时，陆延肯定不会问这种多余的问题。也许是酒精作祟，也许是觉得两个人的关系现在也能算得上"挺熟的朋友"，尽管他白天刚坑了朋友两份甜品钱。

肖珩抖抖烟灰，意外地没有回避，说："你还记得你用的那个写得像屎的东西吗？"

陆延想说，聊天就聊天，别带攻击行吗？

那东西他记得。

编曲软件。

肖珩的手臂搭在矮墙边上，手指捏着烟在六层楼的高空悬着，烟一点点燃尽，烟灰簌簌地往下落。

风声刮过。

"就那种东西。"肖珩说，"我一晚上能写十个。"

肖珩说这话的时候并没有什么特别的语气，但仍然带着他这个人独有的散漫和倨傲。

"牛×。"陆延说，"编程小天才啊。"

肖珩笑一声，说："屁。"

肖珩又说："早不玩了。"

那根烟在黑夜里闪着零星烟火。其实他已经想不起来当时跟肖启山争执的时候都说了些什么。但他记得那天晚上那条盘山公路，大吵一架后，他开车出去，就在那条公路上，他给母亲打电话。当时他还以为他那个常年不回家的母亲就像其他人说的那样，只是因为工作太忙，只是因为需要经常出差——

"夫人最近忙，前几天刚收购一家公司，很多事情都需要交接。"

"这段时间夫人都不在国内。"

他打了好几通电话。最后一通终于被女人接起："什么事？"尽管女人说话的声音并没有什么温度，那时的肖珩还是感觉到一丝慰藉。

他把车停在路边，暴怒过后那点轻易不肯示人的委屈一点点涌上来。

他想说，肖启山改我志愿。

他凭什么改我志愿。

…………

但他一句话都没来得及说出口，因为电话里传过来一声稚嫩的童音，那个声音在喊"妈妈"。

他活了十七年，在数不清的谎话和自我安慰下长大，终于有根针戳破了这一切。

在他跟肖启山撕破脸后。

咖啡厅里，女人头一次跟他说那么多话，她说："身在这种家庭，很多事情不是你能选择的，就像我和你爸结婚，生下你。而我真正的家人，我的孩子，我的爱人永远都见不得光。"

女人低下头，她低下那颗优雅又高贵的头颅，居然用恳求的态度说："别跟你爸闹了，算我求你了。"

你就是因为这个，因为这种毫无意义的理由，才生在这个世界上。

比这个认知更可怕的是：知道这件事之后，好像做什么都没有意义了。

指腹微烫。肖珩回神，发现是那根烟燃到了头，烧到了他的指尖。

一只手伸过来，在他肩膀上拍了拍。

陆延说："看你好像挺难受，这样吧，我给你唱首歌。免费，不收钱。"

肖珩说："你平时唱歌还收钱？"

陆延觉得自己被小瞧了，虽然现在他的乐队濒临解散，但曾经也算辉煌过，他说："像我这种开演唱会一票难求的专业歌手，一张票能卖三位数好吗。"

还演唱会，一共也就三百张票。

认识那么久，肖珩深刻知道这人的德行，从陆延嘴里说出来的话基本只能听半句，剩下半句全在吹牛："一百和九百都是三位数。"

陆延竖起两根手指，在他面前晃了晃，说："一百二。"

肖珩直切要害，问："回本了吗？"

陆延想骂人，说："你非得问那么详细？"

"宣传费、场地费、器械、人工，杂七杂八加一块儿亏了几千块钱。"

陆延又说："你别笑，就不能问问我神一样的现场发挥？问问我那三百粉丝有多热情？"

肖珩想起上回吃饭遇到的那个狂热男粉，见到陆延的时候都快哭出来了，他说："知道，不还往台上扔衣服嘛。"

"扔什么的都有。"陆延想起来那次演唱会，"还有往台上扔字条的，互动环节就捡字条念。"

"字条上写的什么？"肖珩问。

字条太多了，表白的占多数。

陆延印象最深的是一条：V团三周年快乐，我们四周年见。

应该是个小女生，还带那种萌萌的颜文字。于是在一片鼎沸的叫喊着乐队名字的人声中，最后他拿着那张字条，看着那些高高举起的手，对着麦说："我们四周年见。"

"写的是明年再见。"陆延靠着墙顿了顿，"可能现在说这话不现实……会再见的。"

如果大明和旭子不走的话，今年就真的是四周年。后来两个人回到青城，黄旭去汽修店上班，有次几个人在网上聊天，再提及这件事，他说："我那天晚上哭了一整晚，我都想不明白，我一个大男人，哪儿那么多眼泪。"

但他们乐队成立的这几年，就算是在最难的时候，黄旭也没哭过。陆延并不懂什么叫放弃，他的字典里就没有放弃这两个字。但他那个时候好像懂了。

肖珩的事虽然听得不是很清楚，但就凭那句"早不玩了"差不多能猜得到。

他给肖珩替过课，也见识过学校贴吧里怎样绘声绘色地说他是废物二世祖。甚至今天白天看到老板娘手机屏幕上的向日葵之后想到的那个问题，也隐约有了答案。

陆延不知道说什么，也不好多说。他手边是刚拿上来的琴，说完他把烟掐灭了，转移话题道："想听哪首？"

肖珩看他一眼，脑海里浮现出来的不是什么时下流行歌曲。哪首也不是，他甚至不知道名字，也没太记住歌词，只记得那个声音，那天他从沙发上睁开眼，听到的声音。

"两百块一晚那天，"肖珩问，"放的歌叫什么？"

两百块一晚。

当时开口要价的时候不觉得，现在听怎么觉得这台词那么糟糕？陆延想了一会儿，想到李振那窒息又迷幻的嗓音，那天早上把他和躺在沙发上的大少爷两个人都吓得够呛，他说："你品味挺独特，那是我们乐队鼓手……"

"不是那首。"肖珩打断道。

陆延："？"

肖珩说："你唱的。"

"啊，那首啊。"

陆延把手搭在琴弦上，架势很足，先上下扫两下弦，起了个调。

肖珩倚在边上看。

他眼睁睁看着陆延专业的姿势和昂贵的设备相结合，最后碰撞出非常惨烈的火花。两个字总结：磕巴。

这人的琴技从某种角度上来说也算是达到了一种一般人达不到的

水平。

起完调之后，陆延停下来，手在琴身上敲了一记，唱之前提醒道："记得鼓掌。"

"要脸吗？"

"还要喊延哥牛 ×！"

"……不听了。"

"还得说延哥唱得真棒！"

陆延说完，收起脸上的表情，垂下眼认真起来。第一句清唱，然后磕磕绊绊地，吉他才跟上。

周遭喧嚣的风不知道什么时候逐渐平息下来，除了陆延的声音之外，就是伟哥打鼾的声音，这个刚上过电视的市井英雄抱着酒罐趴在桌上，不知道梦到什么，乐呵呵地笑了两声。

和陆延的琴技相反的，是他的声音。

之前 CD 机播出来的音质并不是很清楚，歌词也只听得清半句，陆延那穿透力极强的声音和头顶那片望不到尽头的星空仿佛融为一体。

肖珩背靠着墙，这次听清楚了。

陆延唱的是："深吸一口气／要穿过黑夜／永不停歇。"

一时间什么念头都没有了。什么肖启山，什么经济系都被甩在脑后。

肖珩的目光从陆延细长的手指上移开，最后落在手腕上，那从衣袖里露出来半截的手腕上，文着黑色的、七个角的星星。

陆延身上那种野草般旺盛的生命力简直比刚才烧在他指尖的那根烟还要炽热。陆延唱到最后习惯性闭上眼，回味自己出色的唱功和自我感觉极好的发挥，还未睁眼，听到耳边响起掌声。

然后他听到大少爷用一贯散漫的声音说："狗儿子牛 ×。"

"……"

"狗儿子唱得真棒。"

陆延睁开眼，骂出一句："我去！"

"想打架？"陆延正考虑要不要跟这个人动手。

"你想飞？"肖珩表示无所谓。

两个人互瞪半天，可能是回忆起陆延被打飞的场景，不知道谁先笑出声，这一笑就止不住。

陆延放下琴，走过去，手搭在肖珩肩上，笑着说了句："去你的。"

"虽然不知道你遇到的是什么破事，但是吧，我觉得……"陆延搭在他肩上的手动了动，伸出一根手指，指向前方，示意他往前看，"人生，就像是太阳！"

陆延语气饱满，感情真挚，他豪情壮志地继续说："你看太阳！虽然今天落下去了，明天还会升起来！"

肖珩："……"

陆延这碗仿佛从垃圾桶里捡来的鸡汤，勉强也算碗鸡汤。

肖珩说："我谢谢你。"

陆延摆摆手道："不客气。"

次日。整片天空都被灰蒙蒙的一层乌云笼罩，浓厚的、发黑的云将天空遮得一丝光都不漏，下城区街道看起来都比平时更萧条。

"欢迎收看《今日新闻》，由于之前流窜在下城区的逃犯王某带来的恶劣影响，相关部门决定严格整治下城区，扫黄打黑，树立下城区新风貌——"

老板娘在甜品店里边看电视，边探头看看外边的天，担忧道："唉哟，前几天天气都好好的，怎么今天就阴天啦，这天怕是要下大雨啊。"

陆延在货架前摆货，想到自己昨天晚上那句"人生，就像是太阳"，右眼皮不受控制地跳了跳。

由于天气原因，一整天店里都没什么客人。陆延在店里坐了半天，怎么也不会想到临近下班，他会迎来入职"甜蜜蜜"甜品店以来，数量最多的一拨客人——一群城管。

"欢迎光……"

临字还没说出口，七八个身材健硕程度堪比伟哥的城管推门而入！为首的那个手里拿着警棍，他四下环视过后，器宇轩昂道："你们店的营业证件，拿出来我看看！"

老板娘立马去拿证件。

为首的那个城管把警棍夹在胳膊底下，又指指陆延，道："你，健康证拿出来。"

健——康——证。

陆延觉得仿佛有道雷，从头顶狠狠劈了自己一下。从事餐饮业得去办健康证，但下城区从来没人查这些，办证费钱又费时，陆延直接找张小辉借了张证。

"营业证件没问题。"城管把证件还给老板娘，又指指陆延，"你，出来。"

陆延跟着城管出去。两个人站在甜品店门口，城管拿着陆延那张健康证反复地看，狐疑道："这是你？"

陆延面不改色地说："是我。"

城管问："你叫张小辉？"

陆延张口就来："这是我妈妈给我取的名字，寓意着光辉，我是一个遵纪守法的好公民……"

城管听得脑壳疼，说："你等会儿。"

城管举着那张写着"张小辉"的健康证，往陆延脸边放。

城管说："你这，长得也不像啊，你这双眼皮，这照片上明明是单眼皮。"

陆延心里咯噔一下，但他毕竟在江湖上漂泊多年。

陆延说："我双眼皮，割的。"

城管："……"

陆延说："我整容了。"

城管又说："那行，你身份证号多少，背一遍我听听。"

陆延："……"

谁闲着没事去背张小辉的身份证号啊！

城管头一回遇到这么面不改色的无证上岗人员，简直大开眼界，他把夹在胳膊底下的警棍抽出来，往身后一指，怒道："又让我逮到一个！

你也给我到后面蹲着去!"

陆延顺着往城管警棍指的方向看过去——发现昏暗的街上整整齐齐抱头蹲着一排人,人群中间,混杂着一个熟悉的身影。

肖珩:"……"

陆延:"……"

陆延抱头蹲进去和肖珩对视的时候,耳边嗡嗡地响起一句:你看太阳!虽然今天落下去了,明天还会升起来!

被乌云笼罩,半点阳光都见不着的下城区街道上,城管的声音如同惊雷般炸响:"都给我蹲好了!"

浩浩荡荡几十人抱头蹲着。

陆延看了一眼,除了他和肖珩,上次那几个问安不安全的高中生也在里面,这帮人大多都是从黑网吧里揪出来的未成年网瘾少年,看来那家黑网吧是这次扫黄打黑的重点查处对象。

气氛有点尴尬。

陆延用胳膊碰碰边上的肖珩,问:"你身份证还没办下来?"

肖珩心情不太好地说:"不然我能跟你蹲在这儿?"

陆延又说:"你们网吧这安全措施做得不行啊,之前就没考虑过挖个地道什么的?隔壁街有家网吧,地底下三条地道。"

肖珩这次只说了一个字:"日。"

陆延:"……"

这个日,有很多含义。比如表达一个人愤怒的心情。再比如,太阳。

陆延摸摸鼻子,不说话了。

城管绕着他们巡视两圈,人太多一时间不知道先挑谁下手,最后他指指那些网瘾少年,恨铁不成钢道:"你们一个个的啊,不在学校好好学习,没有身份证还上网。"那根警棍又偏移四十五度,落在肖珩头上,说道:"还有你这个网管,网管也没身份证!"

城管数落完,先处理那些网瘾少年,挨个给他们家长打电话,让家长来领人。

肖珩忍住想抽烟的冲动,他蹲在台阶边上,把搭在头上的手放下来，最后还是没忍住侧头去看边上的人，说："你这嘴，乌鸦变的？"

他昨天晚上和陆延把伟哥扛下去之后，又上天台抽了两根烟，边抽烟边看着陆延手指的那个方向。喝了太多酒，加上烟的刺激。他当时在天台上，整个人陷入一种难以言喻的氛围里。直到第二天，他睁开眼，阴天，然后大批城管推门而入。

陆延对乌鸦嘴这个说法并不认同，但残酷的事实摆在眼前。

这片总共那么点大，不过几分钟的工夫，就有住在附近的家长穿着花裤衩，手里拿着晾衣竿、衣架往这里狂奔，跑在最前面的那个将手里的竿子往空气里挥舞两下，嘴里喊着："兔崽子，看老子今天不把你屁股打开花！"

城管也被这阵仗吓一跳，喊道："冷静，冷静。"

家长说："没办法冷静！我打死他！"

街道上随处可见乱飞的棍棒，网瘾少年们四下乱窜，被打得嗷嗷叫。一片混乱，肖珩头一次见这场面。

就在这个时候，陆延拍拍肖珩，伸手指指街对面，说："看到没有。"肖珩顺着他手指的方向看过去，发现街对面除了一堵矮墙，就是一堆垃圾。

肖珩："？"

陆延说："好机会。"

肖珩还是没反应过来。

陆延蹲在他边上，用恨铁不成钢的语气说："跑啊！"

这种时候，阶级之间的差异在两个人身上凸显出来。

陆延推他一把，把他推了出去，说："大少爷，不跑等着交罚款？"

"就我刚才指的那个方向。"陆延趁着那些城管不注意，把他推出去之后也跟着冲了出去，"从那儿拐出去就是另一条街，出去之后往哪儿都好跑。"

陆延虽然战斗能力差。但在"跑"这一方面，他向来很强。上次在地下车库，肖珩就见识过他的速度，这次为了躲罚款，陆延的速度比上次只快不慢。

"你们俩！站住！"等城管从混乱的"家暴现场"抽身出来，只能看到两个疾速远去的背影。

肖珩听到城管的声音，回头看了一眼，几个熟悉的音符映入眼帘。

陆延被叫出来之前已经把身上那件工作服给脱了，身上就剩下一件T恤，上头印着几个大音符，是肖珩刚来的那晚借出去的那件。衣摆被风吹起，紧贴在身上，勾出男人清瘦的身形。自己之前是不是说过这衣服丑？肖珩想。

陆延额前的碎发也被风往后吹。就算逆着风，陆延脚下的速度也丝毫没有受到影响，提醒他专心跑路："真男人从不回头看！"

肖珩："……"

肖珩转回头，在心里骂了一句神经病。他发现自从搬到七区那栋破楼里，每天发生的事情都在不断刷新他对这个世界的认知。

几位城管紧追不放，直到陆延和肖珩两个人跑到六区附近，在密集的居民楼遮掩下才将那拨人甩开。等他们一鼓作气跑进七区，推开六号楼那扇出入门，陆延停下来，直接在楼道里坐下。

霎时间，楼道里只有两个人交错的喘气声。

陆延边喘边说："你不知道要跑？"

肖珩站在他面前，弯着腰，手撑在膝盖上，抬眼看他。

陆延这才想起来面前这是一位出来之前连米都不知道卖多少钱一斤的大少爷。虽然这段时间肖珩在七区勉强能活下来，但本质跟他们这种在底层挣扎的小市民还是不一样，肖珩多年的生活环境从来没有教过他：被城管抓住了，得跑。

陆延又说："打黑工之前了解一下行情，被抓罚两千块钱。"

两千块钱。肖珩现在浑身上下所有钱加起来都不一定有两千块。

"你那网管的活儿，"陆延又说，"还能接着干吗？"

肖珩没直接回答，反问他："你那甜品还能接着卖吗？"

那当然是不行。闹出这种事，老板娘肯定得重新再招个学徒。

"接着卖个屁啊，卖不了。"

"我那网管也凉了。"

"那你之后干什么？"

"再说吧。"

"……"

一番凄凉的对话。陆延坐在台阶上叹口气，意识到今天不仅太阳没有升起，他和肖珩两个人还双双下岗。

陆延又在台阶上坐了会儿，这期间伟哥正好下楼扔垃圾，见他和肖珩两人戳在楼道里被吓了一跳，问："你俩坐着干啥呢？"

肖珩不知道怎么说，指指陆延说："问他。"

陆延也不知道怎么说，最后只道："都怪今天天气不好。"

伟哥不明所以，推开门出去。随着出入口那扇防盗门"哐"的一声，陆延脑海里无端冒出来一个念头：其实这片非法产业真的挺发达，要想找工作什么都能找着，那大少爷虽然嘴上说"早不玩了"，可那么多工作为什么偏偏就挑网吧？怎么就偏偏跑去当网管？

"走了。"肖珩直起身，打断了他的思路。

陆延站起来，走上几级台阶，想起来个事，说："前几天伟哥家冰箱坏了，包完水饺往我冰箱里塞，等会儿偷拿出来点，你吃吗？"

肖珩一下看出他的企图，说："你怕伟哥揍你，你扛不住。"

陆延说："那你吃不吃。"

肖珩说："吃。"

肖珩又说："煮完叫我。"

上楼回房间之后，陆延坐到床上翻衣服，正打算洗过澡再下水饺，搁在屁股兜里的手机跟着床板一起振了振。

李振：明天出来吃饭吗？给我带俩小蛋糕，你上次说的什么新品。

陆延前几天为了做业绩卖小蛋糕，把玩地下乐队认识的那一票子人都骚扰了个遍。

陆延躺在床上回：没了。

李振：卖那么火？？？

李振：不是说卖不出去吗？！

陆延回：老子——我——下岗了。

李振：……

"你这才上岗多久，满两周了吗你就下岗？"李振的电话很快就来了，他还在琴行上课，周围是学生练习双跳的声音。

这双跳估计才刚开始练，速度只有四十拍，两下音量也各有高低。

陆延说："没有。"

李振问："那你下份工作找了吗？"

陆延抓抓头发说："等会儿上兼职网站看看再说。"

"你这些学生技术不太行啊。"陆延听了半天那头练鼓，又说，"你有没有好好教。"

李振维护自己学生，说："你要求别太高行吗？人才学不到几个月！你当乐队纳新呢！"

聊到"乐队纳新"，陆延想起来上回李振说的那个天上有地下无的吉他手。他闲下来的时候也会去防空洞转两圈，只不过从没碰见，倒是从别人嘴里听到了描述，跟李振说得八九不离十，反正总结下来就是两个字：牛×！

"黄头发，黄得跟稻草似的。高高瘦瘦，长得还挺清秀，年纪应该不大吧，我觉着二十岁可能都不到。厉害是真厉害，天生玩吉他的料。"这是一位防空洞目击者给陆延的描述。

陆延想到这儿，问："你上次说的那个吉他手，后来还碰到过吗？"

李振说："你说那小黄毛啊，我前几天在地下酒吧碰见他了。"

地下酒吧是除了防空洞之外聚集最多地下乐队的地方，每个月都会有活动，邀请各大乐队演出。

李振回忆，那天他在酒吧喝着小酒，黑桃乐队在台上表演，就看见那头耀眼夺目的黄毛从酒吧门口晃进来。

跟陆延混久了，他在厚脸皮这方面的造诣也有所提升。他过去跟黄毛攀谈："兄弟。"

黄毛的脸被五光十色的灯照着，他在酒吧里环视许久，认认真真扫过每一张脸，最后才把目光落在李振身上。

李振更加确定这兄弟是来找人的，他拍拍胸脯说："你找哪位？地下的人我都熟！"

黄毛看着他，半晌才说话。

"他说他要找我们这儿长得最帅、吉他弹得最好的人！"李振现在想起来还是觉得不可思议。

长得最帅。吉他弹得最好。陆延也觉得这个条件很迷幻，问："他真这么说？"

"真的，我们这儿有这号人吗？！"李振在电话里发出一声灵魂拷问。

"论吉他弹得最好……"陆延琢磨着说，"魔方乐队吉他手？"

李振说："但那兄弟长得有点惨啊！难道以前出过车祸？"

陆延说："……也不是没有可能，问问？"

李振："……"

两个人聊了一阵，门被人敲响。紧接着是肖珩的声音，跟大爷似的："煮好没。"男人懒散的声音传到李振那边，李振问："我怎么听到一个男人的声音？谁啊？"

陆延才记起来要请大少爷一起偷吃伟哥的水饺，他从床上坐起来说："行了，先不说了。"

李振说："你……"

电话中断。

李振拿着手机，对于自家主唱家里不知道从哪儿冒出来一位"狗男人"表示震惊。

他在架子鼓教室外面的走廊上，推门进去之前突然想起刚才那个问题的另一部分：长得最帅的倒是有一位。

他们V团主唱颜值打遍整个地下还没遇到过对手。

李振想到这里又摇摇头。这位长得最帅的，吉他弹得稀烂。

七芒星

CHAPTER
10
未知文件

视频最后几秒，吉他手似乎听到台下的高呼，往镜头的方向微微侧头。

陆延挂了电话，肖珩倚在门口看他。

"你先坐会儿。"

陆延说完打开冰箱门，往外拿水饺。他拿完还特意把剩下的那些水饺拨到中间，用来填补缺口，作案手法娴熟。

肖珩走到他身后，从他这个角度往下俯身，正好把他这点小动作都看得一清二楚。

陆延蹲在地上，还在努力拨。从身后伸出来一只手。肖珩弯腰站在他身后，手越过他的头顶，去拨冰箱上一层里的水饺。两个人一人一层，没多久就还原了作案之前的样貌。

陆延琢磨着说道："跟原来也差不太多吧。"

肖珩拨得不耐烦了，说："管他那么多。"

陆延把那一层推回去，肖珩正好也打算收手。然而陆延突然起身，肖珩没来得及反应，一只手撑在冰箱门上，把人圈在了中间。

陆延："……"

肖珩："……"

陆延身后是从冰箱里冒出来的凉气，那股凉气慢慢悠悠晃出来，打在他脚踝和小腿肚上，就跟面前大少爷这张又冷又看着漫不经心的脸似的。两个人离得很近，近到能从对方瞳孔里，看到自己的影子。

边上的 CD 机一直开着，音量被调得很低，稍有动静就听不见它在唱什么。可明明现在那么安静，陆延发现自己还是听不清 CD 机唱到哪段，但肖珩垂着眼看他，细不可闻的呼吸声却在耳边被无限放大了。

直到脚踝实在是冻得不行，陆延这才回神。

"你……让让？"陆延说完，肖珩撑在冰箱门上的手指动了动，松开手。

从冰箱到厨房的距离只有两三步，陆延弄不清自己为什么要跑，类似于落荒而逃，一溜烟跑过去，把锅拎起来接水。接完水也依然背对着肖珩，盯着电磁炉看。

肖珩把冰箱门关上，后背靠在上头，隐约有想抽烟的冲动，但在口袋里翻了一阵，没带烟也没带打火机，最后只得作罢。

他摸了个空，最后掌心慢慢收拢，说："你这电磁炉，也需要看火候？"

陆延头也不回道："你有意见？"

肖珩说："没有。"

陆延说："不吃滚！"

肖珩："……"

陆延喊完才觉得气氛正常了点。煮水饺很方便，等水开了往里头扔就行。伟哥虽然厨艺不佳，但包饺子的技术堪称一绝，肉馅也不知道怎么调的，据伟哥本人所说，这是他们家独门秘方。

"怎么样？"陆延拿了碗，坐到肖珩对面。

饺子确实不错，从小吃惯山珍海味的大少爷，也给了相当高的评价。

"还行。"肖珩又说，"难怪怕被揍也要偷。"

陆延纠正他，说道："什么叫偷，好兄弟之间互相帮助，无私奉献不是应该的吗。"

陆延说完，打开兼职网刷新兼职信息，再不赶紧挑挑，第二天的兼职怕是都被人挑完了。他翻了两页，想起来对面还坐着个跟他一起下岗的无业游民。对面这位比他还惨，买完那堆锅碗瓢盆和手机之后估计身上已经不剩下什么钱了。

"你身上还有多少钱。"想到这儿，陆延问。

"一千多。"肖珩说。

"……"陆延被这个比他想象中多了一位数的余额惊到，"你哪儿来那么多？"

网吧网管那点工资怎么想也算不上高薪。

陆延又问:"你工资?"

肖珩答:"三千。"

陆延在心里算了算,最后得出一个结论:"你不吃饭?"

肖珩反问:"我是仙?"

肖珩又说:"网吧卖泡面。"

"那也不用这么惨。"豪门大少沦落成网吧网管就算了,每天靠吃泡面度日,陆延想不明白,"你这一千多攒着干什么。"

吃泡面攒钱的日子陆延也不是没过过。

但他一般都是拿来买新琴、效果器,以及各种配件,他下意识问:"买电脑?"

攒着干什么。肖珩自己也说不清。他想起志愿被改后一周。那位经常上机房指导他的老师找到他说:"我知道你家里情况特殊,没关系,只要你还想学,有什么不懂的就发邮件问我。"

当年的他站在机房门口,没等老师把话说完,就打断道:"不用。"老师愣住。他又说:"不玩了。"

"肖珩,你很有天赋,你看看你上回写的那代码,我都没想到,你……"

他重复道:"老师,我不玩了。"

他那个时候觉得什么都没意思,干什么都没劲透了。

钱,酒,豪车,还有无拘无束的,没人管教的时间。他放纵地投入到翟壮志他们那种"什么也不管,只要开心就行"的世界里去,越走就离那时的自己越远。

走出那个家,搬进这栋楼之后,某个地方却悄无声息地起了变化。好像心底有个曾经沉睡的声音复苏,叫嚣着不断冒出来。

他最终还是没能否认陆延那句"买电脑"。

陆延见他不说话,放下筷子,拍拍他的肩,说:"你去洗碗。"

陆延又说:"我在看兼职,顺便给你看看有没有什么工作。"他的运气还算不错,没等肖珩洗完碗,就找到一个离家近又轻松的工作。

陆延靠在水池边上，把手机举到肖珩面前说："你看这个，还不错，坐公交过去不超过三站路。临时工，不用身份证。"

肖珩手上都是洗洁精的泡沫。他拧开水龙头之后看过去。手机屏幕上赫然是一行字：诚招两名商场洗地车驾驶员，要求会灵活驾驶洗地车，工资按小时结算。

"洗地车是什么？"

陆延干过的兼职加起来几乎遍布各行各业，但这种开洗地车驰骋商场的体验还真没有过。

陆延解释说："就是商场里那种清洁车……"

这份工作实在是超出了肖珩的认知。陆延解释不清楚，干脆上网找图片给他看："就这种。"图片上是一辆深蓝色洗地车。这辆洗地车拥有一体式车身，拉风又不失稳重的造型，舒适的座椅，车后边的杆子上还立着一盏酷炫的黄色小灯。车模是个白发老年人，穿着件同色的清洁服，手把在方向盘上，在缓缓行驶中露出幸福又满足的笑容。

肖珩："……"

除开方向盘，这辆造型别致的车上还有不同的操作按钮。

先不提这份工作的离奇程度，肖珩问："你会开？"

每次找工作前从来不考虑会不会，上就完事的陆延说："不会啊。"

肖珩继续洗碗，用行动否定了这份工作。

陆延试图劝他："我觉得我们可以会。"

肖珩说："我觉得我们不可以。"

肖珩又说："还有别的选择吗？"

"没有。"

"……"

两个人互相看了半天。

"算了。"陆延妥协，妥协的主要原因是他和肖珩两个人看着也不像会开洗地车的样子，说自己会应该也没人信，"我再找找。"

陆延又看了会儿兼职网站，没看到什么合适的，目光从手机屏幕上移开，落在肖珩手上。

肖珩平时很少洗碗，干活不算利索。但也比陆延想象的强。

看着肖珩洗碗的样子，陆延又想起那天在网吧里，他敲键盘的样子。这双手还是更适合敲键盘……陆延没来由地想。

肖珩洗完碗，拧上水龙头。

陆延在边上咬着根烟说："你要不先用我那台？"

肖珩："什么？"

陆延："电脑啊。"

陆延把嘴里那根烟点上，说："我那台虽然跑得慢，有事没事就死个机，按键灵敏度有待提高……"

肖珩抬眼看他。

陆延说了一通，又道："但除开这些，勉强也算能用。"

还是没有太大反应。

陆延正打算说"不用拉倒"，却听肖珩问："收网费吗？"

"你要想交，也行。"陆延笑了一声说。

陆延摸不清这大少爷的心思。那天把这个人从暴雨里捡回来的时候，他有一种错觉，这个人好像只有光鲜的外表，灵魂仿佛是空的。但与之相反的，肖珩身上又有一种挣扎的力量。尽管可能他自己都没有意识到。

陆延那台电脑确实不太好用，开机都得开半天。

"密码多少？"肖珩打开之后问。

"八个八。"陆延拿着衣服进浴室。

手机密码也是八，哪儿都是八。

电脑边上就有盒烟，肖珩抽了一根出来，并没有急着点，说道："啧，俗。"

陆延刚把上衣脱下来，说："注意你的态度，想想谁才是这台电脑的主人。"

这台破电脑，不开不知道，一开发现不仅是跑得慢的问题，连键盘按键都坏了一个，要想敲个字母还得从电脑系统里自带的键盘软件里找。

肖珩其实也不知道坐下要往代码框里敲点什么东西。四年，互联网技术飞速进步，虽然基础还在，但不可否认，现在很多新兴的技术他都不太了解，甚至有些原来熟到闭着眼睛都能打出来的东西，也已经变得模糊。

肖珩先去找了几个以前看过的教程。周遭的一切都在慢慢虚化，四年前泡在机房里看教程的少年的身影在眼前愈发清晰，肖珩低下头把烟点上，再抬头，眼前是陆延不到二十平方米的出租屋。

肖珩这天待到了很晚，陆延趴在他边上写了会儿歌——这个房间里除了餐桌，也就这一张靠在床边的电脑桌能用。

电脑桌面积不大，陆延写着写着，肖珩挪一下鼠标，两个人的手碰到一起就能打起来。

"你滚过去。"

"……别闹。"

"别挤我。"

陆延写了一会儿，等头发快干的时候停下来，起身凑过去看着电脑屏幕，问："你这什么，教程？"

肖珩把烟摁在烟灰缸里。

"嗯。"

"你不编程小天才吗？"陆延说，"还用看教程。"

肖珩说："时代在进步。"

陆延最后撑不住睡着之前，隐约还能听到肖珩敲键盘的声音。

次日，陆延醒过来，肖珩已经不在了。也不知道大少爷昨晚熬到几点。陆延想着，拉开窗帘，发现天倒是放了晴。阳光明媚，是个好天气。

陆延又看了一眼时间，打开电脑，打算等会儿吃完早饭，把昨晚写的那半首旋律先试着编出来。结果他刚打开编曲软件，看到页面上跳出来一行加大加粗的字：狗儿子真棒。

陆延："……"

这人昨天晚上到底都干了些什么？

那五个字十分器张地在电脑屏幕上待了几秒钟，然后才缓缓消失，恢复成往常的页面。

陆延很想把昨天对肖珩说"你要不先用我那台"的自己给一拳捶死。

陆延正想着，听到一阵手机铃声，循着声看过去，发现电脑边上摆着一部手机。

"开门。"

陆延持续地敲着对门那屋的门，手里还拿着早饭，边吃早饭边骚扰邻居两不误。"有本事改软件，你有本事开门啊。"过半天，门才打开。

"……吵什么。"

肖珩单手开门，头发睡得有些乱，才刚把衣服往头上套，另一只手拉着衣服，将衣摆往下拽。男人身上的几块腹肌从陆延眼前一晃而过，也只是一晃。再看过去，已经被衣服遮住了。

陆延说："我还没问你把我软件改成什么破样了呢。"

肖珩说："改得不是挺好。"

陆延说："好个屁！"

肖珩睁开眼看他，嘲弄道："夸你棒还不好。"

今天周末，楼里住户大都休息。陆延和肖珩两个人那点动静传到楼下，伟哥正刷着牙，听到熟悉的吵架声，他打开门，从楼道里往上瞅一眼，喊道："你俩怎么回事，一大早就开始沟通感情？"

"……"

谁跟他沟通感情。陆延和肖珩对视一阵，又别开眼。

伟哥含着牙膏沫，又含糊不清地说："对了，延弟，我冰箱修好了，之前放你冰箱里的水饺，我等会儿过去拿啊。"

提到水饺，陆延和肖珩都沉默下来。最后陆延咳一声说："你别上来了，我等会儿给你送过去……你那堆饺子太占地方。"陆延完全没有偷吃别人东西的自觉，这番话说得面不改色。

陆延说完，把手机给肖珩递过去说："你手机落我那儿了。"

肖珩接过，道了句谢。看这人困倦的样子，陆延又问："你昨天几点走的？"

"忘了，两三点吧。"肖珩说。

肖珩没太注意时间，他看完一套教程，又拿陆延那个编曲软件练手，除了修复一堆东西以外，还加了几个便捷功能进去。

陆延那个早就跟不上时代的破软件一下往前跑了好几步。送完手机，陆延摆摆手往回走，说道："行，记得结网费。"

肖珩再度关上门。不超过五分钟，咚咚咚，门又响了。

陆延回屋拿了俩塑料袋装水饺，正要下楼给伟哥送过去，送之前担心穿帮，愣是把肖珩又拉了出来。

"又干什么？"

"还水饺。"

"所以呢？"

"你没吃？"

两个人边说边往楼下走。伟哥接过塑料袋，总觉得哪里不太对劲，说："我说延弟，我这水饺是不是……"

伟哥话没说完，陆延立马说："没有，一个都没少。"

伟哥还是觉得不对劲，说："可……"

陆延把手伸到肖珩腰后，不轻不重地拧了一下，暗示他说话。

"没少。"肖珩说。

伟哥被他们给绕晕了，问："我放延弟家冰箱里，你怎么会知道？"

"他家……"肖珩一只手背到身后，把陆延的手按住，"我熟。"

"……"

陆延的手被他攥在手里，一时间竟动弹不得。

伟哥没发现两个人的小动作，他拎着袋子看了几眼，最后也说不上来哪里奇怪，只好说："行吧。"

陆延被伟哥的大嗓门震醒，收回手，没话找话说："对了，小辉在不在家？我找他有点事。"

张小辉在家，不仅在家，门一开，房间里还有个女人。

陆延知道她，女人住楼下303，就是之前亲妈千里迢迢来要钱，让她给亲弟弟买婚房的那个房客。

陆延对她印象很深，因为她当时直接冷笑着把她妈骂得体无完肤：

"就因为你儿子身上比我多那么二两肉，他就了不起？"

女人正坐在厅里抽烟，见门开了，目光往门口斜过去几度。

伟哥难以置信地说："小辉，你恋爱了？"

张小辉站在门口，他本来就没接触过女孩子，脸一下就红了，急忙道："不是！哥你别乱说！"

"蓝姐是做直播的。"张小辉又挠挠头，不好意思地说，"我也想试试，跟我的粉丝开一下直播，多沟通沟通，我就想跟她讨教一下直播都需要些什么。"

张小辉的事业比他们乐队还凉，几年龙套跑下来，粉丝才刚刚破千。

伟哥听明白了，正要拉着陆延和肖珩走人，免得打扰他们，却见原先站在他边上的陆延已经在那位蓝姐边上坐着了。

伟哥一惊，问："他什么时候过去的？"

肖珩说："从说到做直播开始。"

陆延什么都干过，直播倒真没涉及，他问："没钱买设备，手机行吗？"

蓝姐看他一眼，耸耸肩说："有兴趣？"

陆延说："我觉得这也不失为一条财路。"

肖珩："……"

伟哥："……"

张小辉："……"

蓝姐一口烟吐出来，笑了笑说："行啊。"

"唱歌'钱途'怎么样？"

"这方面我倒是不太了解。"

"姐你播哪个方向？"

蓝姐说："我？吃播，一口气吃六只炸鸡的那种。"

蓝姐说完，觉得两个人聊得还算不错，把手里的烟盒递过去，说："来一根？"

蓝姐抽的是女士香烟，细细长长的一根，陆延也不介意，从烟盒里抽出来一根，借着蓝姐递过来的打火机凑过去把烟点上。

陆延跟蓝姐聊完半毛钱的天，两个人加了微聊好友，真让他找到一条新思路。

于是肖珩晚上洗过澡，上陆延家借电脑用的时候，狭小的空间里除了陆延有一搭没一搭修炼琴技的声音，就是"老铁666"。

陆延听了蓝姐的话，一口气下载了七八个直播平台进行对比分析，一晚上忙着在各大直播间溜达。从热辣舞蹈，一路看到电子竞技频道。

陆延抱着琴研究了一阵，迟迟定不下自己的直播路线，问肖珩："你说我播哪个？"

肖珩的代码出错，暂时还没发现问题，他靠着椅背，手里拿着个打火机反复看，半闭着眼说："你先烫个头。"

陆延问："然后呢？"虽然不懂为什么先烫头。

"就烫上回那个。"肖珩的指腹在打火机上摩挲，往下按，咔嗒一声，说，"然后去快手。"

陆延："……"

我去。

陆延看直播看得没意思，往肖珩那儿看了一眼。电脑屏幕上是满屏的代码。肖珩这人不碰电脑则已，一旦碰上去身上那股劲收都收不住。

陆延虽然看不懂肖珩都在敲些什么玩意儿，但他那个编曲软件确实比之前好用不少——除了那五个每次一启动就会冒出来的字。

陆延最后研究完直播行业已经是夜里两点多，困得不行，肖珩却好像越敲越清醒。

肖珩确实清醒，在他退出技术论坛准备关机回屋睡觉之前，陆延已经趴在桌上睡着了，手里还拿着笔，胳膊底下压着那张一般人看不懂的草稿。

肖珩想叫他去床上睡。结果手刚碰上陆延的肩膀，这人迷迷糊糊地醒过来，意识不太清醒地抓着他的手说了句："你行！"

肖珩愣住。昏暗的房间里只剩电脑还发着一点光，陆延的声音很含糊，可能是这个姿势睡得不太熟，他的脸在桌面蹭了蹭，又说了一句话。

肖珩离得近，勉强辨认出那是一句：我觉得你行。

....

这句话傻得可以，跟企业里开动员大会时握紧拳头喊"我行我行我行，我一定行"似的。

肖珩刚抽了口烟提神，嘴里叼着的那根还没抽完，等反应过来之后笑了一声："……这又是什么毒鸡汤。"

肖珩两指捏着烟，发现陆延的手正好就搭在电脑桌边上。他想起白天楼里女房客递给陆延的那根烟，其实陆延意外地适合抽女烟。他那双手也不知道怎么长的，骨骼细长又不失硬气，那根烟被他夹在指间并不突兀，反倒衬得手腕上那个七个角的文身的色泽愈发浓郁。

肖珩看着，捏了捏食指指节，刚才掌心抓到的触感仿佛仍残留在皮肤上。半晌，他回神，去关电脑。

陆延这台破电脑一晚上都没出什么故障，反而在关机的时候开始闹脾气，肖珩等屏幕暗下去等了半天，最后在他忍不住想拔电源的当口，终于暗了下去。然而不过两秒钟，又回到开机页面。

肖珩："……"

这电脑还挺有想法。肖珩抖抖烟灰，打算修理修理陆延这台电脑。

陆延电脑里的文件夹分类很明确，成品，demo，谱……这些分好类的东西肖珩都没碰，只是打算把被强装的流氓垃圾软件卸一卸，清理内存。

肖珩漫不经心地手动查软件，等他删完一堆垃圾文件之后，在这堆垃圾文件深处，意外看到了一个没有署名的文件夹。

［未知文件］
创建时间：2015/6/12
大小：3M

肖珩刚才清垃圾清惯了，手上反应速度更快，还没把信息看全，已经点了进去。

....

里面是一段用几年前的低像素手机拍摄的，不到十三秒的视频。

酒吧，乐队。乐器声，人声和观众沸腾的叫喊声混杂在一起。主唱是个矮个子男孩，声音粗犷，一上来就开始吼：啊——

肖珩看了一眼，没有想冒犯陆延隐私的意思，把鼠标移到右上角想点叉。

陆延趴在桌上的那颗脑袋动了动，手也动了动，然后半睁开眼。见人醒了，肖珩停下手上的动作，直接说："刚才你电脑出故障，给你清点垃圾，不小心点开……"

陆延睁开眼的时候还不是很清醒，他就是趴着睡得不太舒服，他想问点开了什么。但等眼前的画面慢慢聚焦，变得清晰之后，他看清了电脑屏幕上那个矮个子主唱。

陆延一下子说不出任何话了。他整个人愣在那里。

肖珩说完话，在点叉之前，视频里的画面剧烈晃动两下，一段吉他 solo 切进去，镜头也从那名狂野矮个子主唱身上移开，晃到了舞台左边——舞台左边是一名吉他手，不过高二高三的年纪，长发，身上穿着件干干净净的白衬衫，下身那条裤子上倒是挂了一堆银链子，即使角度找得比较虐，腿看起来依旧长且直。

耳边是一段速度快到令人咋舌的速弹，少年背着把电吉他，酒吧里所有光都聚集在他身上，细长的手指绷紧、屈成诱人的弧度。

台下的尖叫声几乎快要掀翻屋顶。

少年并不像身边的几个人那样疯狂，他弹吉他的模样很冷，低垂着眼，汇聚在他身上的那些神祇般的光将他整个人都照得无比耀眼。

视频最后几秒，吉他手似乎听到台下的高呼，往镜头的方向微微侧头。于是那道光便逐渐勾出少年的眉眼。

那副皮相带着点难以言喻的邪性，光线又隐晦地勾出那道细长又诱人的眉。

尽管这个事实令人难以置信，但毫无疑问，台上这个光芒万丈，背着吉他，速弹秀到飞起的人——是陆延。

不到十三秒的视频播放结束。

　　陆延抵在桌边的手指无意识地蜷起,抓在底下压着的那张草稿纸上。

　　他不知道这个视频怎么会在电脑里,刹那间,所有思绪和感知都向后退去,脑子里空荡荡的,同时又好像有数不清的线缠绕在一起,只剩下刚才的画面在不断重放。

　　一时间谁都没有说话。直到他听到打火机"咔嗒"一声。

　　肖珩盯着那个"未知文件"看了一会儿,指腹无意识地按下打火机,然后问:"你?"

　　陆延逐渐回神,但脑子里还是乱得很,脱口而出:"我弟弟。"

　　"……"肖珩"哦"一声,"你弟弟的吉他弹得不错。"

　　岂止是不错。即使肖珩对吉他并不精通,也分得出好坏。翟壮志当初特意花钱请了个吉他老师,据说是什么音乐学院毕业的,总之履历相当漂亮,上了几节课之后觉得自己厉害得不行,非拉着他和邱少风过去看他秀琴技。

　　肖珩记得他当时躺在角落里的沙发上,从边上拎起一本吉他书盖在脸上打算睡觉,履历漂亮的毕业生老师教之前先自己秀了一段——刚才视频里那位吉他手的水平比那天他盖着书睡着前听到的那段 slap 强多了。

　　陆延忽然松开手,一只脚蹬地,俯身过去,挪着鼠标往右上角点,想把播放器关掉,说:"我也觉得我弟弟挺牛。"

　　然而不知道是位置不佳,还是鼠标反应不够灵敏,陆延根本控制不住鼠标,箭头在"×"附近游移,几下都没能点上。

　　"傻儿子,会用电脑吗?"耳边是肖珩的风凉话。

　　陆延混乱的脑子里暂时停止思考,迎来片刻的"清闲"。这种清闲来自于,他现在可以什么都不用考虑,只管考虑怎么骂回去。

　　"我去。"陆延差点把鼠标往肖珩脸上扔。

　　他又强调道:"这台电脑还是老——子——我——的!"

　　陆延说完,下一秒——肖珩的手覆了上来。

　　肖珩松开捏着打火机的那只手,将手覆在陆延手背上。他覆上去的瞬间,发现陆延的手不仅凉,凉得彻骨,还在几不可察地颤抖。

肖珩没说多余的话，只是带着他的手轻轻挪动了两下鼠标，陆延感觉到一股力量轻轻地按着他，然后屏幕上的箭头稳定下来，正好点着那个"×"。

男人粗糙又温热的指腹轻轻卡在他食指第一个关节上，鼠标声响，电脑屏幕切回到桌面。然而关掉视频之后，视频里的画面仍慢慢在眼前浮现。说那是他弟弟的鬼话是个正常人都不会相信，借口找得过于糟糕。

陆延深吸一口气。肖珩当然不会信这种鬼话。他这位邻居，买那么贵的琴。会写歌，吉他却弹得那样烂。力气小得像小姑娘。

…………

肖珩最后状似无意地看了一眼陆延的手腕，这个角度刚好能看到他的手腕内侧，从黑色文身刺出来的一只角。

"我之前就想说了。"肖珩松开手，又像什么都没发生过似的靠回去，像是信了那番鬼话一样，用和平时没什么两样的语调说，"你这桌面能不能换换。"

陆延的电脑桌面是他们乐队的一张照片。说乐队其实不太准确，因为他本人站中间，而且离镜头特别近，其他几位成员被挤在角落里，弱小、模糊又可怜。

画面基本都被陆延占据。肖珩每次关掉页面退出去，就能看到陆延蹲在音箱上，嘴里咬着一枝玫瑰花，邪魅地看着他。

话题转移。

陆延还没准备好去面对那堆呼啸而来的过去，他松了口气，从来没觉得肖珩这种自带嘲讽的"毒舌"听起来让人感觉那么舒适，说："我觉得很帅，不能。"

"这视频……"隔了会儿，陆延又说，"哪儿来的，能查出来吗？"

"能，你想查？"

陆延确信自己不会往自己电脑里存四年前的视频。

陆延"嗯"一声。

肖珩直起身，一只手搭上键盘，三两下把这个未知文件的信息调了出来。

"文件来源是邮箱附件。"肖珩漫不经心地滑动滚轮，从一堆信息里把来源挑出来，"可能是不小心误下，或者你之前勾选过自动下载储存的功能。"

肖珩再往下滑，发现那个邮箱就是被他刚删掉的那堆垃圾软件之一。那是一个几年前流行过的便捷邮箱，早就因为病毒和 bug（漏洞）太多而逐渐从市场淡出，况且从使用时间上来看，陆延已经几年不用这玩意儿了。

肖珩滑到最后，找出来一串邮箱账号，他顺手去拿陆延刚才用来涂涂写写的纸笔，把那串英文和数字抄了下来，最后盖上笔帽说："这是发件人。"

dap1234567。

肖珩没再多说，只是关电脑走之前，手在他头顶拍了拍，说："狗儿子，走了。"

"……"

陆延说："滚。"

肖珩走后，房间里空下来。陆延先是抽了一根烟，点上烟之后把打火机往桌上扔，然后才拿起那张纸，就着烟雾去看那几个英文字母和数字，最后把它和一张稚嫩的脸联系在一起。

是刚开始玩乐队那会儿总跟在他屁股后头跑的一个上初三的男孩。那孩子天赋不错，尤其在陆延教他吉他之后，技术突飞猛进。耳边仿佛响起处于变声期的、男孩粗哑的声音，那个声音喋喋不休地追着他说："听说你是这儿吉他玩得最好的人。

"总有一天我会玩得比你更厉害！

"我这次数学和英语加起来都没超过 60 分，不过成绩差也有好处……我妈本来不愿意让我学这个，但她想通了，只要以后能考上大学，什么大学不是大学。等我考上音乐学院，到那个时候我再来找你，你跟我认认真真比一场！"

陆延躺到床上，闭上眼。眼前变成一片黑，但一张张脸仍无比清晰地浮现出来，矮个子主唱，贝斯手，键盘手……那是他正式加入的第一个乐队。名字他还记得，挺幼稚的，叫黑色心脏。

虽然高中之前也加过两个乐队，不过那种学生组成的校园乐队向来不长久，撑不过半年便解散了。说解散也不太正确，事实上那会儿还并没有什么"解散"的概念，只是大家逐渐都不去彩排，排练永远缺人。上高中之后玩乐队这件事才变得正式了些，开始去酒吧演出挣生活费。

那会儿的他什么样？陆延记得那会儿自己周末和假期睡在酒吧杂货间里，反复听一首歌，尤其里面那一句：just gotta get out, just gotta get right outta here.（我必须出去，我必须逃离这个地方。）[1]

陆延想着想着，觉得有些困了，但脑海里最后冒出来的场景，是一个灰暗的 KTV 包间，桌上横七竖八地摆了一排酒瓶。

"他算个什么玩意儿，弹个破吉他，还以为自己——"

陆延想到这儿，猛地睁开了眼，睡意全无。时间在这片漆黑又寂静的夜里显得异常迟缓，陆延躺了半个多小时，最后抬手去够枕边的手机。刷了会儿网页之后，他点开微聊，犹豫一会儿，最后点开那个黑色头像。陆延看着那片黑，手指点进输入栏。但想想也没什么可发的。他反复点进又退出输入栏，几分钟后，肖珩的信息倒是先来了。

肖珩：？

肖珩：[图片]

肖珩发过来的是张截图，上面狗儿子三个字边上有个提示 [对方正在输入……]。

肖珩：输半天，你在写作文？

陆延一时间不知道该把关注点放在"狗儿子"这个备注上，还是问你没事点开对话框干什么。后面一句显然没法问……自己不也对着肖珩的聊天框看了半天。

陆延还没想好回什么。说我闲着无聊？我手滑？

---

[1] 皇后乐队 "Bohemian Rhapsody"。

陆延正想着，手里的手机振动两下，肖珩的语音通话拨了过来。

"还不睡？"肖珩的声音本来就懒散，现在估计是躺在床上，听起来更低哑，通过听筒传出来，仿佛贴在他耳边说话似的。然而他又接着说："写的什么作文……我亲爱的父亲？"

陆延："……"这声音，白瞎了。

安静一会儿后，两人有一搭没一搭地开始聊天。

陆延问："你那什么备注。"

肖珩说："不喜欢？"

陆延只有一句话可说："……给老子改。"

肖珩说："改什么。"

陆延说："改成延哥。"

"延狗？"

"延哥！"

肖珩笑了一声。

从手机里传出来的声音跟平时面对面说话时不太一样。太近了。明明隔着两堵墙和一个过道的距离，却从来没感觉那么近过，所有感官都被这个贴在耳边私语的声音无限放大。

陆延甚至能清楚地感知到肖珩说话时每一个音如何从唇齿间发出来，他也听到那点略微被拉长的尾音。男人说话的语调一贯懒散，跟这如墨的夜色一道沉下去。

聊到最后，两个人都没再说话。也没人提出要挂电话。通话时间一分一秒地过去。

陆延躺在床上，眼前是没开灯的房间，耳边是肖珩的呼吸声。

陆延再度合上眼。夏天的风从窗户缝隙里钻进来，耳边的呼吸声就像那阵轻抚过脸颊的风，轻易吹走纷乱的念头，像驱散梦魇那样。

七芒星

CHAPTER
11
老七

陆延很少会去想这些事。
他不停告诉自己，过去了，都过去了，往前走就行。

　　等陆延醒过来，已经是早上八点。他抬手捏了捏鼻梁，睁开眼，发现整晚没做什么梦，没有梦到霁州那片海一样的芦苇，也没有梦到那片芦苇变成黑爪冲他袭来。睡眠质量意外地高。

　　陆延半睁开眼缓了一会儿，正要撑着坐起身，手掌触到某样东西，他低头看过去，手机屏幕受到感应，又亮起来。

　　屏幕上显示的是通话时间。一秒，两秒，数字仍在不断跳动。

　　陆延从五十秒开始看，直到时间不断攀升最后跳成整数，意识这才逐渐回笼——这电话一晚上都没挂？

　　生活贫困拮据的乐队主唱陆延脑海里冒出来的第二个念头是：流量不是钱？

　　陆延还没来得及去算自己这一晚到底烧了多少流量，窸窸窣窣的动静传过去，大概是把肖珩吵醒了，陆延刚脱完衣服就听到一声不太清晰的呢喃。

　　从听筒对面传过来的声音闷得不行，接着肖珩问出一句："现在几点？"

　　"八点多。"陆延脱了衣服，打算起身去洗漱。

　　"起那么早。"

　　"……"陆延想着干脆洗个澡得了，于是歪着头，把手机夹在肩上，腾出手去解腰带，"有事，得出去一趟。"他昨天闲着没事去翻招聘信息，找到一份工作，这份工作跟以往的都不一样，又是全新的领域，新的挑战，新的人生经历：婚礼司仪。工资可观，只是这份工作需要面试。虽然他没有任何这方面的工作经验，但他压根不觉得这算什么事，凡事总有第一次。

肖珩听陆延那边杂七杂八的动静太多，又问："你在干什么？"

陆延的手刚碰上那根腰间的带子，想也没想地说："脱裤子。"陆延也才刚起，还没开嗓，声音不比往常，反倒像一口气连抽好几根烟，脱裤子三个字被陆延说得异常微妙。

肖珩那头没声了，空气里弥漫着尴尬。

陆延说完自己也觉得这话听起来太……太……×！这说的什么话啊！

陆延清咳一声，正打算说点什么，肖珩先开了口："脱完了？"

陆延："……"

"没脱完。"陆延吸口气说，"没事的话我挂了。"

"嗯。"肖珩没有意见。

陆延手指往"挂断通话"上移，还是没点上去，他顿了顿又说："我房间备用钥匙在天台上，从左往右数第三个花盆底下，你要用电脑就自己拿。"

肖珩"嗯"一声，问："你等会儿出门？"

陆延以为是要他帮忙带东西，说："怎么？"

肖珩说："没什么，认识路吗？"

"……"陆延直接切断通话。

陆延洗完澡，简单吹干头发，换身衣服就出了门。他一只手里晃着钥匙，钥匙圈在指间转着，另一只手拿着手机找导航。

陆延走到三楼，303的门开了。"哟，出门啊？"蓝姐手里提着袋垃圾，倚在门口跟他打招呼。

"嗯，出门有点事。"陆延暂时收起手机，说完瞥见蓝姐手里那个垃圾袋，看着挺沉的，顺势接过说，"我拿吧。"

蓝姐虽然是一口气吃六只炸鸡的女主播，但其实看起来并不胖，反而有些消瘦，她身上穿了件长裙，脖子上挂着一条造型别致的项链，绿色猫眼上盘着条蛇。

陆延之前演出需要买各种配饰，对这条项链多看了两眼，只觉得看着不像市面上买的。下楼的时候陆延随口说："姐你这项链挺好看。"

"好看吗？"蓝姐推开出入门，笑了，又说，"我自己做的。"

六号三单元这栋楼本身就已经够诡异，他们楼里的住户身上无论发生什么事都不会让人感到稀奇，比如一个女主播会自己做项链。

蓝姐问："你直播在做了吗？"

"没呢。"陆延说，"还在研究。"

说话间，已经到了垃圾站。陆延帮蓝姐把垃圾丢进去，就直接去边上的车站等车，等他看完导航再抬头，蓝姐已经走回七区了。

从七区过去得转两趟车，陆延正好赶上下一班，他从裤子口袋里摸出两枚硬币，投完往车后头走，找了个角落坐下。

这站离始发站不远，车上人还不多。陆延靠着车窗，接着看导航，信息栏正好弹出来一条消息。

李振：！！！！！

那么长一串感叹号。

陆延正想问干什么，李振立马又发过来一句：你现在方便接电话吗？！李振问完，可能是情况实在太紧急，不等他回复，电话直接就来了。

"快快快。"李振说话声都在抖，"你现在在哪儿呢？"

陆延靠着车窗，悠闲地看窗外，说："车上。"

李振边跑边说："什么车啊？你要去哪儿？"

陆延补充道："开往婚庆公司的车上。"

"……"

李振显然被这个不知道从哪儿冒出来的"婚庆公司"弄得一头雾水，他压根想象不到他们主唱到底都在干什么。

"你要结婚？"

"我结个头啊。"陆延说，"去应聘司仪。"

"什么司仪，别应了，还应啥应。"李振简直快晕过去，"你现在赶紧下车——"

李振又说："去防空洞！那黄毛今天要来！"

因为李振一通电话，陆延中途下车，更改目的地之后蹲在路边等导航重新规划路线。屏幕正中心那个圈转了半天。

"尊敬的 VIP 会员，正在为您规划最佳路线，请稍候……"

陆延在等导航规划的过程里抽了一根烟。陆延想，李振这么急吼吼的意思就是赶紧去抢人。他其实对抢人这件事没有太大把握，一个那么厉害的吉他手，放着这么多乐队不去，更不可能来他们这个人都不全的V团。

"已经为您规划好道路。"

陆延站起身，只抽了两口便把烟灭了。

有没有把握……先抢再说。

飞跃路三号防空洞。下城区地下乐队半壁江山都聚在这儿，抢人抢得如火如荼。

"兄弟，我知道你对音乐的热爱和追求，我觉得我们的音乐理念非常一致……你来我们乐队，有什么要求你尽管提！"

"他那儿不行，看看我们——来我们这儿！"

"……"

李振比陆延先一步抵达防空洞，他费力挤进人群里的时候陆延才刚从离防空洞最近的地铁站口出来，李振扯着嗓子喊："兄弟，这些乐队他们都有吉他手了！看看我们乐队，我们乐队没有！你知道我缺一点什么吗？我缺一点你！"

边上的人都惊了，说："土味情话都用上了，李振你是不是有点过分。"

有吉他手的黑桃乐队队长说："我们虽然已经有吉他手了，但只要你来我们这儿，就让你当主音吉他手。"

李振几乎落泪，说道："黑桃，你把我们兄弟乐队之间的情谊放在哪里？"

黑桃队长说："我跟你们之间有个毛的情谊！你家主唱在我这儿挖墙脚的时候考虑过我们之间的情谊吗？"

这帮人抢得非常疯狂。

李振不仅要在这群人里跟着抢，还要被人吐槽："兄弟，V团不行。"

第二击："对对对，不行。"

第三击："别去，他们V团不仅没有吉他手，连贝斯手都没有。"

最后一击："而且V团主唱吉他弹得特别烂！"

人群中间，一个背着黑色吉他包、身穿白色T恤的高个子男生被层层包围，由于个子高，那头金黄色杂草在人群中异常显眼。

陆延刚从马路对面穿过来，走到防空洞门口，远远地就看到那兄弟高挑的背影和闪闪发光的黄发。

陆延正在琢磨等会儿开场白要说点什么，争取给他们乐队这名"未来吉他手"留个好印象。别跟上回在C大厕所里跟黄T恤的那场会面一样，得吸取教训。

至于说点什么……兄弟我看你长得挺像我们乐队下一任吉他手，不如跟着我混？

防空洞里。

李振被吐槽得太狠，觉得怎么也得给自家主唱找回点排面，最后绞尽脑汁道："但我们主唱长得帅啊！也算符合你一半条件！大……大……大……"

李振大半天大不下去。情急之下，他忘了这小黄毛的艺名，一边焦灼地等陆延出现，一边在心里反复回想"名字叫大什么来着"。

防空洞内一片混乱。陆延本来应该顺顺当当地从人群里挤进去，再自来熟地搭上那位据说挺牛×的吉他手的肩，然而他站在防空洞门口，刚往前迈出去一步——被挤在人群中的那个吉他手转过身。

男孩年纪确实小，除开比别人高出一截的个子以外，看起来甚至不满二十岁。耀眼夺目的黄发底下是一张仿佛从陆延记忆深处爬出来的脸。跟记忆里不同的是几年过去，男孩原来稚嫩的五官已经长开，轮廓变得硬朗。看到那张脸之后，陆延脑子里"轰"的一下，什么念头都没了。

昨晚的视频仿佛是一句启动魔盒的暗语，那句暗语一启动，四年前的那堆往事便铺天盖地席卷而来。

陆延脚下明明是平地，一瞬间却感觉天旋地转。

一个声音追着他，烦得要死，简直像个得了中二病的小孩："我什么时候才能弹得比你厉害？"

陆延又听到自己的声音，四年前的他背着吉他，穿过酒吧纷扰的人群，走在男孩前面，头也不回地说："你？小屁孩，八百年以后吧。"

陆延回过神，难以置信地想，怎么是他。这张脸和昨晚的英文字母逐渐重叠在一起：dap。

李振还没想起来这兄弟叫什么："大大大……"

dap。

陆延站在防空洞门口，心里默念：大炮。

黄毛被李振"大"半天，大得有点无语，他的视线从这帮人身上转悠一圈，还是没发现自己要找的人，有点失望地抬手拉了拉肩上吉他包的背带，说："我叫大炮。"

李振拉人拉得筋疲力尽，最后问："行吧，大炮还是小炮都无所谓，你到底来找谁的啊？"

黄毛摸摸后颈说："找我大哥。"

黄毛说着，仿佛感应到什么，将视线放远，往防空洞门口看。

门口空空荡荡，什么也没有。

陆延一时间不知道该怎么面对，下意识往后退两步，退到防空洞那扇大开的铁皮门边上。斑驳生锈的铁皮在烈日下晒得发烫，后背贴在上面，隔着层薄薄的布料，那股过热的温度透过布料一点点往上。

而他却感觉指尖发凉，浑身上下所有的温度一下都退去了。他现在这个位置，再往左边偏移几厘米就是防空洞那圆拱形的出入口，正好错开大炮投过来的视线。他靠着那扇陈旧的铁门，还能清楚地听到防空洞里传出来的对话声。

是李振苦恼崩溃的声音："你大哥到底是谁啊？！"

大炮说："我大哥是黑色心脏乐队前吉他手。"

其他人面面相觑，因为地域差异以及多年来乐队成团、解散频率甚高，突然冒出来一个黑色心脏还真没人知道是什么。

但这帮聚在防空洞里的人毕竟都是从各个地方来厦京市的，经历丰富。其中有人窃窃私语："欸，我好像有印象，霁州的，以前听人说过。"

大炮语气一扬，又仰着头说："他是吉他弹得最好的男人，是我人生的灯塔！我的偶像！我永远的对手！我苦练吉他就是为了有朝一日能打败他，我们约好了要比一场的！"

"……"啥剧情啊这是。

李振又问："那你大哥名字叫啥？"

大炮沉默一会儿，说："不知道。"

"……"

大炮说："大家都叫他老七。"

"……"

玩乐队的人年轻的时候都取过几个羞耻到不行的艺名。

除了"老七"这个广为人知的名字以外，大炮对那个穿白衬衫的、身后背着吉他的长发大哥的个人信息知之甚少。四年时间过去，以前存的东西和联系方式在搬家途中弄丢了。

他们俩岁数正好差了三年，他去参加中考那年，大哥正好高考。直至今日，大炮仍然能清楚地记得，少年高考前背着琴，穿梭在酒吧里，对他说："我要去厦京市，如果以后再见面——"少年说到这儿，顿了顿，回头看他一眼，"我就跟你比一场。"

…………

"兄弟！我们这儿带七的也挺多，介绍一下，这位是我们乐队键盘手小七。"有的乐队开始拓展思路，为抢人不择手段，"我也可以改名，七什么都行，看来你跟我们乐队很有缘分，来我们这儿啊。"

"名字、照片、联系方式……啥也没有你找个屁！别找了，来我们黑桃乐队。"

黑桃乐队对这位拥有响亮艺名的吉他手势在必得。

李振不甘示弱喊："来我们这儿！"

黑桃队长说："你就别瞎凑热闹了，对了，你们主唱今天没来？我还担心你们团那位狗东西要是过来，我们乐队没准抢不过他。"

黑桃队长回忆起被陆延挖墙脚的恐惧，再次感叹道："太狗了，真的。"

李振也想问陆延怎么还没到。他本来对这位吉他手势在必得、胜券在握的主要原因就是今天他接到消息第一时间就联系到了陆延，拉人这种事情，谁也干不过他家主唱。

可陆延人呢！

陆延听到"老七"那儿，就没再往下听。他从口袋里摸出一盒烟，低头咬一根出来，点上火吞了几口，烟从喉咙窜下去。

——老七。

陆延抬起头，他把打火机放回口袋里，沿着面前那条路往前走。加入黑色心脏那年，是他玩吉他的第七个年头。当时黑色心脏这个乐队已经成立两年，按照队谱，他进去的时候正好排名第七——算上已退队的历代成员他是加入乐队的第七个人。"老七"这个名字叫得顺口，时间一长就成了他的代号。

陆延很少会去想这些事。他不停告诉自己，过去了，都过去了，往前走就行。

往前走。头也不回地往前走。

大炮今天这一声"老七"将他从虚妄中拉了出来。来自多年前的一场对话从脑海里冒出来，背景音是酒吧纷杂的音响声。

"你来面试？"

"嗯。"

"玩什么的？"

"吉他。"

陆延听到自己那时的声音顿了顿，又说："吉他手。"

再一转，是他在KTV包间里，满地的碎酒瓶，一双阴戾的眼睛近距离盯着他。那人的声音跟他的眼神一样，他蹲在边上，鞋底刚踩过碎玻璃，说："你不是挺厉害吗，废你一只手，我看你以后还怎么横。"

…………

陆延脑子里胡乱想着，走了十多分钟，接到李振的电话。

陆延放慢脚步，说："喂？"

李振问："你在哪儿呢？"

陆延说："路上。"

李振叹口气，可惜道："人都已经走了，你还在来的路上，咱乐队还能不能行了，难道真的要和这黄毛失之交臂。"

陆延随口"啊"一声，表示附和。

眼前是川流不息的车辆和人群，有车停在他面前，司机探头问："小伙子去哪儿啊？"

陆延的手插在上衣口袋里，没理会，沿着道路继续走。

李振又说了一会儿，聊天内容具体围绕黄毛说的那个大哥。

"你说他找的那个大哥到底是什么人，那么牛 × 呢，吉他弹得那么神？"李振表示想象不出，"黄毛那水平在咱这儿已经算没人能打得过的那种了吧，比他还厉害，那得什么样，欸，你说咱厦京市有这号人吗……"

陆延接电话前以为自己还能跟李振扯会儿皮，但他发现李振越说，那种说不出的烦躁就越强烈，他打断道："振子，先不说了，我这儿有点事。"

李振说："你不会还要去面试那个什么婚礼司仪吧，你——"

陆延深吸一口气说："不是，是别的事。"

去哪儿。往哪儿走。陆延自己也不知道。

接到肖珩电话时，他正坐在台阶上抽烟，漫无目的地走半天停下来之后发现周遭环境过于陌生，一座古桥连接着成群的老式建筑。

有肩上挑着担子的老人家从桥上经过。

陆延坐下之后终于开始思考一个问题：这是哪儿？

手机不断振动。来电显示：肖珩。

陆延咬着烟，看一眼后接起，说："什么事？"

肖珩刚从花盆底下拿完钥匙，知会他一声："钥匙我拿了。"

陆延说："嗯。"

肖珩打开电脑，在等陆延那台破电脑开机的过程里，靠着椅背，想到陆延出门前说他出去有点事，问："出去找工作？"

陆延想说不是，但这话说得也没毛病，本来是要去参加婚礼司仪的面试。他低下头，盯着道路上的婆娑树影，声音有点低："算是吧。"

电话那头道路上汽笛和车流的声音格外清晰，一听就是在路边，加上陆延说话的语气不太对，肖珩又问："你在哪儿？"

"在……"

陆延也不知道自己走到了哪儿，他方向感本来就弱，漫无目的一通瞎走之后更加没有方向，最后他说："我在地球村。"

肖珩说："说人话。"

陆延说："在桥底下，对面有一家好再来超市。"

这个"桥底下"比地球村也好不到哪儿去。肖珩确信这人八成又在外头转悠半天迷了路。

"算了。"肖珩无力地说，"你把位置共享发过来。"

陆延找到微聊里的小工具，把实时位置发过去，等发出去他才知道这个地方是个古镇，作为下城区为数不多的"景点"，这古镇看起来还不如叫古村来得真实。平时也没什么客流量。

肖珩想不太明白陆延为什么会跑到那儿去，问道："你去古镇干什么，摆摊？"

陆延不知道怎么说，只道："我旅游不行啊！"

肖珩说："行。"

肖珩说着打开网页查路线，陆延听到对面清脆的鼠标和键盘敲击声，然后是大少爷拖长了声的嘲讽："怎么不行，你飞上天都行。"

飞。简单的一个字，就让人回到那场被打飞两米的战役。

"……我去。"陆延说，"你再提一次？"

肖珩却没再跟他戗，声音沉下去，认真地说："往前走五十米，右转。"电脑屏幕上是一条从古镇到七区的路线图。

陆延其实可以自己查导航。这地方虽然偏，但也不至于跟凤凰台一样查无此地。他却没有打断肖珩，呼出一口气，半晌才站起身往前走。

"到了吗？"

"没有。"

"啧，五十米，你爬着过去的？"

"……"

肖珩说哪儿，陆延就往哪儿走。

"转弯，看路牌，往南街方向直走。"

"知道。"

"你知道个屁，走反了。"

肖珩这个人形导航比他花钱开了会员的那个靠谱，就是说话丝毫不给人留情面。肖珩不说话的时候就在敲键盘。等陆延说"到了"，键盘声才停止，开始说下一段路往哪儿走。

陆延什么都不需要思考。他听着电话里传出来的声音，感觉好像身后有一阵风化成一双手，在推着他走。

肖珩一直没挂电话，直到他顺利找到车站，买票上车。

这天天气不算好。不过五点多，天色已经隐隐有暗下去的趋势。

这辆车开往下城区方向，终点站离七区不超过八百米。车上有小孩哭闹，那位母亲不好意思地冲大家笑笑，试图转移小孩的注意力，拍拍他的背说："今天老师不是教了你一首儿歌吗，怎么唱的？唱给妈妈听听。"

小孩抽泣两下，吸吸鼻子唱起来，声音清亮又稚嫩，一首《数鸭子》唱得童趣十足。

陆延靠着车窗听了一路歌，这时候才对今天发生的事情产生一点实感。

等快到站，他给肖珩发过去一句：到了，谢谢。几分钟过去，肖珩没回，估计在忙着写代码。

公交缓缓停靠在路边，陆延起身下车。

虽然前段时间新闻上说要对下城区进行整治，但实际上下城区还是那个下城区，目光所能触及的地方，全是一片灰暗。

陆延还没往前走几步，肖珩的消息倒是来了。

只有两个字。

肖珩：转身。

陆延反应慢半拍，转过身，看到肖珩正从街道另一头往这边走来。

街道路灯刚好亮起。男人个子很高，单手插着兜，脚上是一双拖鞋，头发剃短后反倒衬得他棱角分明，就是脸上的表情不太好，倒像是有谁逼着他在这儿等人一样。

"愣着干什么？"肖珩看他一眼，说，"回去了。"

陆延站在离车站站牌不远的地方，等肖珩走近了，他才回味过来刚才那个"转身"的意思。

"你怎么在这儿？"陆延问。

"买东西。"

陆延从上到下扫过一眼，正想说也没见你买什么。

肖珩说："那家店关门。"

陆延还想再说话，肖珩却不想再继续这个话题，他微微偏过头，抬手在他头顶拍了一下，打断道："走不走。"

走。陆延在心里说。

再往前走两条路就是七区那堆废墟，六号三单元那栋破楼屹立在那里，这栋随时有可能被拆除的破楼是他们这群无处可去的人最后的落脚点。

肖珩走在他前面。陆延头一次有这种"回家了"的感慨。就像暂时松开一口气，终于有了可以张嘴呼吸的地方。

陆延进楼之后又被伟哥拉着强行聊了两句。等他上楼，推开门发现肖珩已经熟门熟路地用他的备用钥匙开了门，男人坐在电脑前吞云吐雾，吐完又叼着烟眯起眼睛敲键盘。

"关门。"听到声响，肖珩头也不抬道。

陆延心想，这到底是谁家啊。

这一天事太多，陆延到家才觉得有些困，放下东西躺床上睡了会儿。耳边是断断续续的键盘声。

等他一觉睡醒，拉开帘子往外头看，天已经黑透，肖珩还维持着两个小时前他闭上眼之前的姿势，连嘴里咬烟的动作都没变。

陆延睁开眼，倚着墙看他。从他这个角度看过去，男人大半张脸被电脑屏幕挡住，倒是那只手从边上伸出来，手握在鼠标上，时不时地拖着它点几下。

肖珩敲完键盘，把烟头摁在烟灰缸里，往椅背上靠，跟电脑拉远距离。视线偏移几度，就撞上了陆延的眼睛，说道："醒了？"

陆延"嗯"一声，起身。

肖珩这几天都在弄电脑，工作也没找，这样下去就算之前攒下一千多也不够用，陆延经过电脑桌边，问："你身份证还没办下来？"

肖珩从衣服口袋里摸出来一张卡，随手放在桌上说："前两天就下来了。"

陆延看一眼，肖珩身份证上的照片还是以前拍的。黑色风衣，衬衫，轮廓硬冷，活脱儿一个脸上写着"我很有钱"的大少爷。

陆延又看到身份证上那串数字，出生年月。

十一月。

……比他大两个月。

"怎么？"肖珩问，"看爸爸照片太帅？"

"滚。"

陆延把自己身份证掏出来，拍在他那张身份证边上，说："老子比你帅多了！"陆延身份证上那张照片一点也不符合国家规定，照片上的少年那头长发里明显有几缕艳丽的红色，不光染了头发，耳朵上还戴着枚耳钉，热情又张扬。

肖珩印象里拍身份证照片的要求还算严格，不只是厦京市，搁哪儿都不太行。"你们那儿让这样拍照？"他问完，目光往下移，看到身份证上住址那栏：霁州。

陆延把身份证收起来，说："查得不严……你身份证都下来了，不回网吧工作？"

肖珩没回答，对着电脑又敲一阵，才喊他："过来。"

电脑屏幕上是一个网站页面。陆延其实看不太懂，只觉得跟他平时浏览过的那种网站差不太多。

"接了笔单子，这几天得把这个做完。"肖珩这几天基本没怎么睡觉，他说着又点了根烟。

四年前他自己做过一个网站模板，只是当时没弄完就不再碰电脑。现在看来他做的那套手工模板并不完善，且跟不上现在的技术。所幸那家公司对网站的要求没那么严苛，只是要得急。肖珩说话的语气并没有什么起伏，话语间却有了一种明显的方向感。

肖珩说完，又盯着电脑开始敲。陆延没再打扰他。他洗过澡，想起来还没把直播研究明白，逛一圈各大直播间之后又去蓝姐直播间看了一会儿。进直播间的时候蓝姐正在吃一碗号称花了"六十块钱"买的麻辣烫，碗比她头都大。

女人吃得豪爽洒脱，满嘴红油，边吃边说："感谢老铁！"

这也太拼了。陆延叹为观止，掏空贫穷的账户余额给蓝姐打赏了一朵花。

陆延退出去看余额的时候看到邮件栏里有一个未读小红点，点开是一封官方邮件，说他前两天提交的主播申请已经通过。

陆延想着算了研究个什么劲，直接上得了。

于是，肖珩键盘敲到一半，听到陆延坐在沙发那边说："新人主播，点击关注不迷路。"

"表演什么？"陆延念完观众发的话，又回答说，"我唱歌。"

陆延条件好，厅里并不明亮的光线打在陆延脸上，他这副皮相本来就引人注目，加上声音条件优越，观看人数从开播起就不断上涨。虽然设备并不专业，但丝毫不影响他的发挥，之前乐队在商场里跑演出的时候，音箱设备更烂都照样唱。陆延毕竟有多年舞台经验，看着完全不像新主播，控场能力极强。

有观众开始点歌。

"啊，这首。"陆延点点头表示他知道。

观众表示期待。但他点完头又说："这首我不唱，我给你们唱一首Vent乐队的歌。"

肖珩听到这儿，手上敲代码的动作顿住，嘴里的烟呛了一口。

陆延说完，就等着他们问 Vent 是什么。

观众的反应在他预料之中：……啥？这是啥？

陆延等他们刷了一阵屏，然后才广告痕迹极其严重地说："Vent，没听过吗？"

观众开始刷：没有。

陆延叹口气，颇为可惜地介绍说："这支乐队成立已经三年多，是一支才华横溢的乐队，曲风多变，每一首歌都是经典，像这样有才华的乐队，值得更多人的关注。"

陆延越说越投入："尤其是这支乐队的主唱！颜值和实力兼具，是乐队的灵魂人物。"

肖珩的键盘彻底敲不下去了，他哭笑不得地弹弹烟，这人怎么直播都跟正常人不太一样，给直播平台交广告费了吗？

陆延给自己乐队打完广告，心说直播这行业他怎么没早点迈进去，多好的一个免费打广告平台。

由于还不太会操作直播软件上的功能，直接咳一声开始清唱。

陆延清唱的跟之前在天台上抱着吉他给肖珩唱歌的那次不同。除开其他伴奏的声音，只剩下他自己，他自己的声音就是一把上好的乐器，摇滚歌手那种力量感和穿透力在他身上体现得淋漓尽致。

当地平线倾斜 不断下跌
连风都在我耳边要挟
…………
放肆宣泄
…………

肖珩低下头，手指放在键盘按键上，听得忘了下一行代码要怎么写，他全凭下意识摁下一串字。等陆延唱到最后一个字，他掀起眼皮，抬眼往屏幕上看，发现自己敲出来的是五个字母：luyan。

"谢谢大家送的礼物。"原先对 v 什么乐队表示不屑一顾的观众不约而同陷入沉默，反而刷起礼物，陆延感谢完，继续打广告，"刚才这首歌出自这个乐队出道两年后发行的专辑，说起这个乐队——"

陆延说到这儿，底下飘过去一行字。

有观众说：后面那把电吉他不错啊，好吉他。

陆延直播的镜头正好对着那堵挂着吉他的墙。

吉他露出一半，大 G 的标志露在外面。

观众又说：唱得那么好听，弹一个呗？

这位观众说完，其他人也跟着开始刷：啊！弹唱！好主意！

陆延从上公交车开始调整的情绪在看到这些刷屏的时候又落了下去，他脑海里一句"老七"和一句夹杂着酒瓶碎裂声的"你不是挺厉害吗"不断交替，最后这两句话碰撞，撞成一片嗡嗡声。

换成平时，弹一个就弹一个，没多大事。但他今天是真没心情。

这帮观众情绪来得快，几句话一带动就开始刷屏。有刚才刷礼物的不满，把自己当大爷，开始刷一些不太和谐的话：都××给你刷礼物了，干什么啊××，就不能弹一个吗？

陆延所有控场能力在涉及"弹唱"的那一刻分崩离析，他明明可以说"今天不弹，时间也挺晚的了，隔音不好怕吵到人，改天吧"这种场面话圆过去。但他没有说，他胡乱说了几句，自己也不知道自己在说什么。

就在直播间一片混乱之时，镜头里由远及近出现另一个男人，由于高度原因并没有录到男人的脸，只能看到他一只手里夹着根烟，手指指节屈起，等走近了，那只手越过主播，近距离出现在所有观众眼前。

然后是和那根烟一样嚣张懒散的声音，那个声音说："不能。"

那声音又嘲弄一声："逼你刷了吗？刷了几毛钱？"

肖珩说话没带任何脏字，但气势摆在那里。刷礼物的那位大爷感觉自己遇到了真正的大爷。

肖珩说完，又问陆延："还播吗？"

陆延摇摇头说："下吧。"

　　肖珩用夹着烟的那只手去点关闭直播，手机屏幕回到直播大厅页面。气氛一时陷入寂静。

　　肖珩手里那根烟的烟雾顺着往上飘，一直飘到他鼻尖，陆延的烟瘾也上来了。

　　肖珩会意，他站在陆延面前看着他说："没了，这是最后一根。"

　　陆延去摸自己口袋，也是空的，只摸到一个打火机。他烟瘾其实不大，之前为了保护嗓子萌生过戒烟的想法，虽然他这嗓子在以前玩吉他那会儿怎么抽烟都没什么事，只是乐队解散之后事情实在太多。

　　四年前从医生嘴里听到自己可能弹不了吉他之后，接踵而至的整整大半年的空白是他人生的最低谷。四年后，以主唱的身份继续组乐队，乐队濒临解散又是另一个低谷。

　　陆延也不知道自己是怎么想的。可能只是需要一口烟。他一只手搭在肖珩手腕上，将他的手往自己这边拉，他的指腹摸到肖珩突起的那块腕骨，然后身体前倾，靠过去，就着肖珩的手轻吸一口。

　　那根烟上滤嘴微湿，是刚才肖珩咬在嘴里的地方。

　　等陆延把那口烟吐出去，才反应过来自己干了什么事，他松开手，心想该说点什么，说点什么。千言万语最后化成一句："我……我弟弟以前是个很厉害的吉他手。"

七 芒 星

CHAPTER
12

好久不见

一个身高将近一米九的厉害吉他手扑进陆延怀里，
抓着陆延的衣领，一把鼻涕一把泪地喊："大哥！！！"

肖珩手里那根烟明明还剩大半截，却无端地觉得夹着烟的指腹隐隐发烫。

陆延忽然抓住他的手凑上来抽烟的那一刻，他能清楚地看到陆延高挺的鼻梁，低垂的眼，以及睫毛扇动时、覆在眼底投成的那片阴影。

陆延说完，喉结动了一下。

然后又说："不光厉害，还特别帅。"

陆延这话说得很明显，简直就是"我有个朋友"的第二种版本。

陆延说："我弟弟，舞台王者，吉他天才——"

这人没完了还。

肖珩打断道："吹到这儿就行了。"

陆延沉默了一会儿，舌尖还残留着刚才那股烟味，有点干。他不自觉地用舌尖去舔下嘴唇，在这种窒息的干燥里，他开口说："你知道霁州吗？"

肖珩刚才看过他的身份证。

霁州。

他不知道，但很明显，那个拍身份证都能染发戴耳环的地方应该好不到哪儿去。

"你刚来那会儿是不是感觉下城区挺破的？"陆延目光放远，盯着面前那堵空白的墙说，"可对我来说——下城区真他妈是个好地方。"

陆延闭上眼，眼前仍然能浮现出霁州混乱又萧条的街道，走两步就是一个污水坑。爷爷去世后，他被接到远房亲戚家——没人愿意白养一个孩子，那位和善的老人也明白，所以老人临终前把辛苦攒了大半辈子的那点积蓄包在一块洗到发黄的白布里，颤巍巍地交到亲戚手上。

葬礼刚过，陆延被一位陌生女人领着坐上开往霁州的火车。

霁州的天没几天是晴的，毫无秩序可言，街上的地痞流氓疯起来不要命，出了事谁也不敢管。谁走在路上被人捅了几刀这种压根算不上什么新闻。

上预初[1]后，他开始逃课，打架。他也不愿意待在那个所谓的"亲戚"家里。

环境是很可怕的一种东西。在那种地方，你不动手，就只有被别人打的份。这种感觉就像有无数双手抓着他，抓着他往下拽。

"所以我……我弟弟在道上混了一段时间。"陆延说，"不良少年你知道吧，就那种。"

陆延又强调："那会儿他打架还挺厉害的。"

肖珩看他一眼，没说话。见他不相信，陆延继续强调："是真的厉害。横空出世，打出一片天。"

要把陆延嘴里那个靠拳头打出一片天的不良少年和被打飞两米远的尿狗联系在一起着实有些困难。

"知道了。"肖珩说，"厉害。"

陆延那时候确实厉害，混了一段时间，学校里没人再敢招惹他。但那种状态并不好受，压抑、迷茫种种情绪不断挣扎碰撞。

终于有一天，挣破了一道口。

他还记得那是一个深夜。他从亲戚家出来，在街上乱晃，刚打完架，身上挂了彩，坐在路边的台阶上。一群不良少年骑着摩托车放着音乐从他边上开过去，鼓点、吉他、贝斯、男人的歌声——整首歌像被摩托车掀起的那阵风一样席卷而来，带着从绝望中挣扎出来的希望。后来，陆延从网上查到了这首歌的歌词：

---

[1] 预初：部分地区将小学六年级称为"预初"。

被突然下起的雨淋湿的你
再度停下了脚步
依然相信着
比谁都更高更接近天空
············[1]

劣质的车载音响还夹杂着底噪雪花声，但即使再劣质的音响也遮盖不住那份磅礴的力量感。

那是陆延第一次知道"摇滚乐队"。由于条件有限，他攒钱买的第一把吉他是把最低级的"烧火棍"，没有人教，只能自己一个音一个音去试。

从这把烧火棍开始，一玩就是七年。中途跑去组乐队，之后有了收入，陆延彻底从亲戚家脱离出来，平时住学校，放假就住酒吧杂货间。

那会儿他每天想的都是：我要离开这个地方。想脱离，想跟这里的一切说再见。想冲出去。

高考前，他提前攒下C大的学费和一张去厦京市的单程票。然而以前走过的那段"错路"却不肯放过他。一次演出结束后，乐队队长走过来说："老七，最近有人一直在酒吧里打听你，叫什么龙哥，你认不认识？"

陆延把吉他装回包里，一时没想起来那个"龙哥"是谁。队长拍拍他的肩，走之前提醒他："小心点。"

地痞流氓间的矛盾，有时候不需要理由，看你不爽就是最好的理由。龙哥是上职高之后才混出"龙哥"这个名号的，以前叫"小龙"，被陆延摁在学校水池子里揍过。

那天龙哥和一群混混朋友去酒吧，在酒精和灯光的刺激下，眯着眼睛发现台上那位引得全场尖叫的吉他手是位"老熟人"，他把酒杯砸在桌上，啐了声说："这小子现在这么风光？"

---

[1] 彩虹乐队《虹》。

陆延原本没把这个小龙放在眼里。

"——老七，老四被人打了！"

"怎么回事？"

"昨天晚上我回家路上，从天而降一个麻袋，×，给我一顿揍……"紧接着又是另一个声音。

"你要不想你乐队那帮人再出什么事，晚上八点来包间。"那声音说着笑了一声，"我也不为难你，你只要把我开的酒都喝完，这事咱就一笔勾销。"

…………

陆延回想到这里，没再说下去，停顿几秒缓了会儿。他呼出一口气，尽量用轻松的语气说："但我弟这个人，不仅吉他弹得牛×，歌唱得也不错，他很快重整旗鼓，带领新乐队走向辉煌……"

陆延说着，发现肖珩原本夹在手里的那根烟又被他叼在嘴里，男人咬着烟，低头看他，眼眸深沉，嘴里冒出两个字，打断了他："名字。"

"什么？"

"龙什么玩意儿的。"肖珩又眯着眼把烟拿下来，说，"叫什么。"

可能是听肖珩喊他儿子喊多了，陆延觉得肖珩现在这个样子，真跟养了个儿子，儿子还在学校被人欺负一模一样。

哪个畜生动你。你跟爸爸说。

陆延说："那个龙什么玩意儿的，搞走私，早被抓进去了。"

肖珩没再说话。沉默一会儿，他才用那根烟指指陆延的手腕，问："什么时候文的？"

陆延看着自己手腕，手腕上是七个角的黑色文身。时间隔太久，具体哪一天陆延自己也记不太清，说："应该是第一次去防空洞面试的那天。"

出事后，他没有去参加高考，直接背着琴，拿着准备用作学费的钱，坐火车到了厦京市。离开霁州，冲出来了，却是以意想不到的狼狈姿态。

那笔学费成为他在厦京市生存的一笔生活费，租完房，头几个月关在房间里几乎闭门不出。

陆延记得他出门去防空洞的那天，天色明朗。

"你来面试？"

"嗯。"

"玩哪个位置的？"

"唱歌。"

陆延又说："主唱。"

陆延当时没经验，唱歌水平也远不如现在，面试一个都没选上。后来V团刚组起来那会儿，乐队演出水平也算不上好。他从防空洞走出来，回去的路上走错路，正准备找导航，看到对面有家文身店。他蹲在路口，低头看了一眼手腕上那道醒目的疤，想了一会儿，站起来走了进去。文身师很热情，问他想文什么样的。

陆延说："不知道。"

"帅哥那你看看咱家的图册，上头都是些热门图案，你看看有没有相中的。"那本图册第一页就是一头龇牙咧嘴的大猛虎。

文身师说："这个好！文的人可多了这个！"

陆延说："……太猛了吧。"

文身师说："那你再往后翻翻。"

翻半天后，陆延把目光落在角落里一颗黑色的星星上。在文身师嘴里，哪个图案都是大热门："这个也好，你看这个五角星……"

"七个行吗？"

"啊？"

"七个。"陆延说，"换成七个角。"

文身师说："加两个角是吧，行，我努力努力。"

玩吉他的那七年和老七这个名字，最终还是化成一片无比尖锐的刺青，覆盖掉那道疤，永远刻在手腕上。

陆延又简单把今天遇到大炮的事三言两语说完，正打算从沙发上站起身，去厨房煮碗面，干点什么都行。他从来没跟人说过这件事，V团那帮队友朝夕相处三年多，就连第一个被他拉进团的李振也不知道他以前是玩吉他的，他说完才体会到一种无处遁形的窘迫感。就在这时，一只手轻轻落在他头顶。紧接着，是从头顶传过来的一句："啧，所以你就跑？除了跑你还会什么？"

陆延怔怔地抬头看过去，撞进了肖珩的眼睛里。

肖珩压根想象不到，陆延一个人背着琴来到厦京市时是什么样的心情，去防空洞面试主唱时又是什么心情。

陆延身上那种坚韧到仿佛能够冲破一切的力量远比他想象的还要强烈。但比起感慨这个人真坚强，肖珩却只觉得说不出地难受。

肖珩见他抬头望过来，手在他头顶轻拍了一下，说："有什么不敢见的，你现在也还是很厉害。"很平常的口吻。

陆延眨了眨眼睛，却发现眼泪不知道什么时候从眼眶里流了出来。他缓缓低下头，眼泪一滴一滴砸在手背上。他其实很少哭，甚至已经很多年没有流过眼泪，四年前听到医生说"你可能弹不了吉他"的时候他没哭，放弃高考他没哭，乐队解散他也没有哭。

他想，咬咬牙，往前走。而现在所有情绪都仿佛找到了一个宣泄口。一件压在心底从不去想的事，亲手拨开层层盔甲重新挖出来，原来比一直压着轻松多了。

肖珩的手还放在他头上，想喊狗儿子，话在嘴边转了半圈，最后还是说："延延真棒。"

——你还是很厉害。

——你做得很好。

——不要怕，不要逃。

陆延用手挡住脸，把头深深地埋下去。之前一直被长发遮盖的后颈比其他地方都要白一些，那片裸露在外的肌肤被灯光照得晃眼，湿润的液体落在指间。

陆延哭的时候没有声音，安静得不可思议。他缓了一会儿，声音闷闷地说："说了要叫延哥。"

肖珩的手顿住。

陆延说话的气息不太稳，在这个无关紧要的问题上意外地坚持，他松开手，再抬头时脸上已经没有多少哭过的痕迹，只是眼眶发红。

"想得挺美。"肖珩顺手抽出一张纸巾，直接盖在他脸上，"谁大谁小心里没点数？”

　　肖珩说到“小”时，特意微妙地停顿一秒。

　　陆延把那张纸拿下来，想到身份证上差的那两个月，以及除开年龄以外的那个“小”，说：“给老子滚。”

　　把肖珩赶去电脑前敲键盘后，他又呆坐了几分钟，之后起身去厨房烧热水，等水开的间隙里还去浴室冲了个澡。

　　洗澡的隔间很小，抬抬手胳膊肘就能碰到瓷砖。水淋在身上，陆延才想：自己怎么哭了，还是当着肖珩的面哭。比起这份后知后觉的尴尬，陆延关上淋浴开关，发现一件更尴尬的事情摆在眼前：他没拿衣服。

　　挣扎几秒后，陆延把浴室门拉开一条缝。肖珩正在检查代码，烟已经抽完，只能捏着打火机点火，“啪”一声摁下去，松开手，听到身后传来一句：“喂。”

　　肖珩回头，对上一条门缝。

　　“帮我拿下衣服。”那条门缝里传来陆延的声音。

　　陆延压根看不到肖珩在哪儿，但他能听到肖珩起身时椅子在地上划拉发出的声音，然后是一阵由远及近的脚步声。等脚步声越来越近，陆延把手伸出去。

　　肖珩站在门外，语调平淡地问：“想要吗？”

　　陆延有种不好的预感。果然，下一秒，男人用懒散的语调又说一句：“叫爸爸。”

　　“……”我——叫——个——粑——粑。

　　陆延忍下一万句脏话。

　　“你做个人不好吗？”陆延说。

　　肖珩也就是逗逗他，他笑一声，把换洗衣服塞在陆延手里，松手之前提醒道：“你手机在响。”

　　陆延换好衣服，拉开门出来，搁在水壶边上的手机确实响了好几声。他拿起来，看到几个未接来电——黑桃队长。

　　肖珩侧头看他，问：“有急事？”

"应该没有。"陆延拨了回去。

在这个平时联系基本靠网络的时代，打电话不是急事还能是什么。

陆延解释说："他把我微聊拉黑了，除了打电话也没别的联系方式。"

肖珩："拉黑？"

陆延之前为了挖墙脚，私下联系了不少人，后来又为了卖蛋糕发展业绩，把地下乐队那拨人挨个联系一遍，也被不少人拉黑。

最近生活过得怎么样？

不跳槽。

我们那么多年兄弟，我找你难道只是为了这种事？

？

你先给我转十九块九。

[转账]

陆延收完钱回复：是这样，我这儿有款蛋糕，我明天就把蛋糕给你送过去。

…………

亲身经历过陆延强买强卖手段的肖珩听完，手在键盘上敲两下，心想这确实是陆延的一贯作风。

陆延本来料想肯定没什么正经事，结果回拨过去，出乎他的意料，黑桃队长接通电话首先对着他大笑三声："哈！哈！哈！"

陆延说："……你疯了？"

黑桃队长实在是高兴，忍不住又哈一声："哈！陆延，那黄毛答应明天要来地下酒吧跟我们一起演出，我告诉你，你们V团输定了。"

陆延算是听懂怎么回事了。黑桃队长平时受他压迫太久，这是好不容易让他逮到机会，显摆来了。

黑桃队长略过"花了五百块钱才把黄毛请来，并且黄毛本人暂时也没有意向要加入他们乐队"这个关键信息，开始畅想："只要他感受过我们乐队的魅力，最后肯定会选择我们乐队！"

陆延边把热水往泡面桶里倒边说："话别说太满。"

　　黑桃队长说："我很有信心！"

　　陆延没说话。

　　黑桃队长向陆延充分展现完他的自信才依依不舍地挂断电话。

　　陆延把"明天""地下酒吧"这几个词在脑海里过了一遍，靠着墙，点开李振的对话框。

　　陆延：在不在？

　　李振：？

　　陆延：明天走一趟地下酒吧。

　　李振：干吗去？

　　陆延的手指在手机屏幕上停顿两秒。他盯着还没好的泡面看两眼，又把目光移开，去看坐在电脑前敲键盘的大少爷，最后低头打出三个字：去抢人。

　　明天是地下酒吧一年才举办一次的小型音乐节。所谓音乐节就是请一些下城区叫得上名和不太叫得上名的乐队过来演出，每个乐队一首歌……去年他们乐队也去过。

　　黑桃队长特意选这天，算盘打得挺响。

　　陆延出发去地下酒吧之前，坐在肖珩边上以写歌为借口看他敲了半小时的代码。他胳膊底下压着的那张纸上压根没写几行音符，光顾着看眼前那双边抽烟边敲键盘的手。他记得这人昨天晚上也没怎么睡，自己闭眼睡觉前，键盘声还没有停下。第二天睁开眼，肖珩还坐在电脑前，这一坐又是大半天。

　　陆延屈指敲敲桌面，问："你不睡觉？"

　　"睡过了。"

　　"睡了多久？"

　　"两个小时。"肖珩说。

　　两个小时也叫睡？！

　　陆延最后只说："你要是困，直接睡我床上就行，我出去一趟。"

　　"去吧。"肖珩往后靠，咬着烟看他。肖珩说这话的神情跟昨晚很像。

陆延走之前把打火机揣在口袋里。

去吧。这两个字一直支撑他到下公交车，然后站到地下酒吧门口。

地下酒吧并不是真建在地下，只是一个名字，由于今晚有演出，门口已经有人开始排队等待入场。

李振和陆延前后脚到酒吧，李振倚着吧台问："你怎么知道今天黄毛要来？"

陆延说："黑桃自己说的。"

李振说："我去，他挑衅你？"

陆延点了两杯酒，把其中一杯递给他。

李振拍桌大喊："这也太瞧不起人了！我们这回说什么也要把这吉他手拿下！"

李振话音刚落，第一个演出的黑桃乐队正好上台调音，舞台背后那块大幕布上映着音乐节的标志，红色的灯光照射着干冰制成的层层烟雾。

人和乐器隐在那片烟雾里。这是陆延再熟悉不过的场景，在黄旭他们退队之前，他曾无数次站在那样的舞台上。

几分钟的调音后，一个高瘦的男生从后台缓缓走出来，那人身后背着黑色琴包，等走近了，走到灯光下，才照出那头耀眼夺目的黄毛。

面对李振的雄心壮志，陆延的手指搭在玻璃酒杯上，点点头说："行。看我三分钟把他带下台。"

"……"虽然刚才那番话说得豪情万丈，但李振还有理智，知道什么叫现实，"三分钟，你这就吹得有点过了吧。"

陆延没出声，倚着吧台，把手里那杯酒一点点灌下去。

舞台上。黑桃队长坐在架子鼓后边，边踩底鼓边说："大炮，等会儿你就站袋鼠边上。"

大炮点头表示知道，站在舞台右侧调设备。袋鼠走到队长边上，问："队长，你确定行？我感觉他对咱态度挺冷淡啊。"

黑桃队长还是很自信地说："没有的事，袋鼠！你不觉得我们已经成功一半了吗？"

袋鼠疑惑道："……是吗？"

陆延离舞台不远，他就这样看着大炮那头黄毛和那张熟悉的脸。他最初遇到大炮是在一次乐队演出的后台，这小孩拦下他问他中间那段速弹怎么弹。当时大炮还在自学，对着一本编排有问题的吉他书一个音一个音地练。男孩不过初中的年纪，虽然嘴上喊着"你是我对手，我要打败你"，在学校却仰着头跟同学吹"我有一个大哥，我大哥全世界最厉害"。

陆延的脑海里闪过很多片段，他看着以前上台表演就会紧张到冒汗的那个男孩现在异常冷静地背着琴站在台上。最后一个念头是：这孩子长大了。

大炮调完音，又随手弹了一段试手感。就在这时，他透过舞台上的那片烟雾，隐约看到台下站着一个熟悉的身影——男人坐在高脚凳上，身上是件简单的黑T恤，眉钉被灯光染得有点红，泛着冷艳的金属光泽，一条腿蹬地，腿被拉得尤其长。

即使男人不是一头长发，但那个身影还是跟四年前酒吧里长发少年的身影逐渐重叠在一起，大炮的眼睛猛地睁开，几乎瞪圆了眼，彻底忘记下一个要弹的和弦是什么。

黑桃队长正配合着大炮的节奏打鼓，吉他声戛然而止。他正要问怎么回事，就听到大炮怔怔地看着台下，半晌，嘴里喊出一声："大哥？！"

所有人都是满脑袋问号，顺着大炮的目光往台下看。

黑桃队长说："大哥？他大哥出现了？"

袋鼠说："他吉他道路上的灯塔？他的偶像？"

就连台下的李振也在犯嘀咕："那个传说中长得最帅吉他弹得最好的男人？"

大炮的目光过于炽热。陆延觉得大炮的目光炽热到几乎能将他烧出一个洞，他手心略微出汗，无意识地掐了掐虎口。

不要怕，不要逃。陆延深吸一口气，从高脚凳上站起来，在众目睽睽之下，一步一步走到舞台边上，毫不躲闪地对上大炮的眼睛说："好久不见。"

陆延顿了顿，又念出他的名字："戴鹏。"

袋鼠："？！"

李振："？！"

感觉很自信，觉得自己已经抢人成功一半的黑桃队长："？？？！"

大炮愣愣地站在台上，他这么多天苦苦寻找的人突然迎着那片红色灯光缓缓出现在自己面前，一时间反应不过来。

陆延看着他，又笑了一声，眉眼间依旧带着往日那份痞气，说："怎么，不认识了？"

大炮对着陆延看了好半天，然后他突然把吉他放在地上，整个人往台下跳。

大炮跳下去之后直接冲到陆延面前，所有人就这样看着一个身高将近一米九的厉害吉他手扑进陆延怀里，抓着陆延的衣领，一把鼻涕一把泪地喊："大哥！！！"

面对这声大哥，陆延无奈地想：其实他不做大哥很多年了。

大炮泪流满面，激动到不能自已地说："大哥你现在在哪个乐队呢，为什么我去防空洞那么多次都没见着你。"

陆延的手顶在他额头上，试图把他往后推，说："……好好说话。"

大炮又是一把鼻涕。

什么情况？除开久别重逢的那两位当事人，其他人集体陷入沉默。

这么多天以来，各大乐队为了抢这位吉他手使尽各种招数，黑桃队长当初更是在防空洞说完"只要你来我们这儿，就让你当主音吉他手"就被乐队现吉他手当场暴打："我们风里雨里那么多年，你就这么对我。"

黄毛说是来找他大哥的，但他来那么多次，也没见他嘴里说的那号人物出现过。

他大哥居然是陆延。

陆延。

放眼全下城区，吉他弹的最烂的那位 V 团主唱陆延。

……这谁能想到？！

黑桃队长看着此情此景，只觉得自己现在仿佛活在梦里，看看陆延，又看看黄毛，呆滞地想：就算黄毛嘴里那位大哥是李振，他都不会那么惊讶。

昨天在电话里说的那句"我很有信心"，更是化成一巴掌，扇得他脸疼。

大炮抹完泪，又指着舞台对着陆延说："我们现在就来比一场！"

"陆延这狗东西。"黑桃队长愤怒地去拍李振的肩，"到底在搞什么？！"

李振呆滞地说："……别问我，我也不知道，我是谁？我在哪儿？"

陆延刚才说三分钟把人带下台，他还不相信，结果这才不过三十秒，黄毛就自己从台上跳了下来。

舞台边上。大炮嘴里还在喊着"比一场"。

"停一下。"陆延打断他。

大炮："？"

陆延说："你先闭会儿嘴。"他看着大炮的脸，发现他还是没法直接对着人说"其实我现在不再是那个厉害的大哥了，你要想比谁弹得更难听我倒还能跟你比比"。

他稍做停顿后，将手臂搭在大炮的肩上问："吃过饭了吗？"

"啊？"大炮说，"还没呢。"

"走吧。"等大炮收拾好琴，陆延钩着他往舞台的反方向走，"先去吃饭，顺便……顺便跟你们说个事。"

黑桃队长看到陆延钩着黄毛往外走，这才反应过来，喊道："你俩干吗呢？大炮今天归我们乐队——我掏了五百块钱！五百块！"黑桃队长说着伸出五根手指。

"钱我还你，不好意思啊，我要跟我大哥去吃饭。"大炮现在眼里哪儿还看得见别人。

黑桃队长很崩溃，说："你要找的大哥就是他？你确定？没找错人吧，这人的吉他弹都弹不明白，整个一弹棉花。"黑桃队长说完，陆延脚步顿住。

大炮想回头，想问什么弹棉花，刚把头偏过去，就看到陆延搭在他肩上的那只手，手腕上是一片以前从没见过的、极其扎眼的刺青。

烧烤摊上。

陆延三言两语把事情交代完，他打开第三罐啤酒时，对面两个人还在哭。

大炮在地下酒吧刚见到他就哭过一回，这次哭得更汹涌，他抽泣着不知该说什么，只能断断续续地喊："大……大大大哥。"

李振比他克制，也就是低头盯着酒罐子看的时候偷偷抹把脸骂一句脏话。

"这么多年兄弟，你怎么不说？你要早说，我也不至于，不至于……"不至于总嘲笑他弹得烂。以前他是真不知道，现在想想自己当初那些话，那是人话嘛。李振话没说完，低下头又骂了一声。

"都过去了。"陆延单手拉开易拉罐，实在受不住这个氛围，又说，"行了，你俩哭丧呢。"

陆延打算借着拿酒水的幌子去烧烤摊老板那儿避避，他捏着啤酒罐，正要起身，扔在手边的手机响了两声，他捞过来看，是肖珩。

上头是简单的一句：你带没带钥匙？

陆延回：带了。

肖珩这回只有一个字。

肖珩：行。

陆延琢磨着这少爷应该是网站的活弄差不多了，关门出去之前知会他一声。他犹豫一会儿，等屏幕都快暗下去，这才又发一句：我在外头吃饭，就前进大街那家烧烤摊，你……来不来？

这次肖珩没回。

陆延把手机扔回边上，捏着啤酒罐继续喝。和收到一条问他出门有没有带钥匙的信息前没什么两样，只是陆延开始无意识地盯着街对面看，也不知道在看什么，可能是街对面那盏路灯太过惹眼。

　　陆延手里那罐啤酒见底之前，一辆公交车缓缓停靠在路边，在下车的人流里，一个熟悉的身影从街对面慢悠悠晃过来。他又打开一罐，手指钩在拉环上，莫名感觉耳畔的风从四周刮过来，连呼吸都顺畅不少。

　　七区离这儿不远。

　　肖珩来之前完全没有想过烧烤摊上是一副这样的景象：两个大男人抱在一起嗷嗷哭，陆延坐在对面喝酒。

　　"你那网站写完了？"等肖珩走近，陆延问。

　　"嗯。"

　　肖珩坐在他边上，说完半眯着眼，去拿桌上那罐酒。

　　肖珩拿的正好是陆延刚开的那罐，只喝了两口，拎着跟没喝过的一样，陆延张张嘴，还没来得及提醒他，肖珩已经凑在嘴边灌了一口。

　　"……"

　　陆延一副欲言又止的表情。

　　肖珩侧头看他，问："怎么？"

　　"我的。"陆延指指他手里那罐酒，"你手里那罐，是我的。"

　　肖珩捏着啤酒罐的手顿住。

　　陆延以为他会放下，然而肖珩只是顿了那一下，又灌下去一口，语气平淡地说："你抽我烟的时候……怎么不想想那根烟是我的。"

　　烟。这个字就像个敏感字。明明刚喝完酒，陆延却觉得嗓子有些发干。

　　肖珩这句话一出，对面还沉浸在悲伤氛围里的两个人的抽泣声戛然而止。

　　大炮猛地抬头问："啥？"

　　李振也问："什么烟？"

　　李振看陆延和肖珩的眼神越来越不对劲，说："你俩抽一根烟？"

　　陆延试图解释："不是。"

　　"不对，这兄弟的声音我听着很耳熟啊。"李振回想半天，一拍桌子，总算想起来在哪儿听过，"是不是上次电话里那个！你还因为他挂我电话！他谁啊！"

陆延："……"怎么感觉这话说出来那么微妙。

陆延怕肖珩对着李振来一句"我是他爸爸"，于是抢在他之前介绍说："这我邻居。"

桌上多了个人，互相介绍过后，大炮和李振两个人也不好意思再继续号，几个人坐一桌接着喝酒。

陆延算算时间，问大炮："你现在在上大二？"

大炮说："我刚高考完，离开学还早，提前过来找你，我去年没考上，复读了一年，今年总算让我考上 C 大——"

陆延正要夸一句大炮厉害。

大炮紧接着又说："C 大边上的一所三本院校！德普莱斯皇家音乐学院！"

陆延："……"

肖珩："……"

李振："……"

陆延用胳膊肘碰碰肖珩，说："你们 C 大边上，还有这学校？"

肖珩说："没印象。"

陆延听得头疼，抬手去按太阳穴。

大炮说完又挠挠头，语气低下去："高中那会儿为了好好学习，念的是封闭式学校，后来又搬了一趟家，什么联系方式都没了，本来复读前那个暑假，我还想来找你的。"

他想叫陆延再等等他，再等他一年。大炮说到这儿，刚止住的眼泪又要往外飘。

"你哭什么。"陆延的眼眶也隐隐发热，但他还是强压下那股情绪，笑了一声说，"听说你现在吉他玩得很厉害啊，弹一首我听听？"

大炮闻言抹一把眼泪，起身把立在边上的吉他包拉开，拿出里面那把吉他。这个点，烧烤摊上人多，几桌都坐满了人。

大炮刚把吉他拿出来，周围就有人起哄，拍着手喊："来一个，来一个！"

　　大炮背上琴带，手搭在琴弦上，虽然刚才在地下酒吧的舞台上挺冷静，但是对着陆延多少还是有些紧张，有几分被老师检验学习成果的感觉。他闭上眼，半晌才弹出第一个音。没插电的电吉他声音很小，所幸他们这片地方也不大。

　　在大炮秀琴技的时候，陆延极其自然地把手侧着伸进肖珩上衣口袋里，想掏烟盒。他专注在大炮弹吉他的手法上，掏的时候全凭感觉，但他摸半天，甚至隔着那层薄薄的布料隐约摸到了男人衣服下结实的肌肉线条，也没摸到那盒烟。

　　"……"

　　肖珩忍半天，最后实在忍不下去，"啧"一声摁住他的手，说："你乱摸什么？"

　　陆延后知后觉地把手抽回去，一时间忘了去听大炮都弹了些什么，问："有烟吗？"

　　肖珩把烟盒扔过去。陆延低头点上。

　　刚开始可能是太紧张，错了一拍，等那段过去，被李振夸得天上有地上无的流畅琴技才显现出来。大炮弹完的瞬间，烧烤摊整个沸腾，所有人起立鼓掌。

　　肖珩问："这就是你那徒弟？"

　　"是。"陆延骄傲地说，"怎么样，厉不厉害？"

　　肖珩没说话。隔了会儿，陆延才听边上这人语气平淡地说："还行吧。"

　　陆延没再说话。他咬着烟，等那片欢呼声过去才站起身，说出一句出乎所有人意料的话："把吉他给我。"

　　大炮惊讶道："啊？"

　　李振也没看懂这是什么发展，问："你要干啥？"

　　只有肖珩没说话，他隐隐有个猜测，果然——"不是要比一场吗？"陆延说。

　　大炮从刚认识他那会儿就整天嚷嚷着要跟他比一场，他当年离开霁州之前也对大炮说过：要是以后再碰面，就跟你比一次。

"比一场"这个约定，对他和大炮来说已经不仅仅是比谁更厉害那么简单。

陆延从大炮手里接过吉他，试两下才开始弹。

他弹的就是刚才大炮那首，这首歌的谱子他记不太熟，但刚才大炮弹了一遍，也能照着弹个八九不离十。

陆延背着琴站在他们那桌边上，不过半条路宽的烧烤摊就是他的舞台。

他身后，是绵延至道路另一端的路灯。

头顶是下城区璀璨的夜空。

他现在弹吉他的水平跟大炮显然没有可比性，摁弦时间长了使不上劲，闷音、错音，速度也不快。

…………

陆延弹完，大炮还是听湿了眼眶。

陆延弹完最后一个音，整个人都被路边那盏路灯照得仿佛在发光一样，他拍拍大炮的头说："不错，再过几百年就能赶上我了。"

在这片略显悲伤的氛围里，陆延没有忘记自己这次的任务和使命，又用一种跟之前在各大乐队挖墙脚时没什么两样的语气，铿锵有力地说："其实我们乐队前不久刚走了一名吉他手——

"Vent 乐队成团快四年，他们的歌曲，创造了属于自己的艺术世界！

"我看你不错，不如跟着我干？"

肖珩："……"

大炮："……"

李振："……"

七芒星

CHAPTER

13

选择

他抛开所有后路，孤注一掷，陆延站在他身旁跟他说：想好就去做。

虽然陆延的话说得像传销，但大炮还是眼前一亮。

"我们什么时候开始排练？明天？不如今天晚上就开始吧。大哥，我们乐队总共几个人啊，有键盘手吗？其他人呢？"

大炮的欣喜之情溢于言表，他碎碎念完，又看向李振："振哥你是哪个位置的，贝斯？"

面对新成员充满期盼的目光，李振非常不好意思地说："我是鼓手。"

陆延说："给你介绍一下，我们乐队鼓手，一流的技术，第四届下城区鼓手联赛冠军，他的双踩，没有人能比得过——"

下城区聚集着众多地下乐队。平时各式各样的比赛也有不少，鼓手联赛就是其中之一，李振以连续不间断高速打鼓两小时十五分钟十六秒击败其他参赛选手，拿下冠军。

当然，比赛之后，李振在床上躺了两天。

大炮说："厉害啊。"

李振故做谦虚地说："还行还行，也就那么回事吧。"

大炮眼底闪着光，就等着陆延接着介绍他们乐队其他厉害的成员。

然而陆延语气稍做停顿，又说："好了，介绍完了。"

陆延说："现在站在你面前的，就是我们乐队仅有的两名成员。"

大炮："……"

陆延说："恭喜你，你是第三个。"

自黄旭和江耀明退队后，乐队所有活动无限期休止，然而在这一天，他们乐队终于迎来一位新成员：吉他手大炮。

李振和大炮还得赶最后一班公交车，简单聊了会儿便起身告辞：

"先走了啊。"

"行。"陆延摆摆手对李振说，"戴鹏对这儿还不太熟，你送送他。"

李振说："明白。"

他们俩走后，他们那桌就只剩下陆延和肖珩两个人，桌上还剩不少烤串。

"你不吃？"陆延拿起一串，递过去。

"吃过了。"肖珩确实不怎么吃烧烤摊上的东西。

陆延咬下一口，想想撸串这种事情确实不太符合豪门大少的气质。

"对了，你刚才说什么来着。"陆延想起来一件事，"你说我徒弟弹得也就还行？"

当时大炮秀琴技的时候，肖珩确实这么说的。

…………

还行吧。还行吧？

陆延在这方面护短心理极其严重：老子一手带起来的人好吗！那水平，是还行两个字能概括的？他正打算把肖珩喷个狗血淋头，就听肖珩说："看跟谁比。"

肖珩又笑一声说："最厉害的那个，不就在我边上坐着吗？"

这话就跟之前那句"延延真棒"一模一样。

陆延话到嘴边，一个音也发不出了。其实他跟大炮"比"之前，犹豫了很久，他坐在那儿看大炮弹琴，脑子里转过好几个念头。

比吗？就他现在这样，还比什么啊。陆延越想，就越在心里把自己那点勇气往回缩。但当他把手伸进肖珩口袋里摸烟，当他点上那根烟，不知道为什么，所有慌张胆怯在瞬间被击退。

肖珩把啤酒罐放下，又侧头对他说："手给我。"

陆延说："啊？"

陆延半天没反应，肖珩不太耐烦地直接把手搭在陆延手上，抓着他的手，向上往天空高举，拖长了音说："……陆延，胜。"

陆延一怔。

"我去，你干什么？"

"颁奖。"

"这算哪门子颁奖。"

"爸爸说算就算。"

"……滚。"

两人互戗几句，"颁奖"结束，肖珩松开手。

陆延最后仰起头，看到自己的手被拉着高举在空中，动动手指仿佛就能抓住经过指间的风。这场景跟那天送黄旭和江耀明的时候很像，都是烧烤摊，连天气都很相似。

陆延想到这儿，觉得挺有意思，跟肖珩吐槽："我们乐队跟烧烤摊到底是什么缘分，聚也烧烤摊，散也烧烤摊。"

可能是酒精作祟，也可能是大炮今晚刚入队，难免有些感慨，他断断续续又说了一些乐队的事。"旭子之前还在写新歌，说要等四周年演唱会上再唱……"说着说着扯到之前聊过的"四周年"。

陆延说到这儿，又灌下去一口酒。

肖珩跟他碰杯，问："你记不记得之前在天台上说过什么？"

"太阳？"提到天台，陆延就只能想到两个字。

肖珩说："……不是。"

除了太阳，还有什么？陆延回想半天，想起来当时他确实还说过一句，他当时说的是四周年"会再见的"，但是当时乐队成员走了一半，又迟迟招不到新队员，那句话其实说出来并没有什么底气。

然而肖珩却把他当初那句话重复了一遍："会再见的。"

肖珩又说："因为你是陆延。"

因为是你。所以你做得到。

陆延回神，发觉酒意好像压不下去，整个人都快飘起来了。

夜已深，烧烤摊的客流量不降反增，越来越热闹，陆延在这片喧嚣中起身说："我……我去结账。"

陆延前脚刚去结账，翟壮志的电话后脚就来了。那次一起吃过饭之后，他们平时很少联系，主要原因还是肖珩太忙，翟壮志发的那堆乱七八糟的废话他根本没精力应付。

肖珩接起，对面第一句话："老大！"

第二句话："救救我！"

翟壮志那头太吵，一听就是在酒吧，肖珩说："不约，没空。"

"……"翟壮志说，"不是，是真有事，老胡这段时间整天给我打电话，他说打你电话打不通——"

肖珩离开学校太久。他愣了两秒才反应过来翟壮志嘴里说的"老胡"是那位金融课的胡教授，虽然上课期间他并不怎么听课，但这位胡教授偶尔会来找他，十有八九是因为肖启山的关系。

"他当然打不通。"肖珩说，"我拉黑了。"

翟壮志推开酒吧包间门走了出去，离开那些乱糟糟的声音，在包间门口边抽烟边问："要不你给老胡打个电话？他说你再不去毕业证就别想拿了。"

"我打给他干什么？"肖珩不想打。

"就当救我一命。"翟壮志说，"我又不敢拉黑，我尿，这老头还整天找我，我现在听到手机铃响就发怵。"

"对了。"翟壮志最后说，"老大你最近过得怎么样？你是真的强，这要换了是我，我一秒钟都待不下去，那地方，你能习惯吗？"

习惯。肖珩把这个词念了两遍。他开始住进七区的时候，什么都不习惯。刚出来的时候以为自己可以，肖家算个屁，然而之前在肖家那种优越的生活就像空气一样，在他自己都没有意识到的时候已经进驻五脏六腑——床板太硬，前几晚根本睡不着，睁着眼睛盯着天花板，天快亮才能勉强睡两个小时。他对肖启山的那种不屑和厌恶，在生活差距面前，仿佛狠狠扇了他一巴掌。

那种适应感好像无形中在印证肖启山说的那些话："你有本事你就走啊，你看你走出去之后到底是个什么玩意儿！"

…………

只能自己亲手一点点把那种空气抽干。

"那你还去学校吗？"翟壮志又问。

肖珩听着这句话，从烟盒里掏出一根烟，低头点上。然后在缭绕的烟雾中，他动动手指，想到今天白天收到的那条收款信息。

[您的账户于今日收到汇款……]

钱不多。一万五。他这段时间熬夜把之前完成大半的网站模板卖给了一家小公司，这是尾款，总价两万。完全够他配套电脑。肖珩想着，吐出一口烟。

肖珩说："不去了。"

翟壮志怎么也想不到这个回答，大四辍学实在超乎他的想象，"我去，你认真的？你可想好了啊，都走到这个地步了，这证都到你手边了——"

肖珩不在乎什么证不证的。他上大学之后就没听过课，平时不是趴着睡觉就是玩手机，都不知道这几年到底怎么浑浑噩噩过来的。

翟壮志蹲在酒吧包间门口，右耳是酒吧纷乱嘈杂的声音，左耳贴着手机听筒，两边的声音仿佛来自两个不同的世界。然后他清清楚楚地听到肖珩说："真不去了，你跟老胡说一声，我明天过去办退学手续。"

翟壮志的烟差点掉地上，说："你来真的啊？"

"不是。"翟壮志实在弄不懂，"为什么啊？"

肖珩听着这句"为什么"，抬眼去看站在烧烤摊老板对面唠嗑的那个人。

陆延的两条腿比烧烤架长不少，痞里痞气往那儿一站，借着大炮刚才秀的那段琴技问老板给不给打折。

老板招架不住，说："行行行！九五折，不能再少了！"

陆延显然对九五折并不满意，他凑过去说："哥，我叫你一声哥，咱俩就是兄弟，兄弟之间，九五折说得过去吗？"

老板说："说得过去！"

"……"

肖珩的目光最后落在男人精瘦的手腕和一片黑色刺青上。

为什么？可能是因为在遇到陆延之前，从来没有人用那样热烈又顽强的生活态度告诉他，你可以去做自己喜欢的事情。

你可以去做自己想做的事情。你出生在这个世界上，不为了任何人。你要做自己喜欢的事情。

离他不过五米远的地方，陆延跟烧烤摊老板唠半天嗑总算成功拿下八折优惠，他付完钱，转身朝肖珩那桌走过去，问："走不走？"

肖珩把烟摁灭，说："走。"

回七区后，陆延洗过澡，头发半湿着，躺在床上半天没睡着。他想起来吃饭时跟大炮互相加了微聊，便把大炮拉进一个叫'V'的群聊里。

陆延：新成员。

大炮：大哥们好！

江耀明：吉他手，@黄旭，老旭，你后继有人了啊。

黄旭估计有事在忙，没回。

几人插科打诨聊了一阵，陆延正准备把手机往边上扔，黄旭正好在群里发了一条语音，很长，一分二十秒。

说的什么玩意儿？陆延点开，扬声器里是黄旭一声郑重的轻咳："咳！"听起来颇为正式，整得跟领导发言的前奏一样。

黄旭说："我作为V团前任吉他手，有几句话想说，首先第一件事就是我们团主唱，想必你也已经对他有所了解，他可能会对你有一些技术上的过分要求……"这一分钟二十秒里有半分钟都在吐槽陆延。

陆延笑着低声骂了一句。

黄旭说着说着，中间空出一拍，语气不再调侃："但是我们V团是一个，一个很好的乐队。"

黄旭后半段语音不像前面那样说话那么流畅，他光"一个"这个词就重复好几遍，像是突然间词穷，找不到形容词。

黄旭那头很安静，时不时伴着乡下深夜里某种动物的叫声和蝉鸣。黄旭最后说："大炮兄弟，V团吉他手的位置就交给你了。好好干。"

黄旭这番话让他想起之前加入的那个乐队，黑色心脏。虽然他不愿意回想霁州发生的一切，但是这个乐队以及乐队里所有队员，确实在很大程度上影响了他，影响着他对"乐队"这个词的看法。

黑色心脏队长把"七"这个数字分给他的时候，边调音边说："这是我们乐队习俗，每人一个号，算是……一种传承。"

当下一任队友背起琴，从指尖流溢出来的旋律，可能就是某位已经离队的前队友谱的曲。

——总会有人带着已离开的人的信念，继续站在台上。陆延任由手机屏幕暗下去，深深呼出一口气，然后闭上眼。

陆延这一觉睡得很沉，中午睁眼醒过来，发现阳光透过窗帘缝隙照在他脸上，眼前是一片模糊的光晕，他缓了会儿才起身洗漱。牙刷到一半想起来昨天晾在天台上的衣服还没收，当他叼着牙刷，眯着眼拉开门，正好看到肖珩那屋门也开着。那扇门正对着他，肖珩衬衫的袖口折上去几折，地上铺着些散乱的零件。

陆延走过去，蹲下身去看那堆东西，问："你这是什么？"

肖珩刚把这堆东西从电脑城拎回来，他伸手拿起一样离陆延最近的，说："主板。"

说完又拿起另一样。

"显卡。"

"……"

"内存条。"

看不懂，这都什么跟什么。陆延刚这样想，肖珩就把手里那样东西放下，"啧"了一声说："说了你也不懂。"

"就你厉害，你牛。"陆延嘴里还叼着牙刷，嘴里含糊不清，"你要自己装电脑？"

陆延对电脑这块了解不深，自学编曲软件那会儿是他在电脑操作这方面的巅峰时期，不然他也不能把他那台电脑用成那样，他又问："你们厉害的人，对电脑要求比较高？"

肖珩说："不是。"

陆延听到蹲在他边上那位大少爷嘴里吐出四个字："因为便宜。"

这理由也太真实了。

等陆延从天台上收完衣服，简单收拾一番锁上门准备出去，肖珩还在装主机。酒吧老板前一阵找他，他一直没时间去，今天正好有空，打算过去看看。

陆延走之前，看了眼肖珩身后那间屋子，发现从刚来到现在，这个空到不行的房间里总算多出几样东西。

酒吧还是老样子，由于是白天，酒吧处于暂时停业状态。只有孙钳一个人倚在吧台边上喝酒，其他人都在打扫卫生。

"来了。"孙钳放下手里的酒杯，钩着陆延的肩说，"你先帮我看看那个调音台，上回演出调完音之后总觉得不太对。"

陆延说："行。"

舞台并不高，他直接踩着底下那块垫子就能翻上去。

孙钳站在底下问："怎么样？"

陆延检查完话筒线说："应该是线路接触不好。"

孙钳说："谁问你这个——我是问你，你怎么样？"

虽然孙钳找陆延的时候都说的是出来喝酒，但两个人都清楚，男人之间喝酒就等于是联络感情。孙钳是真放心不下这支在他酒吧驻唱三年多的乐队，想借着这次机会给陆延介绍工作。

陆延把线路重新接好，然后靠着调音台看着台下。

"挺好的。"他看着台下那片能容纳两三百人的小区域说，"刚找着个吉他手。"

孙钳着实没料到陆延居然还在找人，说："找着人了？"

"嗯。"

孙钳愣住。直到现在他才开始重新审视陆延当初电话里说的那句"永不妥协"。

"好好好。"孙钳回过神，在台下激动地左右踱步，最后猛地一拍手说，"这舞台我给你们留着，我等着你们 V 团杀回来！"

杀回去。陆延心说，他们团下一任贝斯手连影子都还看不着。

陆延没在酒吧多逗留，等他回去，对面那间屋子的门已经关上了。

陆延站在楼道里掏钥匙，进屋打算练会儿琴，然后继续直播事业。他在屋里晃了一圈，半天没找着手机充电器，却在经过电脑桌时，发现桌上摆着一台崭新的电子合成器。

MODX。他原来用的是一台二手合成器，音色普通，几年用下来本来早该淘汰。桌上这台合成器价格不只是翻几倍那么简单，比他原来那台后面还多个零。

陆延对着那台合成器愣了好半天。想来想去，能进出他房间的也只有一个人。陆延找到充电器之后，插上电，给肖珩拨过去一通电话，电话两秒就被接起。

"你进我屋了？"陆延问。

"嗯。"对方丝毫没有私自开门不妥的觉悟。

陆延低头看着电脑桌说："合成器……"

他话还没说完，肖珩打断道："网费。"

"网什么？"

肖珩重复道："给你的网费。"

网费只是随口一说。而且哪儿有人交那么贵的网费。陆延闪过好几个念头，最后想这人怎么知道他想换个合成器。本来他今年的计划就是换一个合成器，然而由于商业演出取消，伟哥又在电视上毫掷十万，一个一个梦就这样飞出了天窗……等等，十万。

蹲伟哥新闻直播那会儿，他好像是跟肖珩畅想过"有了这笔钱，先换个合成器——"。

"我那电脑，金子做的？"

陆延还想再说几句，对方只说："不要就扔。"

"……"

肖珩那边能听到车流和喇叭声。

肖珩刚从车上下来，街对面就是 C 大，C 大那块牌匾被阳光照得晃眼睛，他在原地站了一会儿，听着手机那头传来陆延气急败坏的声音"你钱多啊"，这才慢悠悠穿过那条街。

肖珩去的时候，胡教授正好刚下课，他端着架子说："行啊，还知道要来。"

肖珩叫他一声"胡教授"。

胡教授合上教案，一吹胡子，把手里那根笔点在桌上，说："根据你这段时间的表现，你要想顺利毕业，我可以这样告诉你，很困难！你这学期旷的课都够开除你三次的了！"

胡教授想着先把重话说出来，等会儿再给肖珩留点余地，试图让这孩子学会感恩。等肖珩说几句反省的话，这件事也就这么过去了。怎么说也是肖家的少爷，他受肖启山所托，一直以来都对这位少爷睁一只眼闭一只眼。

"你现在要想顺利毕业，你——"

胡教授的算盘打得响，没料到肖珩直接把他的算盘给砸了。

肖珩打断他说："我来办退学手续。"

胡教授"你"到一半，语气来了个急转弯，说："你——你小子在说什么？！"

这位胡教授纠缠翟壮志多日，为的就是让肖家这位少爷回学校上课，现在肖珩人是来了，但是站在他办公室里跟他说要退学。

肖珩从办公室出来，坐在楼梯台阶上抽烟。手机就摆在边上，烟刚抽了一半，手机开始不断振动，上面是不断跳动的一串号码，他不用看也能猜到是谁。

肖珩不紧不慢地把那根烟抽完，才拿起手机，点了接听。

"你疯了是不是！我花钱把你塞进去，你知不知道自己在做什么！"肖启山这段时间像在熬鹰，就等着肖珩出去之后什么时候能被他熬死，结果这只鹰却脱离他的掌控，比起暴怒，更多的是自己也不肯承认的慌乱，"没有文凭，你能干什么！"

肖珩接电话前以为自己会烦躁，会像以前那样，听到肖启山的声音就觉得呼吸不上来。然而他没有，什么情绪也没有。他甚至可以很平静地对肖启山说："我知道我在做什么，我也知道我能干什么。"

肖启山一时间哑口无言。

肖珩挂了电话。未读消息栏里，除了肖启山刚才打的那几通未接来电的提醒，剩下几条是翟壮志发来的消息。

肖珩点开聊天框，并没有回复翟壮志那句"老大你不会退学了吧"，而是打下一行：问你件事。

翟壮志：？

肖珩：之前论坛里那个。

肖珩：他谁？

突然来一句论坛，翟壮志反应半天，隔几分钟才回：什么论坛？难道是那个……跟你闹过绯闻的悲惨学弟？好像叫许烨吧，计算机系的。

曾经轰动论坛的当事人"悲惨学弟"许烨解决完生理需求，拉开厕所隔间门出去，正对着隔间的那堵墙边上，又靠着一个男人——男人见他开门出来，抬眼朝他看去。

觉得这个场面似曾相识，许烨忍不住虎躯一震。

厕所里是死一样的寂静。许烨对面那人身上穿着件简单的黑色衬衫，神情冷淡，打量完他往前走两步，说："许烨？"

许烨在短短几秒钟里设想了多种情形，上回在厕所里被人堵住的阴影实在太深。上次幸好是场意外，但这次呢？不会真对他有兴趣吧。

许烨仔细辨别对面那人的神情，男人的脸色冷得跟他身上那件衬衫一样，许烨心想，有兴趣这个假设可以排除，因为这次这个人看起来更像来找他打架的。

许烨惊慌失措道："你又是谁啊？"

肖珩根本想不到，在悲惨学弟眼里他已经成为一个堵在厕所想暴打自己的变态。

半个小时前，他站在胡教授办公室里，说他要退学，胡教授手里拿着的那支笔掉在了地上，指着他鼻子说半天："你现在退学，你退学之后，想过就这样步入社会是什么下场吗？"

胡教授说的那些话他并没有仔细听。他的目光偏移几度，落在窗外洒满阳光的树梢上，心想：之前陆延找的那个贝斯弹得还不错的人，叫什么来着。

…………

肖珩说："找你有点事。"

许烨往后退两步。"你别过来啊。"许烨在心里默默流下两行泪，慌得不行，他说着忍不住看向门口，发现厕所的门居然是关着的，于是他只能往厕所隔间里退，急忙关上隔间门。

"啪!"关门，落锁，一系列动作一气呵成。

"……"

肖珩无语地看着那扇门说："出来。"这两个字被肖珩念得毫无起伏。

果然是来打他的吧！许烨躲在隔间里，坐在马桶上瑟瑟发抖。"这位大哥，我不记得之前哪里得罪过你。"许烨又继续说，"我是个很善良的人，我连路上的蚂蚁都不忍心踩，我不喜欢打架。"

肖珩看着面前这扇隔间门，抬手掐了掐鼻梁，有点头疼地想：这是个神经病？

许烨承受着上一次厕所事件带给他的阴影，也不知道自己在说些什么，他甚至开始胡言乱语地讲述自己扶老奶奶过马路的传奇故事。

然而他话说到一半，被门外的人打断："别吵。"

许烨不敢说话了，他开始掏手机群发消息：救救我，坐标计算机系二楼男厕所。

就在这时，门外的人又说："你是不是之前玩贝斯的那个？"

许烨答："啊？"

十分钟后，许烨坐在机房里，闷头敲键盘。他在心里疯狂咆哮：这一个两个，就不能好好说话吗！堵在厕所里是想吓死谁啊！

电脑屏幕上是他的期末课程设计作业，还有几天就得交，这个课程设计从框架开始就搭得过于复杂，超过了他目前的水平，越往里深入越发现自己给自己挖下不少坑。

许烨抓耳挠腮地敲键盘，敲着敲着右边多出来一个人。

肖珩走到他边上那台空着的电脑前，把椅子拽出来，往位置上一坐，坐得相当自然——跟陆延混久了，这种事做起来竟也得心应手。

两个人都没说话。肖珩粗略看完许烨的框架，伸手去按面前的电脑开关。

安静一会儿后。许烨听到边上敲键盘的声音。

许烨忍了半天，最初以为这人又要耍什么小伎俩，但这敲键盘的时间也着实太长了些，他还是忍不住侧头看过去。愕然发现边上那台电脑屏幕上是一段熟悉的代码，这人把他的框架整个都复制了下来。

说熟悉也不算太熟悉。这些代码明显有些地方跟他的不一样。许烨这一眼只来得及看到前半部分，发现困扰他很久的一个问题被轻易解决。

"你会 C 语言？！"许烨问。

肖珩没说话。

"这个地方……"许烨凑过去正准备问他这里改完后面的部分怎么处理。然而肖珩手速奇快地敲完最后两行，把页面缩小，拖着鼠标慢条斯理点开小游戏，开始打扑克。

许烨简直要疯。他觉得现在就像自己面前摆着一盘菜，闻得到味道却不能吃。

肖珩靠着椅背，手有一搭没一搭地点在鼠标上，打完一局才开口问他："想知道？"大二的计算机课程对他来说没什么难度，这些内容都是他以前玩剩下的。

许烨疯狂点头。

肖珩面前的电脑屏幕上还是那个游戏页面，但他敲鼠标的手却停住，手虚虚地搭在上头，屈指轻敲一下，说："但我有个条件。"

许烨问："什么？"

肖珩继续说下去："他们乐队的歌，你听过吗？"

这个问题问得太突然。上次那件事许烨只当是场意外，更没有想过要去找他们乐队的歌听。

"我不是让你进乐队，怎么选择是你的事。"肖珩的手指在鼠标上轻点一下，调回到代码页面，他把代码留在电脑屏幕上，离开机房之前说，"我的条件是在你做选择之前，去听一次。"

去听一次，去听听他的歌。

下午，陆延继续重操直播大业。他在电话里骂完肖珩，挂了电话后想把合成器的钱转给他。

这是一个好主意，但是问题摆在他眼前：他——没——有——钱。

陆延叹口气，头疼地打开直播软件。上回直播虽然中途出现意外，但事后他去看账户余额，发现短短一个多小时的直播就收到近一百块钱的打赏。换算一下成本，收益还行。

陆延并没有固定直播时间，中间隔了几天，第二次直播的热度比第一次少很多。为了让新来的观众了解 Vent 乐队，开播前十分钟，陆延又重新讲了一遍乐队的建队史，还不忘赏给新成员大炮一个广告位："这个乐队新加入的吉他手，实力不容小觑……"有观众问能不能点歌。

"能点。"陆延说，"只要是这个乐队的歌，随便点，哪首都行。"

观众里有上一次观看过直播的明白人，已经逐渐了解陆延的套路，开始刷"哈哈哈"。

观众：这直播软件免费让你下载真是亏了。

陆延虽然嘴上这样说，但还是顺着他们唱了几首时下热门的歌曲。他唱到一半，在中间那段间奏中，直播间有人忍不住问：难道只有我一个人好奇上次那个人是谁吗？

这一刷，像是开了个头。其他观众也按捺不住自己八卦的心情。

观众：其实我也想问，一直没好意思。

观众：+1，虽然没看到脸，但是那个手和语气，我死了。

观众：那位哥们今天也在吗？

陆延看到这行字，习惯性地回头看了一眼电脑椅，空的。

观众越刷越热情，各种奇怪的猜测都出来了，陆延想说那是他邻居，结果话到嘴边不知怎么就变成了："不是，他是我爸爸。"他都想扇自己一巴掌。

直播间沸腾了，观众纷纷表示：爸爸？这么刺激的吗？

陆延发现肖珩在他直播间的热度比他还高不少，他几次试图略过这个话题，每次都能被观众拽回来。

"他真是我爸爸，不是，是我邻居。我在说什么。"

陆延最后说："你们关注一下我天籁般的歌声行不行。"

　　陆延下午总共播了三个多小时。正准备下播，门被人敲响。

　　"进。"门本来就没关，在直播间拥有顶流人气的邻居肖珩推门进来。

　　"谢谢'耳朵土'兄弟送的小花。"

　　陆延忙着念感谢名单，一时间顾不上肖珩进来干什么，等他念完，抬头往后看，这才看见肖珩正把他原来那台破电脑从电脑桌上搬走，又把手里那台崭新的黑色主机摆了上去。

　　陆延看不懂他这个操作，问："你干什么？"

　　肖珩说："放电脑。"

　　陆延说："我当然知道你在放电脑，我问的是你电脑为什么放我这儿？"

　　肖珩理由很充分："我那屋没电脑桌。

　　"没网。

　　"没椅子。

　　"没钱。"

　　"……"这四个没，把陆延击得哑口无言。

　　肖珩又把显示器摆上去，看了一眼地上被他换下来那台说："你这台破电脑，你再另外找地方放。"

　　撒他电脑还要侮辱它破。陆延气笑了，说："所以你买什么合成器？"合成器的价格估计跟他配的这台电脑差不了多少。

　　肖珩在整理电线，他倚着电脑桌说："想给你买就买了。"他说这句话的时候并没有多做思考，这话说完不光陆延，连他自己都愣住了。陆延忘关的直播间里评论数暴增，一眼看过去全是感叹号。

　　陆延愣了会儿才想起来手机还开着直播，他回过神想点"下播"，看到屏幕上一条最新的评论。

　　观众：主播的耳朵是不是红了？

　　陆延下播后，在沙发上呆坐一阵，想到那条评论，他犹豫着抬手去摸耳垂，温度从指尖一路往下走。

　　肖珩换完电脑，坐在原来的位置敲键盘，这人一碰电脑就不分白天黑夜。临近深夜，肖珩还在敲，除开中间停了一阵，大概是停下来捋思路，其他时间都没停过。

陆延看了一眼，没看懂，说："你网站不是刚卖吗？"

"嗯，这是另一个。"肖珩说。

陆延想说，这也太拼了。前几周的工作强度已经超过正常人的负荷，刚交完又接活。

肖珩像是看出他想说什么，停下手里的动作，往后靠了靠，说："我今天回学校办退学手续。"

陆延白天给他打电话的时候确实听到汽笛声，但怎么也没想到他是去办退学手续，好几句话在嘴边都没能说出口，最后只说："你想好了？"

肖珩没说话，他把现在在写的东西缩下去，又调出来一个文档——软件开发策划案。

即使陆延对这方面了解不多，但几页文档看下来，他也能确定这不是一个突发奇想、过家家式的策划。

肖珩低头点上一根烟，说："想好了。"

陆延并没有像其他人那样说"那也犯不着退学"，他的声音很低，像一根羽毛轻轻地拂过耳际。

"想好就去做。"

肖珩手一顿。所有人都在跟他说"你退什么学"。他抛开所有后路，孤注一掷，陆延站在他身旁跟他说：想好就去做。

"通向成功的路不止一条。"陆延的鸡汤说来就来，他拍拍肖珩的肩，又扬起声说，"只要不怕苦，不怕累，遇到困难不轻言放弃！"

肖珩笑了一声，说："你忘了你是乌鸦嘴？"

陆延说："那是意外好吗，我人送外号七区小福星，不信你问伟哥，他哪张中大奖的刮刮乐不是我给他买的。"

肖珩说："大奖，有多大？"

陆延摸摸鼻子说："十块吧。"

肖珩笑得止不住。

陆延一开始还喊"别笑"，到最后自己也没忍住跟着笑。

陆延闭上眼之前，耳边还萦绕着肖珩敲键盘的声音。

次日天亮。等他醒过来，键盘声倒是停了，房间里只剩风扇在床头"哗哗"摇头。

陆延的眼皮刚掀开一条缝，又再度合上眼。他抬手用掌心遮住眼睛，躺在床上缓了几秒钟之后打算起身洗漱，但他刚把胳膊横着伸出去，手却碰到一片温热。

陆延动了动手指，摸到深陷下去的一道，再动一下，摸到突起的骨头……什么玩意儿。陆延这样想着，手又往下移几寸。这回什么也没摸到，他的手猝不及防地被人抓住，然后是男人略带不耐烦的声音："别乱动。"

陆延顿时清醒。他睁开眼，发现肖珩就睡在他右边，占了半张床。男人侧躺着，衣领大开，刚才陆延摸到的那块就是锁骨，他这段时间又瘦了些，整个人从原先那种懒散到什么都不在意的状态里出来，变得愈发锐利。

"你怎么睡这儿？"陆延反手扔过去一个靠枕，正正好好砸在肖珩头上。

肖珩的声音很哑，"不让睡？"他顿了顿，又说，"之前不还让我睡你床。"

"我什么时候让你……"陆延话说到一半，想起来自己确实说过。但那天是他要出门，这性质能一样吗？陆延正打算让这人滚回自己屋睡，听到肖珩说："有点累。"

这句毫不掩饰的"有点累"，一下把陆延所有的话都堵了回去。

肖珩的半张脸都埋进陆延刚才扔过来的靠枕里，说话时半睁开眼，疲倦的神色被垂下来的碎发盖住，"我就躺半个小时，要是没起来，你叫一下我。"

由于房间面积问题，房东给配的床也不大。肖珩刚沾枕头没多久，不然陆延也不能舒舒服服一觉睡到这个点。

肖珩说半个小时，还真没多睡，时间掐得很准，跟人形闹钟似的。

陆延洗漱完，肖珩已经坐在电脑椅上抽烟提神。见他出来，肖珩问："有早饭吗？"

陆延说："请问你是哪位大爷。"

肖珩说："你肖大爷。"

"你这网费交的。"陆延舀了一勺米，往锅里倒，打算煮个粥，说，"敢情饭钱和住宿费都算里头了。"

肖珩没说话，只是透过烟雾盯着电脑屏幕。

"你真就睡半个小时？"陆延看着他手里那根烟，忍不住皱眉问。

肖珩咬着烟说："担心爸爸？"

"……滚。"

小区附近买早饭不方便，加上只是煮个粥而已，也不费事。

陆延那锅粥刚煮好，都用不着他通知，肖珩就自己叼着烟回屋，几分钟简单洗漱完又走进来。

陆延看着肖珩不紧不慢地掀开锅，盛了一碗粥，又把锅盖盖回去，给出一个理由："你喝不完，浪费。"

陆延发现这人也是挺不要脸的，说："我是不是还得谢谢你？"

肖珩说："不客气。"

陆延再没说话，边喝粥边看手机。胡乱刷了会儿微博，他们乐队之前注册过一个账号，平时就发些演出消息、照片、新歌试听链接。只是微博粉丝不多，几千。

陆延正刷着微博，手机响了两声，一条新信息进来。发件人是本地未知号码，陆延起初以为又是什么垃圾短信，刚点进去，还没来得及看内容，手已经准备去摁删除键，然而他的手停顿在手机上，并没有摁下去，因为信息第一行字是：你好，我是许烨。

他往下看，后面紧跟着一句：我……我听了你们乐队的歌，如果你有时间的话，可以出来见一面吗？我想了解一下你们乐队。

C大机房里。许烨刚到教室，他的期末作业还没做完，电脑屏幕上是两份代码。代码改到一半，他满脑子都是昨天晚上循环播放的那几张专辑里的歌的旋律和歌词。

老师正好从他身后经过，猛力拍他，说："小烨，最近很努力啊！"

许烨挠挠头，他那是听歌听的。等老师走后，他把手机从口袋里掏出来。手机上是一条回复：有时间，别说见一面！干什么都行！

许烨："……"他突然，感觉不是很想了解了。

丝毫不知道未来贝斯手心理活动的陆延回复完，把手机放边上，按捺不住自己此刻激动的心情。

许烨！

黄T恤！

他一眼相中的贝斯手！

陆延在肖珩对面傻乐半天，不知道自己现在是不是应该跳起来出去跑两圈。

肖珩吃饭的时候不习惯说话，那种刻在骨子里的教养仍会在一些不经意的时候展露出来，他吃完才把碗筷收拾好，伸手去拿陆延那碗，问："不吃了？"

陆延说："不吃了，你知道刚才是谁给我发消息吗？"

肖珩俯身越过餐桌，把陆延面前的碗筷摞起来。

"许烨！"

肖珩的手刚伸到陆延面前，陆延直接激动地一把摁住他的手，说："他说他听了我们的歌，我们乐队可能要有贝斯手了！"

肖珩"嗯"一声。

陆延激动完，试图探究黄T恤找他的原因，没去留意肖珩过于淡定的态度，"他怎么会突然给我发消息？"

肖珩说："再不松手这碗你自己洗。"

陆延这才反应过来自己抓着人不放，他松开手琢磨了一会儿，种种迹象都指向一个原因。

"看来他最后还是折服在我的人格魅力之下。其实上次我出现在厕所，闪亮登场的那一刻就已经征服他了吧？"陆延越琢磨，越觉得是那么回事，"我就说，老子出手还能有拿不下的人？"

肖珩："……"

陆延跟许烨约好，等过几天他期末考试完，就去防空洞碰个面。他把这件事通知给乐队其他成员，让他们准备好到时候现场表演首歌，提前确定曲目，争取凭借现场演出把人拉进来。

乐队这东西，看一次现场比说什么话都管用。以'V'命名的群里热闹得像过年。

李振：今天是个什么好日子。

江耀明：请告诉我的后辈，他有位叫江耀明的前辈，这位前辈贝斯弹得很厉害。

黄旭：还要不要脸。

大炮：大哥大哥，我穿这身行吗？ ［图片］。

大炮发的图片是一套舞台演出服，从头到脚都是夸张至极的红色亮片，都用不着打光，他只要往那儿一站就是全防空洞最亮的仔。

李振：……

黄旭：……

陆延：……

陆延：老弟，你就正常穿，别把人吓跑了。

七芒星

CHAPTER

14

签名

陆延的手有些凉，细长的手指覆在他的手上，
牵着他一笔一画在飞起来的"陆延"边上刻上"肖珩"两个字。

　　许烨期末考试结束那天恰好是周末。陆延出门前，肖珩已经连着高强度工作好几天，陆延以"晚上敲键盘太吵"为由，迫使肖珩暂时维持住了一天五到六个小时的睡眠。但这人不睡觉的时候，手就没怎么离开过键盘，更别提出门了。

　　"我等会儿去趟防空洞。"陆延坐在他边上写歌，用笔敲敲他的手腕说，"你去不去？"

　　肖珩看他一眼，说："我去干什么？"

　　陆延说："给电脑一点休息的时间。"

　　肖珩最后还是被他连拉带拽地带出了门。

　　陆延到防空洞的时候，大炮和李振已经靠着墙开始合奏，先是大炮的吉他，李振坐在后面，手里转着鼓棒，在大炮弹最后一个音的时候，李振这才猛地敲上去——"镲"的一声。

　　李振敲完那一下，停下说："来了？"说完又去看陆延身后，"你邻居也在？"

　　李振觉得奇怪，说："你很少会把人往这儿带啊。"

　　陆延说："他……出来逛逛。"

　　肖珩头一次来这个地方，他倚着防空洞口，边上有乐队在排练，主唱一嗓子嚎得整个防空洞都为之颤抖。再往里，是零零散散的摇滚青年。有捏着拨片坐在地上练琴的，也有三三两两聚在一起抽烟的。

　　在排练的那个乐队鼓手，见到陆延，抽空指着陆延喊："你小子等会儿别走啊，抢人的事我还没找你算！"

陆延笑着冲黑桃队长摆摆手，走到肖珩边上。

"他们，黑桃乐队。"陆延跟他介绍说，"他们玩金属比较多，成团好多年了。原来也解散过，敲鼓的那个是队长，火车坐到半路又折回来。"

没几支地下乐队混得容易，黑桃当初过来安慰他，很大一部分原因是当初那段解散经历。黑桃队长一大男人，在火车上淌了一路的眼泪，最后毅然决然中途下车，又回到厦京市。

肖珩看到李振边上的麦架，问："你等会儿要唱？"

"嗯，不过是翻唱。"

陆延说："大炮刚来，对我们乐队的歌还不太熟。"

陆延想在许烨来之前，三个人先合一遍。于是，他说完就把身上那件外套的拉链拉开，脱下来扔给肖珩，说："帮我拿着。"

防空洞并不大，可供他们表演的地方就更少了。陆延就站在这方寸之间，脱下外套后，他里面只剩件 T 恤，低腰牛仔裤卡在胯间，面前是一只立麦。

陆延抬手，比了个准备的手势。

三。

二。

一。

三秒后，大炮的手上下扫两下，吉他声流泻而出。

肖珩看着陆延的手在空气里跟着大炮的节奏轻点几下，然后他把手搭在面前那根架子上，闭上眼，掐着节拍开口。

Today is gonna be the day（就是今天了）

That they're gonna throw it back to you（忘却前尘重新开始的日子）

…………

陆延的声音仿佛带着能够穿透一切的力量。其他人安静下来，黑桃乐队也停下彩排，往他们那个角落看去。

And all the roads we have to walk along are winding（前进的道路崎岖难行）

And all the lights that lead us there are blinding（引路明灯也模糊不清）

…………

I said maybe（我是说也许）

You're gonna be the one that saves me（你能拯救我于这冷暖人间）[1]

神秘，反叛，尖锐又嘈杂，这地方的摇滚气息太浓。肖珩站在防空洞口，像是……一脚踏进了陆延的世界。他的目光略过那群忍不住高举起手吹口哨的摇滚青年，最后落在陆延身上。

陆延唱完最后一句，大炮和李振的部分还没结束。于是在这片伴奏声中，陆延的手还搭在麦架上，跟着节奏摇摆，幅度很小，他左耳戴着一条很细的耳链，身上那件 T 恤本来就大，轻微晃动间，勾出男人清瘦腰线。

一首歌结束。防空洞沸腾。

"V 团！"有人带头喊他们乐队的名字，于是防空洞所有人的叫喊声变成了"V 团"。陆延整个人都被这片鼎沸的喧嚷包围。连黑桃队长都忍不住冲陆延喊一声："厉害啊。"

陆延说："当初挖你你不来，现在是不是特后悔？可惜我们团现在已经有吉他手了。"说完，还嫌刺激程度不够，又揽着大炮的肩说："看见没有。"

"陆延。"黑桃队长起身，"劝你做人留一线，日后好相见。"

袋鼠拦着他说："队长，冷静。"

黑桃队长说："袋鼠，你别拦着我！我今天要找回我黑桃乐队的尊严。"

众人哄笑。

---

[1]　绿洲乐队"Wonderwall"。

陆延已经很久没有像这样唱过歌了。乐队解散后他忙着养活自己，这两个月里杂七杂八的兼职干了不少，除了每天花时间吊嗓子、练唱以外，这种正儿八经唱一次歌的事已经离他的生活很远了。

陆延的视线越过面前高高举起的一双双手，越过防空洞里嘈杂的空气，对上肖珩的眼睛。

肖珩就站在最外圈的位置，靠着墙认认真真地看着他。

今天外头风大，时不时从洞口刮进来一阵。陆延感觉这风要是再大些，整个人就要飞起来了。

李振呼出一口气，说道："爽！"

大炮跟李振一样，除了浑身舒畅之外，没有其他感受。

李振爽完，抬头的时候看到防空洞门口有一抹亮眼的黄，黄得跟他们乐队新来的吉他手的头发一样，他用鼓棒从后面敲敲陆延的肩，说："那个黄衣服的小伙，以前没见过，他谁啊？"

陆延看过去，不知道他是什么时候来的，喊了一声："许烨？"

李振没听清，问："谁？"

陆延说："贝斯手！"

"他就是你说的那个折服在你魅力之下时隔多日终于按捺不住自己激动心情要来我们乐队的黄T恤？"李振惊了，手足无措道，"那我现在应该干什么？"

陆延说："上啊！"

这地方不好找，许烨提前半小时出门，在附近绕了半圈，走到洞口正好看到这段合奏。从头到尾，一秒不落。他是头一回看乐队演出。其实也不算是个完整的"乐队"，毕竟只有三个人，而且这三个人还是头一次合作，合得不太齐。

许烨却看得说不出话。这几个人只是站在那里，却好像将周遭的空气劈开，裂出一整个世界。

几天前在音乐软件上听到他们乐队的歌之前，许烨并不知道"乐队"是个什么概念。他从初中开始玩贝斯，玩贝斯甚至都不是因为喜欢，只是因为没别的事可干。他当时跟其他学生没什么两样，忙着补课，学习，考试，每天按部就班地过。为了让他专心考试，家里禁网，禁电视，禁止任何娱乐活动。于是他开始偷偷玩他哥留下来的那把贝斯。

或许他自己也没有意识到，贝斯带给他的已经不是单纯地"打发时间"。

——你这次怎么又没考好？你看看谁谁谁家孩子，你再看看你。

——跟同学看什么电影，作业写完了？写完了就好了？预习了吗？自己不知道抓抓紧，不准去。

它无数次出现在对生活无声的抗争里。

陆延之前在群里认真研究过好几种方案，结果方案一还没开始实行，甚至连开场白都没说出口，他刚走到许烨面前，许烨就问："你们乐队还缺贝斯手吗？"

陆延愣了一下，说："缺。"

许烨又不好意思地挠挠头说："我……我想试试。"

这么顺利？陆延更加肯定之前的猜测：这兄弟早就被他征服了吧！

"是不是那天在厕所……"陆延钩上许烨的肩，忍不住问，"你就被我的才华吸引了？"

许烨疑惑道："……啊？"

陆延又叹了口气，仿佛在为"我这该死的无处安放的魅力"而叹息，说："不然你怎么会去听我们乐队的歌。我也知道，我这个人确实才华横溢——"

许烨完全不懂陆延在说什么，他说："那个，其实是有个人叫我去听的。"

陆延才华横溢到一半，横溢不下去了。

"他在厕所里堵我，还在机房里改我的代码，改完还不给我看。"

许烨说到代码，陆延已经能猜到"那个人"是谁了。

许烨的话还没说完，余光瞥见熟悉的身影，话一顿，继续说："就是那个——"

陆延抬眼看过去，看到在防空洞门口正接电话的肖珩。

几个人换话题继续聊，陆延往后退，最后退到墙边。没多久，李振也退了出来，他退到陆延边上，蹲下，从屁股后头摸出一盒烟，说：
"还是这俩年轻人有话聊，你看这俩凑一块，像不像双黄蛋？"

陆延说："是挺像。"

李振又说："刚才许烨说的那个人，是你那邻居？"

"嗯。"

李振用胳膊肘碰他，笑道："你俩关系不错啊，还帮你拉人。"

只是被李振碰了一下，陆延却觉得整个人摇晃得厉害。他低头把脸
埋进手里，在心里"×"了一声。

李振没留意陆延的反应，他拿出一根烟，问："来一根？"

陆延刚往嘴里扔了颗润喉糖说："不抽了。"

"也是。"李振自己点上说，"你还是少抽点。"

他们这位置离得不远，刚好能听到两位新队员唠嗑。

大炮说："我叫大炮，本名戴鹏，听说你是 C 大的。"许烨点点头。

大炮继续说："我是 C 大……"

许烨没想到能碰到同校校友，他惊喜道："校友？"

大炮紧接着说："边上的德普莱斯皇家音乐学院！"

许烨："……"

大炮伸手，说："很高兴认识你。"

李振心说这都是什么神奇的对话。但他听着，忍不住想起他第一次
遇到陆延那会儿。当时他临时接了个商场周年庆的活动，官方说还另外
找了一名唱歌的，让他俩到时候好好配合。

李振当时什么准备工作都做好了，结果那位唱歌的迟迟不来。问工
作人员，工作人员说："刚给他打过电话，他说他迷路了。"

李振说："……迷路？这还是个路痴？"

工作人员也着急，说："唉，再等会儿吧。"

那是李振最煎熬的一次演出活动，如坐针毡。

开演前十秒。工作人员在台下举了块牌子，那张牌子上写着六个大
字：这首歌你来唱。

李振整个人都崩溃了：这是什么话，我一个打鼓的，我是鼓手，知

道鼓手什么意思吗？你要鼓手唱歌考虑过鼓手的感受吗？我唱歌跑调啊，我不行——我真的唱不了啊！他一想到要边打鼓边为商场高歌一首《好运来》，他就想从台上跳下去。

然而就在这十秒之后，李振刚敲响第一声——一个身影从台下干脆利落地翻到了台上。

"我当时真的……"李振回想到这里，吐出一口烟说，"我真的想撕了你，但又觉得你简直是神兵天降，太炫了你那出场。"

陆延说："我记得。当时我上台前还在想，这鼓手怎么回事，怎么一脸要死的表情。"

"我能不想死吗！"李振说，"你那天要是再晚几秒，我真能死台上，结束我的鼓手生涯！"

李振说完，中间空出很长的时间，又说："咱乐队人总算齐了。老实说，如果不是你那么坚持，我应该也撑不到这会儿。"他平时从没在陆延面前透露过放弃的想法。但不可否认地，偶尔也会冒出这个念头。

李振话说得太感性，抽完那根烟，自己也感到不好意思，他起身拍拍落在裤脚上的烟灰说："那啥，我去跟他们安排一下之后排练的事。"

肖珩出去接客户的电话，等他再进去，看到陆延一个人蹲在墙边发呆。

"怎么一个人蹲这儿。"肖珩走过去，"人没拉到？"

"放屁。"陆延说，"老子一句话没说就拿下了。"

陆延就是心情还没平复过来，心脏狂跳，连血液都忍不住跟着热起来——Vent 这个乐队，还能继续往前走。他们还能接着干，接着出专辑，接着演出，接着……陆延脑子里浮现出刚才唱的那首歌的歌词：重新开始的日子。

就是今天了。

但只是因为这个？陆延想到这儿，脑子里浮现出的又是另一句话："你俩关系不错啊，还帮你拉人。"

"许烨说……"陆延回过神，咬着那块润喉糖问，"你去找的他？"

陆延会知道这事，肖珩并不意外。

"我去。"陆延又说，"我当时说半天人格魅力，你也不说话。"

肖珩说："看你太投入。"

陆延决定略过这个话题，扭头发现肖珩在看防空洞墙壁上的那些涂鸦。

飞跃路三号防空洞从二十世纪九十年代末开始形成下城区一种独有的"乐队文化"，许多乐队在这里排练，渐渐地，这个地方对他们来说，像一个专属秘密基地。

防空洞里墙壁上是乱七八糟的各种涂鸦，如果仔细辨别，这些石砖上可能还有二十世纪九十年代某乐队留下的印记。

陆延站起身，解释说："以前那些乐队总喜欢在墙上刻点东西，什么老子牛×，摇滚不死……"

肖珩问："你们也写了？"

"我们的不在这块。"想到这儿，陆延摸摸鼻子问，"你要看？"

陆延带着他往里走两步，说："当时刚成团，写得挺幼稚的。"

陆延说着在其中一堵墙前面停下。这回不用陆延指，肖珩一眼就看到墙上 Vent 四个英文字母，除开队名、成员外，最底下是一句：往上冲吧，直到那束光从地下冲到地上。

"都说了很幼稚。"陆延作为一个没什么底线的人，再看到这句话仍感觉到几分羞耻。

这堵石砖墙很长。摇滚青年们用自己的方式，将愿望和存在过的痕迹刻在这些墙上。

肖珩去看"陆延"那两个字。那两个字写得潦草到飞起，可以从笔画里看出陆延当时确实满怀激情和斗志，别说冲出去，字首先就已经开始飞了。

陆延为了缓解那份羞耻感，从地上捡了块石头，塞进肖珩手里，说："来都来了，你也写一个？"

"写什么？"

"随便什么都行。"

　　肖珩想说他没什么想写的，陆延已经抓着他的手，将尖锐的那头抵在墙上。

　　防空洞里的温度比外面低，陆延的手有些凉，细长的手指覆在他的手上，牵着他一笔一画在飞起来的"陆延"边上刻上"肖珩"两个字。

　　陆延写完最后一笔才意识到自己干了什么，他猛地松开手。一时间谁都没说话。半晌，陆延听到肖珩说："字有点丑。"

　　丑？陆延爹毛了，喊道："嫌丑就自己写！"

　　另一边李振跟他们几个商量好暑假排练的事情，提议一块儿去吃个饭，于是几个人在防空洞门口喊他们："走了！去吃饭！"

　　"快点啊，你们俩干啥呢？"

　　防空洞外，阳光热烈地晒在草皮上。天空云层渐移，有光从树的间隙里穿出来，变成一片强烈的光影。

　　离五一劳动节过去两个多月，Vent 乐队正式重组。

　　肖珩做完先前那份工作，没再继续接活。勉强攒够初期启动资金后，他开始埋头设计自己的框架。由于刚起步，并且目前项目内部人员只有他一个人，所以他选择先从小项目开始，往微聊小游戏这方面靠。框架做出来后，打算去 C 大兼职群里发条小广告，找个会做动画的。

　　"你这样写不行。"陆延正准备去防空洞排练，他在衣柜里翻了一阵，拿着衣服起身，看到肖珩写的那段招聘信息。上面只有简单的一行要求和酬劳。

　　肖珩咬着烟问："有问题？"

　　"小广告不是这样发的。"陆延想指点指点他，最后还是直接伸手说，"你拿过来，大哥教你。"

　　肖珩把手机递过去说："你跟谁大哥，说话之前想想辈分。"

　　陆延用肖珩的手机打了几行字再还给他。

　　肖珩接过。发现他原先打的信息上又多了几行：你心里是否也曾有个梦？是不是迷失在枯燥的课堂上找不到自我价值？来吧！来参与一个有志青年的创业之路！

"……"

陆延发这种小广告简直得心应手，平时没少在各大群里打广告。

肖珩发完，手机立马振了一下。

陆延说："你看老子一出手——"

肖珩把手机转个面，凑到陆延面前。

［您已被群主踢出群聊。］

肖珩："大哥？"

陆延："……"

怎么和想象的不一样。陆延装作无事发生，拿着衣服进隔间。等隔间门关上后，肖珩将系统通知关掉，又点开邱少风的聊天框，打算叫他帮忙去艺术系群里找人。

肖珩：在？

邱少风很快回复：老大，什么事，吩咐。

肖珩说明来意。

邱少风：行！这事兄弟立马给你办！

肖珩难得找他一次，邱少风直叨叨：有什么需要尽管找我，缺不缺投资？老大我觉得你这个项目非常不错，有市场前景，不如我和壮志给你投点钱？

肖珩笑一声，抖抖烟灰：你知道我这项目是干什么的吗？

邱少风：不知道。

邱少风：但我凭感觉！我预感能成！

肖珩：滚边儿去。

兄弟之间唠了两句。肖珩无意间把聊天消息往上滑，落在两个多月以前，邱少风那条"你别拒绝人家啊，那是我给你找的替课"上。

看着这条信息，肖珩又想起来邱少风当时说的一句："真挺帅的，有照片，你要看看不？"

当时他说什么来着？

肖珩还没想出答案，手指触在手机屏幕上，已经打下一行字。

肖珩：上次那个替课的照片，还存着吗？

肖珩发完,想起来他当时忙着给那个孩子喂奶,不耐烦地说:"不看。我有病吗?"

邱少风一时间脑子里没转过弯。

邱少风:照片?什么照片?

邱少风:啊,那个替课。我找找。

邱少风:[图片]。

邱少风表示疑惑:怎么了?老大你不会是打算牢牢记住这张脸,日后要是狭路相逢就见一次打一次吧?

照片上的陆延应该是刚剪的头发,发尾还残留了一点刚见面时染的杀马特颜色,一缕极其艳丽的红混在里头。肖珩盯着看了一会儿,把照片存了下来。

李振和许烨他们排的时间是每天下午一点开始到四点结束,陆延洗过澡,简单收拾完出来已经快十二点。他急急忙忙说:"我等会儿去排练,伟哥下午可能要来借酱油,你给他开个门。"

"嗯。"肖珩看着电脑屏幕,应了声。肖珩应完,敲下最后一行代码,整个人往后靠,想暂时闭上眼休息会儿,却瞥见陆延从浴室里走出来的模样。

陆延头发还湿着,上身是件薄衬衫。估计是嫌这鬼天气实在太热,没有系扣子,衣摆松散地垂在两侧。锁骨往下是流畅的肌肉线条。人鱼线凹陷下去,半遮半掩地隐进牛仔裤布料里。有水滴顺着往下,衬衫肩头那块儿被浸湿,浸成一块几乎透明的颜色。

袖口过长,陆延把袖口折上去几折,弯腰去找配饰,又说:"要是快递到了,你先帮我收一下。"

这回肖珩没有再"嗯"。

陆延背对着他,那截若隐若现的腰,和那天防空洞里跟着伴奏小幅摇摆时的画面逐渐重叠在一起。

肖珩伸手去摸手边那盒烟。

陆延在戴耳坠。他手里拿着的是那天在防空洞戴过的那根细链子。

这根链子还是蓝姐给他的。

蓝姐最近很少直播，专心搞原创饰品淘宝店，陆延直播的时候给她打过广告，蓝姐隔天过来敲门，送了他几个小盒子。

陆延站在门口，倚着鞋柜，鞋柜附近并没有镜子可以照，于是他只能侧过头凭感觉。手上那根细链子半天都没能顺利戴进去。

肖珩咬着烟起身。

陆延正打算换一边戴。下一秒——手里那根细链子被人扯过去，肖珩走到他面前，微微弯下腰，俯身凑近他耳边，察觉到陆延想扭头看过来，肖珩又伸出另一只手摁住他的头说："别动。"

肖珩说话虽然不客气，手上的动作却放得很轻，陆延甚至没察觉到什么，耳畔已经碰上一道冰凉的金属链。

飞跃路三号防空洞。陆延迟到半小时。

"怎么才来。"李振转着鼓棒说，"等你半天了。"

陆延说："路上……出了点状况。"

李振看一眼外边，说道："不会吧，能堵半小时？我出门那会儿路况明明还挺好啊。"

"……"陆延心说，那是因为他坐错车了。他都不知道他是怎么出的门。去防空洞的路明明闭着眼睛都会走，但等他坐上车，过去十多分钟才反应过来这辆公交是往反方向开的。

李振还在说今天的路况明明超级无敌爆炸畅通，陆延转移话题，咳一声说："许烨怎么回事？"

许烨正一个人闷头坐在防空洞角落里。

李振说："他啊，上回在钳哥酒吧演出失误，他心里有点过不去。"

乐队重组，排练一段时间后，他们回酒吧演了一场。

孙钳从许烨刚入队那会儿就开始不断询问："那你们回来不？场子哥可是一直给你们留着呢，海报都提前给你们做好了，你看看，霸不霸道！"

孙钳做的海报比他们乐队当初自己做的还浮夸，这个曾经也玩过乐队的中年男人心里始终有颗不灭的摇滚心。海报上，陆延站在最中间，一行大字横跨整个版面：魔王乐队涅槃归来！

陆延说："……霸道。"

酒吧里依旧是震耳欲聋的音乐。孙钳提前一周就贴上了"魔王乐队涅槃归来"的海报，摆在最显眼的出入口位置。

陆延去之前其实多少也担心过"会不会没人来看""会不会其实没人在等他们"。但他刚走到后台，孙钳就激动地说："你知道来了多少人吗？我一个酒吧都塞不下——"

孙钳领着他往舞台那边看，还没开场，台下已经聚满了人，乌泱泱一大片，"这还只是一部分，场子有限，还有人在外头排队。说了里头挤不下了，还站在酒吧门口不肯走。"

陆延低头往下看。后台在二楼，从这个角度刚好能看到舞台上缭绕的烟雾效果，台下站着二百多号人，都在等舞台灯亮，偶尔有人说话，扯着嗓子喊 V 团的名字："Vent！"这一声 Vent 从台下直直地传上来。

孙钳话说到最后，已经激动到差点破音，他紧接着爆了好几句脏话，抖着手把烟塞进嘴里。

演出很成功。除了许烨因为第一回上台，太紧张，失误几次。

"第一回上台，有失误很正常，我还从台上掉下去过。"陆延走过去拍拍许烨的脑袋，讲述自己转行当主唱的那些年发生过的糗事。

"当时也不懂怎么跟台下的观众互动。"陆延说，"第一次演出那会儿，整个场子冷得不行，不知道的还以为是冷笑话专场。"

许烨说："我……我就是觉得，给大家拖后腿了……"

李振说："没有的事！"

许烨这才不好意思地笑笑。

排练结束，几个人聚在一块儿唠嗑。李振想到今天的日子，感慨道："算算也快到咱们的周年庆了，去年三周年差不多就是这会儿开的。"

之前说过四周年见，但当时其实并没有打算再去 live house 开一场，这种演出投入太大，每年开一次经费根本支撑不住。但提到这，陆延还是免不了回想起酒吧里，台下的一双双手和那声"Vent"，以及三周年演出上念过的那张字条：我们四周年见。

乐队经历了差点解散这件事之后，陆延对舞台、音乐、台下的观众仿佛有了另一种理解。

"我这段时间写了几首新歌。"过了半晌，陆延说，"我们今年再开一场？"

这个提议一出，大家反应热烈，全票通过。确定要开四周年专场之后，几个人讨论起场地、费用、时间等问题。

讨论间，黑桃队长找陆延试听他们乐队的新歌："你听听这段，我总觉得这段得改，袋鼠非说没问题。"

陆延从讨论区退出去。趁着黑桃调试设备的空当，陆延的视线偏移几度，看到对面石砖墙壁上刻着的几个熟悉的名字。对面正好是他们乐队写名字和发表中二言论的那堵墙。他的视线在"肖珩"两个字上停顿了两秒。

陆延正打算收回目光，却隐约看到那两个字边上似乎还有一行字。陆延往前走了两步，才看清楚。

You're my wonderwall（你是我的奇迹）。

肖珩的字就跟他的人一样，看似漫不经心，每一笔却凌厉至极。

"欸，就刚才那段，感觉怎么样？"黑桃队长问。

"挺好的。"陆延说。

"但是那段吧，我总觉得吉他的部分——"

"嗯，我也觉得。"

"吉他的部分可以稍稍……"黑桃队长说完才反应过来，"你也觉得个屁，我还没说话呢！陆延！你到底有没有听！"

"……"

陆延哪儿还有心思听。他满脑子都在想：肖珩什么时候写的？陆延记得当时这位少爷不情不愿，一脸"谁往这上头刻东西谁弱智"的表情。后来李振在防空洞口吼完那嗓子，他被李振抓过去聊了会儿天。陆延想到这儿，又回想起当时那洒了一地的暖阳。

李振的执行力向来迅猛，几个人原地解散之前，他已经预约好场地。"时间比较紧，假期场子不好订，好场子早被提前订走了，现在只有下周末有个场子空着，行吗？行的话我就安排了。咱这周抓紧排练，再练练应该没什么问题。"和场地同时确定下来的，还有一条宣传微博。

陆延回到七区，肖珩没在电脑前，倒是在桌上留了张字条。

陆延走过去喝了口水，拿起来看，上面是一行简洁明了的说明：出去见合伙人，你的快递在桌上。字迹和刻在墙上的一模一样。

陆延捧着水杯坐在沙发上，直到手机备忘录提醒他：直播时间到了。

自从前两回直播之后，陆延开始每周固定时间直播两到三次。他的人气不低，一周就冲上直播平台首页推荐位，几周下来已经变成一位小有名气的主播，还获得一句十分羞耻的平台推荐语：帅气酷男孩，魅力男声！

然而帅气酷男孩陆延开直播唱歌，短短十分钟内就忘词了三次。

"……"

观众：又忘词了，哈哈哈。

在一片哈哈声中……

有观众说：主播今天看起来好像有心事啊。

陆延干脆把配乐关了，进入纯聊天环节。直播这么长时间，他跟直播间的观众也混得挺熟，他抓抓头发说："咳，今天刚排练完回来，对了，大家可以关注一下我们乐队的微博，有演出动态会第一时间更新……"

观众：来了，终于等到广告。

观众：看主播直播，没广告心里还有点不舒服。

陆延犹豫了一会儿，又说："跟你们说个事。"

观众：什么？

陆延说："我……最近认识一个朋友。"

几千观众：？？？

陆延二十余年的生活和世界里，除了摇滚以外再没其他东西，更别说朋友了。他高中忙着打架，之后架倒是不打了，整个人一头扎进音乐的世界里。那会儿在学校里整天不上课。偶尔去教室也只用一只耳朵听课，另一只耳朵去听耳机里流泻而出的旋律。更多时候他会翘课翻墙出去泡音响店——用石头把监控摄像头砸坏，然后从学校高高的围墙翻出去。

音响店老板是个摇滚青年，喜欢山羊皮，有时候会坐在店里那把塑料椅上边抽烟边跟着 CD 机荒腔走板地唱："赖夫饿死贾斯特饿啦啦拜。[1]"

陆延当时没什么钱，看中哪张碟就搬个小板凳往老板对面一坐，开始砍价。

老板把烟叼在嘴里，跟说话频率一起抖，烟灰簌簌地往下落，都快被砍崩溃了，说："好……我精神上支持你的音乐梦想，你有颗热爱音乐的心。不是，你都不上课的吗？行行行，打住别说了，零头砍掉，这碟你拿走。"

偶尔砍到一半，老板把烟拿出来，指着他说："小子，又有女生来找你。"

霁州那个破地方毫无教学质量可言，高中题目出得跟初中差不多，他还算学校里的"尖子生"。他抽烟、打耳洞、留长发、打架、翘课，成绩却还行，在学校里的知名度史无前例地高，一度成为霁州一中的代表人物。他身上本来就有着一种就算和世界不一样也没关系的逆骨，高中没少被为人死板的教导主任针对。

有句话怎么说的来着，三流学校，不抓教学，抓校纪校规。学校里染发的不少，但陆延实在是做得过于出众。"很追求个性啊。给我把你这头发剪了，你这耳环，你看看你像什么样子！"

一直以来陆延都没有什么朋友，学校里的同学见了他不绕着走已经是奇迹。而这位新邻居肖珩，豪门大少爷——在陆延的生活里，还是头一次遇到这样的人。这样一个和他截然不同的人。

陆延最后还是没有和直播间观众分享这段故事，随口说了几句不相

---

[1] 山羊皮乐队 "Everything Will Flow"，原句是 Life is just a lullaby。

干的话糊弄了过去。

　　陆延两个小时的直播时长够了，下播后又想去蓝姐的直播间看看，发现蓝姐并没有直播。自从淘宝店起步后，蓝姐的直播时长直线下降，几乎都快淡出直播平台了。陆延想了想，找蓝姐私聊，顺便感谢她之前送的几样配饰。

　　蓝姐那头只有一句话：你来得正好，现在有空吗？还有住你对面那位在不在？在的话你俩一块儿下来一趟，帮姐个忙。

　　陆延下楼，都没来得及敲门，门就开了。蓝姐看着很憔悴，屋里乱糟糟的，全是纸箱、泡沫纸和饰品盒，饰品盒上印着"蓝调工厂"。

　　陆延问："姐，这是你淘宝店店名？"

　　蓝姐点点头说："就你一个？"

　　陆延说："他有事出去一趟，我刚给他发消息，他说等会儿就回。"

　　陆延说着回头，发现蓝姐正弯腰站在一台摄像机后边。

　　蓝姐边调光边说："正好你今天戴了，你先别动，我拍一张。"

　　陆延反应过来，蓝姐说的是他耳朵上的那条细链子。

　　蓝姐调完光，咬着烟疑惑道："你耳朵红什么，紧张？"

　　"啊。"陆延站在背景板前说，"……有点。"

　　蓝姐说："用不着紧张，你戴着特好看。我今天还发愁呢，这几天得拍商品图，原先在网上约了俩模特，结果临时有事放我鸽子。"

　　陆延头一回当模特。但毕竟他有多年的舞台经验，平时宣传海报拍得也不少，拍出来的效果还不错。陆延拍了几套，在换下一套时问："还有几套？"

　　"拍一半了。"蓝姐回看拍的那些照片，然后继续拍摄，拍到一半，门被敲响，她喊："门没关，直接进！"

　　肖珩进来的时候，陆延正在拍一条女款手链。男人的手腕搭在一块黑色背景布上。陆延的手腕本来就细，坠子正好垂在那片文身的一只刺出来的角上，光打上去，仿佛给那颗星勾出一层会发光的边。

　　蓝姐摁下快门，扭头招呼道："来了？"

"嗯。"

见肖珩来了，蓝姐立马放下手头的活，去那堆杂乱的纸箱里找东西。

肖珩越过她，走到陆延身后，在他头上轻轻拍了一下。见他没反应，又拍了一下，低声说："傻了？"

陆延现在莫名其妙地不敢抬头看他，也不知道要说什么，一种从心底泛上来的别扭让他自己都受不了。

受不了的后果就是他在心底深呼吸两下，爆出一句："拍什么拍！别对老子动手动脚的！"

"这算动手动脚？"

"……算。"

肖珩把"那你怕是没见识过什么叫动手动脚"这句话在嘴里微妙地嚼了两遍，盯着陆延戴着手链的那截手腕，最终还是没有说出口。

陆延没注意到肖珩的视线，他低头把手上那条手链摘下来。过了一会儿，两个人几乎是同时开口。

"排练得怎么样？"

"人愿意跟你合伙吗？"

说完陆延愣住。肖珩笑了一声，模仿之前陆延说话的语气，说："我出手……还有拿不下的人？"

"是几个在技术论坛上认识的老朋友。"肖珩今天出门收拾了一下，不像窝在家里的时候那样随意，身上是件黑衬衫，整个人沉稳干练，"微聊游戏只是第一步，主要要做的还是之前那个策划……"

肖珩玩技术论坛还是高中的时候。以前闲着没事还参加过什么"黑客大战"，也就是跟国外那帮玩计算机的产生口角，然后互相黑对方电脑。

当年就认识了一帮人。多年过去，闲着的这些人经历各不相同，有的已经转行了，也有几个现在是计算机系的学生，看完策划案后他们对整个软件的方向进行了初步讨论。

陆延听不懂，但并不妨碍他听肖珩说话。男人总是漫不经心，语调懒散，说出的话却又自带一种笃定的、令人信服的力量。

陆延等肖珩说完，才说："排练得还行，我们打算下周末开四周年演出。"

肖珩似乎是笑了一声，说："爸爸说什么来着。"

陆延一直没反应过来这句话。等蓝姐拿着两盒东西过来，陆延才想起来那晚的烧烤摊和绵延不绝的路灯。

你做得到。

因为你是陆延。

陆延极其缓慢地眨眨眼，将那股"不对劲"的情绪压下去，蓝姐把两个小方盒摆在他面前说："我也是实在没办法了，这些东西明天就得上架，大部分都拍完了，还剩这俩情侣对戒……"

陆延怀疑自己听错了，问道："情侣……什么？"

蓝姐说："情侣对戒啊。"

"……"

七 芒 星

CHAPTER

15

光

"如果说我不曾见过太阳，撕开云雾，你就是光。"

陆延忍不住去猜肖珩会是什么反应。会排斥，还是拒绝？这人应该不会愿意拍这种东西吧。

陆延胡思乱想着，想了一万种可能。然而肖珩什么反应都没有，他直接伸手接过了蓝姐递给他的那个小方盒。陆延深呼一口气。戒指而已，他演出的时候戒指戴得还少？什么款式没带过。不就是……不就是情侣款吗。

"你俩先戴上，试试尺码。"蓝姐说着想给肖珩找个凳子坐，但她屋子里现在这个环境，实在难腾出空地儿来，只得不好意思地说，"……欸，实在对不住啊，我这儿没多余的凳子了。"

肖珩打开小方盒，说："没事。"盒子里躺着一枚银细圈。

"你急急忙忙把我叫回来……"肖珩的话说到这里，微妙地停顿两秒，抬眼去看陆延，"就是要跟我拍这个？"

陆延给他发消息时并没有具体说什么事，只是说有事找他赶紧回来，发完之后又顺手发了几个表情。

明明挺正常的一件事，怎么从他嘴里说出来感觉这么有歧义。

陆延说："谁急急忙忙。"

肖珩问："谁让我快点回来？"

"……"

蓝姐在边上调整光线，听他们聊天听乐了，说："行了，你俩准备一下，我这灯马上调好了。"

陆延也打开手里那个小方盒。戒指的造型简单别致，设计亮点在于戒指内侧刻着的半行字，看着像某种咒语，陆延拿起来仔细看了一眼，发现压根看不懂，问："英文？"

蓝姐说："不是，是法语。"

陆延的外语其实学得不太明白。英文歌学得倒是不错，但仅限唱歌这个范围，走出去交流也就是个 you say what（你说什么）的水平。

戒指内圈那行字的设计风格很特别，陆延有几分好奇，戴上去之前又盯着看了两眼，问："所以这写的什么玩意儿？"

肖珩问他："想知道？"

"说得你懂法语一样。"陆延说。

"你是不是对我有什么误解。"肖珩又说，"其实我成绩还不错。"

不错个鬼。

"这位大爷。"陆延说，"你摸着你的成绩单，想想你重修的那么多门课再说话。你以为我忘了？我当初给你替课之前，都想象不到有人能一口气挂那么多门课。"

重修鬼才肖珩说："金融课闲着没事干，后边图书角有一排书，没事就拿几本——"

陆延想了想，金融课教室后排确实布置得和图书馆差不多，有两排书架。

陆延说："拿几本书学习？"

肖珩说："盖脸睡觉。"

"……"陆延不是很想跟这人继续聊下去。

"逗你的。"肖珩说，"之前上过选修课。"

那门选修课是翟壮志瞎给他选的，他对上什么课都无所谓，选了就偶尔去上两节。

陆延被蓝姐那盏大灯照得晃眼睛，偏过头，正好看到肖珩在戴戒指。肖珩手上那枚是男款，比他手上那枚粗上一圈，男人手指匀称，戒指在指节处略微卡了一下才被推进去，几乎就在推进去的瞬间，陆延听到肖珩说："我是你的。"

这句话说得太突然。男人的声音低低的，像根羽毛，在他耳边轻轻挠了一下。陆延的心跳空了一拍。

蓝姐点头道："对，是这个意思，也可以翻成'我只属于你'。"

"……"

话音刚落，陆延正慢慢地把手里那枚同款戒指从指节处推进去。

蓝姐把灯固定住后，说："好了，这光差不多了。"说完，看到对面两个人戴上戒指的样子，惊讶几秒。

陆延那双手的条件过于优越，常年弹吉他，天生跨格子就能比别人多跨两格。原以为可能会戴不进去女款大码，没想到戴着刚好。

而另一位——养尊处优养的那股贵气几乎刻在骨子里，简单的一枚素圈戒指，愣是被他戴出一种高奢品的感觉，蓝姐几乎都要以为她这对一百九十九块钱还包邮的戒指后面多出来了好几个零。

陆延不太自然地用手捏着那枚细环，问："要怎么拍？"

蓝姐连着几天熬夜赶工的疲倦心情都被挤走，一个设计师最高兴的莫过于看到自己设计的东西被完美展示出来，她着实没想到随便抓来的救场"手模"能带给她这种惊喜。

蓝姐说："首先你们想象一下，你们现在是一对情侣！"

陆延："……"

肖珩："……"

蓝姐的情侣教学简直是保姆级别。

"手。

"对，靠在一起，再靠近点。

"换个手势。

"亲密一点，手指得缠上去。

"……缠懂不懂！陆延你离那么远干什么？"

工作中的蓝姐，吹毛求疵，偶尔暴躁，"你主动一点！把你的手给老娘搭上去！"

陆延："……"

蓝姐设计的几个动作，不是牵手就是十指相扣。陆延动了动手指，在心里说了一句脏话。

再扭扭捏捏下去真成小姑娘了。陆延快被自己烦死，做完心理建设后，他决定抛开所有念头。

搭。不就是搭上去吗。

陆延正打算动手，肖珩却直接将手覆了上来——蓝姐这屋没有多余的凳子，拍摄过程中他只能站在陆延的后面，微微弯下腰，看着像是将他环拥在怀里。

陆延看不见肖珩的脸，却能感受到他温热的掌心，和给他擦药、带着他握着鼠标把视频关掉的温度一模一样。

陆延食指指节正好抵在肖珩手上那个银圈上，他的脑子里"嗡"的一下，紧接着他猛地站起身就往门外冲！

肖珩："……"

蓝姐："……"

蓝姐刚摁下快门，摁完发觉身侧一阵风飘过去，嘴里半截烟差点掉地上，她喊："老弟，你跑什么？！你这是要去哪儿？"

陆延的声音遥遥地从楼道里传进来："——我去上厕所！"

"……"蓝姐哭笑不得地回看几遍刚才拍好的照片，虽然陆延拍着拍着突然以百米冲刺的速度冲了出去，但幸好她想拍的动作都已经拍得差不多了。

再往下翻，是一张合照。她刚才拍完戒指，鬼使神差地把距离拉远，给两位模特拍了张合照。

两分钟后。陆延坐在马桶盖上，盯着那扇隔间门心想：他，陆延——威风凛凛的下城区之光，舞台王者，直播平台荣获帅气酷男孩称号的新晋魅力主播，在酒吧演出能当场脱上衣往台下扔，引起全场尖叫也依旧面不改色说骚话的乐队主唱，在今天遭遇了人生的滑铁卢。

陆延坐了几分钟，手机一直在衣服兜里振，是乐队群聊，李振他们几个还在讨论四周年的事，甚至已经开始着手设计演唱会门票，陆延已经被他们连着"艾特"好几次。

李振：你看这设计行吗？行的话咱就定下了 @陆延。

李振：人呢？

李振：奇了怪了，还没到家？

陆延没顾得上回复。他一只手捂住脸，把脸埋下去。最后在心里号出一句：我——跑——什——么——啊！

陆延呆坐一会儿，从马桶盖上站起来，拉开隔间门出去时，肖珩已经开了电脑，正在点烟。

"拍完了？"陆延问。

"嗯。"

"不用接着拍？"

"你还想接着拍？"

"……"

肖珩说完，把打火机扔到一边说："蓝姐说要给你转账。"

"谈什么钱。"陆延强装镇定，咳了一声说，"帮个小忙而已，也不费多大事。"

陆延说完也打开他那台破电脑——他那台电脑现在跟肖珩那台错开放，买电脑桌的时候为了考虑放合成器和其他编曲设备，特意买的加长款，勉强能放下两台电脑。

电脑桌挨着床脚，他坐在床上，几乎和肖珩面对面。这个话题告一段落，两个人开始忙各自的事。

肖珩一连抽了几根烟，写出来的代码出错率高得离谱。他敲了一阵，最后实在是写不下去。他的手搭在键盘上，还是忍不住分神去看对面抱着琴的人。耳边是熟悉的并不算流畅的琴声。

陆延在写歌。为了赶下周末的演出，还有太多工作没做，他在微聊上跟李振确定好门票设计后，还得把这两个月写的两首新歌整理出来发给他们，这几天要着重排练。

微聊页面上。

李振：行，那门票就定这个款式了。

陆延：嗯。

李振：你那新歌整完发我，我这段时间也有新作，等明天咱在防空洞交流交流，哦，对了，许烨那小子今天走之前也兴冲冲说要写歌，不知道能写出什么来。

陆延写的两首新歌，其中一首的编曲之前给李振看过，当时这首歌还叫没想好名字，至于另一首……

李振：你那首不是卡结尾卡好几天了吗？今天能写出来？

确实是卡了好几天，还剩下结尾没填。

陆延抱着琴把编曲部分又弹了一遍，然后坐在电脑前愣了一会儿，打开文档写下最后一行：

撕开云雾，你就是光。

Vent乐队四周年复活演唱会。乐队成员：陆延，李振，大炮，许烨。

截止到演出开始前一晚，三百张门票售罄。门票上，除了这两行字以外还在右下角标注了演出地点和时间，成员名是手写的。

演出开始前，几个人在台上彩排完到这茬儿，互相鄙视。

"老陆，你这字……"李振叹口气，"你这字能不能好好写。"

陆延说："你的字好到哪儿去？"

李振总说陆延写的字乱得看不懂，他自己名字那两个字写得也实在算不上好看。大炮就更别说了，一个复读一年考上C大隔壁的不知道什么玩意儿音乐学院的标准学渣。

四个人里头，只有许烨的字还算得上字。因此许烨拿到门票的第一反应就是："你们写的都是什么啊！艺术字吗？我是不是也需要给自己设计一个？"

陆延说："不是……我们就是正常写的字。你不懂，这也叫摇滚。"

李振说："对，我们摇滚青年不讲究这些！"

几个人紧张又兴奋。话题转移，聊到这次要以"演唱会"形式发表的新歌。

外头天色已经逐渐暗了。离演唱会开始还有不到三个小时。陆延坐在舞台边上，两条长腿荡下去，看着台下空荡荡的场子，想象三小时后这个场子里挤满人的样子。

李振走过去说："你那歌，有个问题我必须得问问你。"

陆延嘴里咬着颗润喉糖护嗓子，以为是什么专业上的问题，侧头说："嗯？"

李振说："你怎么突然开始写抒情歌了？"

"……"陆延嘴里那颗润喉糖差点滑下去。

"这不是你的风格啊。"李振说，"什么撕开云雾，你就是——"

陆延示意他打住："你别念！"

李振接着说："你就是光。"他念完又朝陆延看过去，他认识陆延这么多年，这人写歌从来都是走"冲、干、不要放弃"的路子。

陆延说："这歌词怎么了，代表跨越磨难，希望就在前方。"

李振说："你少跟我扯。"

陆延把嘴里那颗糖咬碎了，没再说话。

半晌，陆延才问："……有这么明显吗？"

李振被陆延坦坦荡荡的这句话震了一下。然而没有时间让他细问，因为场地工作人员从二楼探出脑袋，扬声提醒："倒计时两个小时，试完音响设备没问题的话就可以提前去后台准备了！"

"等演出结束我再找你聊。"李振说完，深知陆延的德行，又说，"你演出完别跑啊。"

他们的经费全都投在场地布置和租借设备上，并没有多余的钱请造型师，服装造型全靠自己解决。后台节奏很快，忙着换衣服、化装、做发型。

"抓紧时间啊。"工作人员路过后台时又提醒道，"外边已经开始排队了。"

等他们全部准备完，离开场时间剩下不到十分钟。陆延不知道为什么有些紧张，这感觉有点像当年第一回上台那样。他坐在椅子上闭着眼调整状态，靠着椅背点开手机想看看时间，最后看着看着跑去了某个熟悉的对话框。他和肖珩的聊天还停留在几天前，帮蓝姐拍照时叫他快点回来那里。

这段时间他们俩都太忙，陆延排练时间紧，而肖珩不光要做之前的微聊游戏，还得和几个合伙人聊策划案的事。

陆延原先想给肖珩留张票问他来不来，最后见他忙得连觉都没时间睡，还是作罢。他盯着看了一会儿，实在是忍不住，动动手指：在？

陆延发完这句，又琢磨怎么圆场。他捏了捏手上戴着的那几枚造型浮夸的戒指，想后面该接什么话：今天有快递吗？好像没有。那让他帮忙收衣服？

最后陆延发出去一句：家里……家里的煤气关了吗？

煤气。这是什么鬼理由啊。陆延发完直接把手机扔出去，自己也惊讶于自己的尬聊才华。

然而两秒后，手机在化妆台上振动几下。

肖珩：你问问伟哥。

陆延：你出去了？

肖珩：嗯。

陆延没听他说今天有事要出门。正要问，肖珩又发过来一句：去看演出。

陆延：看什么？

肖珩：一个很厉害的乐队。

肖珩：这支乐队成立已经三年了，是一支才华横溢的乐队。曲风多变，每一首歌都是经典。

"……"这不是他当初在直播间里瞎扯的吗。

肖珩是在微博上看到的演出信息。他这几天一直等着陆延给他送票，或者像卖蛋糕那次一样，找他强买强卖冲销量，结果这个没良心的愣是从头到尾没吱过声。他这几天忙得昏天黑地，却还是抽空去一个叫什么"地下酒吧"的地方买了票。

肖珩捏着票，从来没有过这种站在一群讨论"主唱真的好帅不知道有没有女朋友"的"追星"女生中间的经历，心说他这不是着了魔，他估计是没救了。

"还有五分钟——准备——"

工作人员提示完，李振带着许烨开始做深呼吸："放松点放松点，没什么的，别紧张啊。"

大炮全程在陆延边上叽叽喳喳个没完："大哥，我这样穿行吗？大哥，你紧张吗？"

陆延盯着手机对话框。他紧张吗？很奇妙的是，好像在知道台下三百号人里会有肖珩之后，紧张感瞬间消失了。

三百人的场地并不大，整个 live house 由旧库房改造而成，二楼两侧还有两条楼道宽的站席，临近开场，开始放他们乐队的伴奏带提前预热场子。

台下挤满了人，昏暗的灯光打在这些观众身上。不知是谁带头，然后呼声愈演愈烈，最后汇聚在一起，齐声喊他们乐队的名字："Vent！"

声音跨过整个场子，传到幕后。

"三秒钟倒计时！"

"三！"

"二！"

"一！"

全场灯灭。舞台灯亮起的瞬间，李振第一个走出去，李振的出场与众不同，想想等会儿只能坐着打鼓，他想增加一点微聊步数，举着麦克风问台下观众："你们振哥今天帅不帅？！"紧接着是大炮和许烨，陆延最后一个出场。陆延上身穿着件半透明的黑色纱制衬衫，衣领大开，穿着跟没穿一样，脖子上是几条叠戴的十字架项链，他从许烨的身后晃晃悠悠走出来，台下观众的尖叫声几乎掀翻整个场子。

陆延出场后没有一句废话，他往台下扫了一眼，在吉他、贝斯以及强烈的鼓点声中唱出一句歌词。

开场连着几首都是老歌。当陆延唱到"将过去全部都击碎"，观众跟着节奏挥手、跳跃间，仿佛回到 Vent 乐队刚出道的那年夏天。

当年他们带着《食人魔》这张专辑横空出世。

四年前那会儿，有些观众还在上学，现在可能已经毕业。也许正在从事着自己喜欢的或者不喜欢的工作。

V 团可能在他们最迷茫的时候给过他们力量，也可能是他们的青春。

…………

连唱三首后，陆延才把麦放回麦架上，站在立麦前说："我们回来了。"台下爆发出一句"欢迎回来！"。

"前段时间，乐队发生了一些事情，有人问我们是不是解散了……"陆延用一种和朋友谈笑的语气说，"没有解散。"

"我们只是跌了一跤。但是，很快站起来了。"陆延说，"还找到了新的队友。"

陆延说到这里，想说：还遇到了一位很特别的朋友。他向台下观众介绍两位新队友，又把"枪口"对准不在现场的两位前队友，然后才往台下看了一眼，但台下一片昏暗，只能看到一双双高高举起、比着 V 这个手势的像树林一样的手。

陆延的控场一向以骚著称，他正经不过三分钟，便抬手去解胸前的衣扣，问台下："你们觉不觉得有点热？"

台下沸腾。陆延单手把那几颗纽扣解开。半透的黑纱本来就跟全透的没什么两样，陆延解开纽扣后，泰然自若地继续说："想我了吗？想啊……有多想我？"

陆延的声音刻意压下去一点，尾音像带着钩子一样。最后还是李振听不下去，从后面捶他，喊道："你……骚死你得了！"

众人哄笑。几分钟闲聊时间过去，进入后面的部分。

陆延垂下眼说："接下来是一首新歌，名字叫《光》。"这首歌的风格和他们乐队以往出的歌都不一样，开头伴奏里甚至加了钢琴，然后是轻柔却有力的吉他声。在疯狂的躁动过后，这种异样的柔像一阵席卷而来的风。

尤其当陆延唱出第一句："我身处一片狼荒／跨越山海到你身旁。"陆延根本无法否认，他从出场的那一秒就有意无意地在台下找人。那个人一无所有地在雨夜里被他捡回家。然后他又看着这个人一步一步从绝境里走出来。那个人脾气臭，但是会摸着他的头，告诉他：不要怕，不要逃。

告诉他，延延真棒。

陆延，胜。

你是陆延，所以你做得到。

于是他仿佛有了勇气，迎难而上。于是他真的站在了四周年演唱会的舞台上。

　　就蒸腾吧

　　反正世界沸沸扬扬

　　就流浪吧

　　反正周遭都这个模样

台下实在是太暗，也太远了。但陆延唱到这里，略过台下无数人的面庞，最后，目光落在最后一排中间的某个身影上——高、瘦，头发依旧是短短的一小截。五官精致的男人穿了一身黑，懒散地站在那里。

伴奏声渐渐弱下去，全场安静无声。

有一瞬间陆延觉得他和肖珩在对视着，他唱出最后两句："如果说我不曾见过太阳，撕开云雾，你就是光。"

陆延唱完，对着台下这片黑暗，一时分不清狂跳的是不是李振的鼓声。

肖珩站在最后一排。耳边是鼎沸的人声，面前是无数双高高举起的手。但他的视线越过重重人海，所有嘈杂的声音似乎都在逐渐消失，最后落在舞台上——某个在灯光照耀下仿佛会发光的人身上。

陆延今天化了装，本就突出的五官被勾得更加浓烈。

一曲结束。所有人还沉浸在新歌的气氛里，直到前排不知道哪位尖叫着喊出一声："陆延！！！"

台下的气氛这才再度活络起来。甚至有人开玩笑喊："快把衣服穿上！妈妈不允许你这样！"

陆延一只手扶着麦架，身上那件衣服有一侧已经不知不觉滑落，黑纱叠挂在臂弯里，从台下看过去能清楚看到男人深陷下去的锁骨，以及一片消瘦的肩。

被人提醒后，陆延并没有把衣服往上拽。他松开扶着麦架的手，直接把麦拿在手上，为下首歌做准备。在李振快而清晰的几声"哐"中，下一首歌的旋律响起，陆延就用这副衣冠不整的模样跟着节奏晃了一会儿。

男人的腰本来就细，晃动间，那件衣服落得更低，几乎要垂落到他手腕上。然后，陆延拿着麦，在唱出第一句之前跟着架子鼓的节奏把身上那件衣服脱了下来。

全场尖叫。

陆延脱完衣服后走到舞台边缘，场子小，台下和台上几乎没有界限。他缓缓蹲下，任由台下的观众伸手上来。他们乐队办演唱会赤字几乎是常态，永远奉行四字原则：稳赔不赚。从灯光、舞台布置上也能看出来烧钱烧得厉害。

舞台背景布用颜料歪七扭八涂着复活两个字，还有几个五彩斑斓的手印。在灯光和烟雾的萦绕下，陆延赤裸着上身，像从画中出来的剪影。

后半场依旧是老歌，典型的摇滚场。在灯光变换中，肖珩感受到一种疯狂的躁动和强烈到仿佛能够刺穿耳膜的力量。他头一次看这种演出。陆延在台上的样子跟防空洞那场不同，他所经之处就是他的疆场，只要他出现，没有人不愿为他俯首称臣。

整场演出时长总共一个半小时。陆延只中途休息了十分钟，他浑身都是汗，站在台上说："最后一首。"

台下观众的情绪明显落了下去，甚至有人不舍地喊"不要"。

陆延竖起食指抵在嘴边，示意他们不要闹，说："嘘，乖一点。"

陆延顿了顿才说："感谢大家今天能来，去年最后一首唱的是这首歌，今年还是想用它做结尾，我们……五周年再见。"

台下逐渐安静。最后一首算是合唱，陆延钩着其他队员的脖子，把麦克风凑过去。大炮打头，紧接着是许烨。轮到李振的时候他还在奋力打鼓，汗水飞溅，对着麦克风嘶吼出一句："深吸一口气！"

李振的歌声依旧充满灵魂，没有一个音在调上，完美演绎什么叫垮台。陆延差点笑场。他蹲在地上，把替李振举着话筒的那只手收回去，在手里转了下话筒才垂着头唱下一句："要穿过黑夜，永不停歇。"

这首歌肖珩熟得不能再熟。是他从肖家放弃一切跑出来，躺在陆延家沙发上第二天睁开眼听到的那首歌。也是陆延在天台上给他唱过一次，告诉他明天太阳还会再升起的那首歌。

想到这里，肖珩又去看陆延手腕上那个文身。隔得太远其实看不真切，但他就算闭上眼睛也能将形状勾勒出来。黑色的，七个角。

陆延当初说自己去文身的那段经历说得轻描淡写，后来肖珩在他书柜里意外看到几本翻烂了的《声乐指导》《声乐强化训练：100 个唱歌小技巧》。

肖珩心说，他从肖家出来的那个雨夜，不是陆延把他捡回家，而是上天让他找到了一颗星星。

Vent 乐队四周年复活演唱会圆满落幕。

散场后几个人瘫在后台。李振躺在椅子里，人不断往下滑，屁股差点着地，说："我的手要断了，小烨今天不错啊，神发挥！"

"前半场我的手都在抖，长这么大我就没见过这么多人，啊啊啊。"许烨说完，也以同样的姿势瘫在椅子上说，"不过是真的爽，后面就没那工夫去想了，我的手好像自己会动。"

只有大炮精力无限地说："等会儿我们去吃饭？大哥，去哪儿吃？"

几个人都在聊演出，只有陆延没说话。他拿着手机，正对着聊天框里的消息发愣。

肖珩：演出很精彩。

"大哥，你看什么呢？"大炮凑过去，"到底去哪儿吃啊？"

陆延靠着椅背，跷着二郎腿，一只手按着大炮的脑袋将他往外推，没工夫思考去哪儿吃这种问题。

"滚去跟你振哥商量。"陆延说完，手机又是一振，上头是简洁明了的三个字。

肖珩：先走了。

陆延的手比脑子动得快，他自己都没反应过来，已经发出去两个字，还加了一个十分迫切的感叹号：别走！

陆延把跷起的腿老老实实放下，猛地坐起身。

但别走两个字都发了，陆延一时想不出什么解释的话，端坐几秒后，干脆又发出去一句：反正顺路，一起？

几分钟后，肖珩回复。

肖珩：出来。

肖珩：侧门。

"你们吃吧。"收到回复，陆延起身就往外走，"我就不去了，这顿我请。"

说完，不顾李振在身后大呼小叫地喊："你还真跑啊！"

侧门离得不远。陆延还没走一段路就控制不住跑了起来，五分钟的路程愣是被他缩短一半，他在不远处停下来喘口气，还没等走近，就看到站在铁栅栏边上的肖珩。

晚上风大，男人外面套了件黑色外套，几乎跟这片夜色融成一体。

"怎么从侧门走？"陆延走近了问。

肖珩说："你想去正门当个叱咤风云的巨星？"

陆延还真忘了自己的"巨星"身份。比起散场后人潮拥挤的正门，侧门这边确实没什么人。

"是不太合适。"陆延点头说，"老子一出现，肯定都疯了。"

肖珩嗤笑一声，说："说你胖你还喘上了。"

陆延说："事实。"

"你没看今天场下——多少人为你延哥神魂颠倒……"陆延吹起自己来都用不着打草稿，一路吹到车站。

肖珩没接话，只是看他一眼，说："不冷？"

陆延身上还是那件半透明衬衫，走在路上都有点败坏市容。他刚想说"衣服忘换了"，还没来得及说出口，肖珩已经把身上那件外套脱了下来直接往他头上盖，说："穿上。"

陆延把衣服从头上扒拉下来，反应慢一拍才套上。肖珩这件衣服本来就宽松，他穿着就更显大，陆延低头去看自己的手，他把手伸直，又将五根手指张开，发现只有半截手指露在外面。

外套上还残留着主人的体温。

陆延往前走了两步，差点往电线杆子上撞。被肖珩一把拉过去，说："巨星，能不能看着点路。"

"刚才没注意。"为了缓解尴尬，陆延问，"你怎么来了，你去地下酒吧买的票？"

肖珩说："不然等某个不肖子孙给我赠票吗？"

不肖子孙陆延："……"

说话间，公交车开了过来。直到上车前一秒，陆延才想起来被自己落在场地里的衣服。

"等会儿！"

陆延急急忙忙伸手去拽肖珩的衣摆，说："我东西没拿。"

两个人走回演出场地，整个演出场子已被全部清空，李振几个人也收拾好设备不知道跑哪儿吃饭去了，空荡荡的场子里只剩台上原来就有的几样基础设备。

陆延忘拿的就是一件外套，衣服倒是次要，回去一趟主要是当时把钱包也一并放柜子里了，身份证和钥匙都在里头。

肖珩站在楼下场子里等他，点了一根烟说："三分钟，多一秒都不等你。"

陆延上楼之后被留下来打扫卫生的工作人员拉着聊了一会儿。

工作人员说："你们现场真的好棒！我之前买过你们乐队的专辑，当时我就特别喜欢……"

陆延没有打断他，等那位工作人员絮絮叨叨说完，他才说："谢谢。"

工作人员又说："能给我签个名吗？"

"……可以啊。"

"能拍个照吗？"

"……"

等陆延下楼，别说过去三分钟，十分钟都不止。

说过时不候的肖珩还站在原来的位置等他，场地清空后，所有特效灯光都已经关了。陆延鬼使神差地从舞台侧面的那几级台阶走上台，走到麦架前——肖珩现在站的那个位置，按刚才那片站席算，正好是最后一排，正好是……他唱新歌时"对视"的方向。

几乎就像场景再现那样，只是现在人去场空。陆延站在台上往下看，散场后台下只有肖珩一个人。

男人整个隐在这片浓雾般的黑暗里，只有指间那根冒着火光的烟像呼吸般一闪一闪地亮着光。

"走不走。"肖珩说话间，抖了抖手里那根烟。

陆延身上还穿着肖珩那件外套，他动动手指，隔着柔软的布料扶上麦架，明明没喝酒，却好像醉酒后控制不住自己一样，答非所问道："那首新歌，你要不要再听一遍？"

陆延这一遍是清唱。场上的灯关了，电路被切断，手里拿着的那个麦架也形同虚设。

没有伴奏。没有灯光。空荡的场地里只有他的声音，和台下唯一的观众。

　　如果说……

　　如果说我不曾见过太阳……

陆延从来没有把一首歌唱得这么糟糕过，他有点控制不住自己的声音，实在是太紧张，唱得又抖又飘，唱完半段实在是唱不下去。他干脆停了下来。

"那个——"陆延闭上眼，又说出一句，"谢谢你。"

陆延站在灭了灯的舞台中央，整个场子里少有的光亮是从二楼窗户洒进来的月光和面前这人手里那根烟。

陆延的声音穿过这片浓雾般的黑暗，穿过只有他们两个人的场地。他继续说："关于我弟弟，还有许烨的事……谢谢。"

陆延的手指抓着袖口，头一次说这种话，有些紧张。他现在这个模样跟两个小时前站在台上骚到没眼看的那个陆延简直不是同一个人。

陆延看不清肖珩的神情。但他看着肖珩低头抽了一口烟后，又把烟夹在指间，一步一步向他走来。

肖珩抽完烟，发现这口烟没有什么用，什么情绪都压不下去。他看着台上的人，恍然间好像又回到周遭全是喧嚣尖叫声的演唱会现场，回到陆延唱"撕开云雾，你就是光"的那一刻。

或许他当时就想这样走上前去，想像现在这样跨越那片人海走到台下。

肖珩走得近了，才看清楚陆延此刻站在台上的模样。面前这个人穿着他的外套，拉链只拉了半截。穿个衣服也不安分，里头那件黑色半透衬衫露出来一点边，十字架项链贴着胸膛。

陆延那双眼睛本来就带着点攻击性，画眼线之后更甚，眼尾略微上挑，刚才演出的时候往台上一站简直像不知道从哪儿跑来的某教教主。

三百人的场子里，陆延依旧站在台上，台下只剩他一个人。肖珩这段时间熬夜抽烟抽得厉害，他的声音又低又哑。

"我以前有很多朋友。"有数不清的人想巴结他，"因为我是肖家大少爷，有钱，也因为长相——啧，你爹我长得也还凑合，还有一些人因为觉得我这个有钱却不上进的废物废得还挺酷。身边的人一直有很多，可还是开始觉得活在这个世界上没劲。"

肖珩说到这儿，停下来，没再往下说。

可遇到你之后都不一样了。

肖珩手里那根烟快要烧到指尖。是什么时候开始觉得，活在这个世界上也还不错了？他自己都不知道是从什么时候开始的，是最近？天台上？还是在酒吧里？可能更早。

从那场他找不到方向的雨夜，浑身湿透狼狈不堪的时候——一把伞出现在他头顶，他抬头，撞进陆延的眼睛里开始。

肖珩站在台下，离舞台只有不到一指宽的距离，他对着陆延说："过来。"

舞台比台下高出不少，陆延不知道他要干什么，往舞台边上挪了一点。

然后他又听到肖珩问："想不想抽烟。"

这话问得太突兀。抽烟？抽什么烟。抽一根……也不是不行。

陆延虽然搞不太懂肖珩话里的意思，闻言去看他的手，发现肖珩手里那根烟已经快烧到底了，说："还有烟吗？"

"有。"男人的手指节分明，抽烟时习惯低头，喉结几不可察地动一下。肖珩这个人无论说不说话，身上总带着些不可一世的散漫，只有抽烟时才显现出几分热烈。

然后肖珩又抬起头，把烟盒递给他。于是在四周年演唱会结束之后，两人一个站在舞台下，一个蹲在舞台边缘唠了会儿嗑。

陆延蹲着说："你是不是见到我第一眼就觉得我这个人挺不错的？特别想认识认识？"

"……"陆延一路追溯到两人相遇，"就楼道里，我英姿飒爽揍你那会儿。"

"谁揍谁？"肖珩说，"你还记得你当时什么发型吗？"

肖珩顿了顿，说出熟悉的三个字："杀马特。"陆延对自己的黑历史也印象深刻，他那头姹紫嫣红的扫帚头绝对是颜值低谷，从来没翻车翻得那么彻底过。

陆延试图挽回自己的尊严，说："也没那么杀吧。"

这回肖珩没再像往常那样损他，甚至"嗯"了一声。

空荡的场子跟他们来时比起来，似乎亮堂不少，可能是外头的路灯也亮了吧，有光从四周照进来。

"走不走？"肖珩最后冲他伸手说，"回家吧。"

图书在版编目（CIP）数据

七芒星 / 木瓜黄著 . —长沙：湖南文艺出版社，
2020.6（2024.6 重印）
　　ISBN 978-7-5404-9575-6

　　Ⅰ . ①七… Ⅱ . ①木… Ⅲ . ①长篇小说 – 中国 – 当代
Ⅳ . ① I247.5

中国版本图书馆 CIP 数据核字（2020）第 046237 号

上架建议：畅销·青春文学

QIMANGXING
七芒星

作　　者：木瓜黄
出 版 人：陈新文
责任编辑：丁丽丹
监　　制：毛闽峰　李　娜
策划编辑：张园园
特约编辑：孙　鹤
营销编辑：刘　珣　焦亚楠　侯佩冬
装帧设计：梁秋晨
出　　版：湖南文艺出版社
　　　　　（长沙市雨花区东二环一段 508 号　邮编：410014）
网　　址：www.hnwy.net
印　　刷：三河市鑫金马印装有限公司
经　　销：新华书店
开　　本：875mm × 1230mm　1/32
字　　数：273 千字
印　　张：9.5
版　　次：2020 年 6 月第 1 版
印　　次：2024 年 6 月第 9 次印刷
书　　号：ISBN 978-7-5404-9575-6
定　　价：39.80 元

若有质量问题，请致电质量监督电话：010-59096394
团购电话：010-59320018